古典文獻研究輯刊

十七編
曾永義 主編

第14冊

孤城、孤舟與京華
——杜甫夔州與兩湖時期的創作視角（下）

陳曜裕 著

國家圖書館出版品預行編目資料

孤城、孤舟與京華——杜甫夔州與兩湖時期的創作視角（下）
／陳曜裕 著—初版—新北市：花木蘭文化事業有限公司，
2018〔民 107〕
目 8+210 面；19×26 公分
（古典文學研究輯刊 十七編；第 14 冊）
ISBN 978-986-485-331-1（精裝）
1.（唐）杜甫 2. 唐詩 3. 詩評
820.8   107001703

ISBN-978-986-485-331-1

9 789864 853311

古典文學研究輯刊
十七編　第十四冊　　　　　ISBN：978-986-485-331-1

孤城、孤舟與京華
——杜甫夔州與兩湖時期的創作視角（下）

作　　者　陳曜裕
主　　編　曾永義
總 編 輯　杜潔祥
副總編輯　楊嘉樂
編　　輯　許郁翎、王筑　美術編輯　陳逸婷
出　　版　花木蘭文化事業有限公司
發 行 人　高小娟
聯絡地址　235 新北市中和區中安街七二號十三樓
　　　　　電話：02-2923-1455 ／傳眞：02-2923-1452
網　　址　http://www.huamulan.tw 信箱 hml810518@gmail.com
印　　刷　普羅文化出版廣告事業
初　　版　2018 年 3 月
全書字數　390959 字
定　　價　十七編 26 冊（精裝）新台幣 50,000 元

孤城、孤舟與京華
——杜甫夔州與兩湖時期的創作視角（下）

陳曜裕　著

目

次

上 冊

誌 謝

第一章 緒 論 ……………………………………………………… 1

　第一節　論題的提出與文獻回顧 ………………………………… 1

　　一、點與線的拉扯──杜甫歸路的討論 ……………………… 1

　　　（一）卜居與返鄉的糾葛 …………………………………… 1

　　　（二）草堂安居裡的流寓性 ………………………………… 3

　　　（三）「銀章」所標示的士人印記 ………………………… 8

　　　（四）廣廈的構築──京華概念的涵攝 ………………… 12

　　　（五）問題意識的提出 …………………………………… 15

　　二、文獻回顧 ………………………………………………… 18

　　　（一）總論與選集裡顯現的傾斜 ………………………… 18

　　　（二）夔州時期的研究概況 ……………………………… 20

　　　（三）兩湖時期的研究概況 ……………………………… 23

　第二節　選題之義界與說明 …………………………………… 28

　　一、論題的開展──孤城、孤舟、京華的提出

　　　………………………………………………………………… 28

　　　（一）孤城──山中鳥道的地理指標 ………………… 28

　　　（二）孤舟──兩湖水路的詩人身影 ………………… 31

　　　（三）京華──鳥道與水路的終點 …………………… 33

　　二、視角的成見——杜甫的儒者特質 ………… 34
　　　（一）學蔚醇儒姿——孔孟醇儒的繼承 35
　　　（二）不忍便永訣——大唐盛世的參與和
　　　　　羈絆 ………………………………… 37
　　　（三）儒冠多誤身——理想與現實的悖離
　　　　　和執著 ……………………………… 38
　　　（四）儒術於我何有哉——存在的兩難 40
　　三、地方經驗對視角的影響 ……………… 41
第三節　資料取材與研究方法 ………………… 43
　　一、資料取材 ……………………………… 43
　　二、研究方法與步驟 ……………………… 46
　　　（一）文本的世界 …………………… 46
　　　（二）作品前面的自我理解 ………… 50
　　　（三）詮釋學之弧 …………………… 52
第二章　孤城駐足 ——京華歸路的阻礙與追尋 55
　前　言 ………………………………………… 55
第一節　停頓的腳步——杜甫歸路的阻礙及掙扎 58
　　一、疾病形成的歸路障礙 ………………… 58
　　二、西閣、赤甲的暫居心態 ……………… 60
　　三、農耕與放船的迴圈 …………………… 64
　　四、從「皇天」到「天路」的迢迢歸路 … 69
第二節　訪古尚友的精神指標 ………………… 71
　　一、古跡與心跡——〈詠懷古跡五首〉中的
　　　精神慰藉 ………………………………… 71
　　　（一）支離與飄泊的無奈 …………… 72
　　　（二）跨時代的秋意蔓延 …………… 73
　　二、天地衾枕的萬山血色——白帝踏訪的時
　　　空展延 …………………………………… 75
　　　（一）初遊的歷史糾葛 ……………… 75
　　　（二）遠眺的蒼生憐惜 ……………… 77
　　　（三）孤絕的純粹存在 ……………… 80
　　三、歷史迴廊的千鐘遺韻——武侯踏訪的歷
　　　史繼承 …………………………………… 83
　　　（一）歷史現場的憑弔 ……………… 83

（二）歷史現場與存在現場的激盪⋯⋯⋯⋯85

（三）歷史意義的探尋與肯認⋯⋯⋯⋯⋯91

四、典型人物的浮現⋯⋯⋯⋯⋯⋯⋯⋯⋯⋯⋯93

（一）秋意中的蕭瑟身影⋯⋯⋯⋯⋯⋯⋯93

（二）白帝與武侯──步履中的視角拓展
⋯⋯⋯⋯⋯⋯⋯⋯⋯⋯⋯⋯⋯⋯⋯⋯96

第三節　夔州駐足的生活調適⋯⋯⋯⋯⋯⋯⋯⋯⋯97

一、氣候異常的紀錄⋯⋯⋯⋯⋯⋯⋯⋯⋯⋯⋯98

（一）士人與平民對炎熱的不同視角⋯⋯98

（二）晴與雨的矛盾展現⋯⋯⋯⋯⋯⋯101

（三）偶遇嚴寒的切身體驗⋯⋯⋯⋯⋯103

二、農者、士人與詩心──籌措旅資的時間
焦慮⋯⋯⋯⋯⋯⋯⋯⋯⋯⋯⋯⋯⋯⋯⋯104

（一）豐收的兩樣情懷⋯⋯⋯⋯⋯⋯⋯105

（二）滯留的時間焦慮⋯⋯⋯⋯⋯⋯⋯108

（三）視角的抉擇──穀者之命與王者
之命⋯⋯⋯⋯⋯⋯⋯⋯⋯⋯⋯⋯⋯110

三、物色奇險的激發⋯⋯⋯⋯⋯⋯⋯⋯⋯⋯112

第四節　寄寓孤城的今昔情⋯⋯⋯⋯⋯⋯⋯⋯⋯114

一、凝視孤城幽景的「雙眼」⋯⋯⋯⋯⋯⋯114

（一）眼前所見的晦暗與狹窄⋯⋯⋯⋯115

（二）沉澱後審美心靈的甦醒⋯⋯⋯⋯116

（三）山光鳥色中的離情別緒⋯⋯⋯⋯119

（四）雙重視角的疊合⋯⋯⋯⋯⋯⋯⋯123

二、時友與故交的交互映現⋯⋯⋯⋯⋯⋯⋯125

（一）憂國憂民的請託⋯⋯⋯⋯⋯⋯⋯126

（二）雄鷹展翅的期許⋯⋯⋯⋯⋯⋯⋯127

（三）記憶故交與自我的影像⋯⋯⋯⋯131

第五節　孤城殊俗裡的儒者之居⋯⋯⋯⋯⋯⋯138

一、杜甫眼裡的夔州文化⋯⋯⋯⋯⋯⋯⋯⋯139

（一）重利的文化特色⋯⋯⋯⋯⋯⋯⋯139

（二）當地的祭祀風俗⋯⋯⋯⋯⋯⋯⋯141

（三）居住環境的特異⋯⋯⋯⋯⋯⋯⋯142

（四）日常飲食的差異 ················ 143
（五）與當地人民的疏離 ·············· 145
二、詩人的儒者之居 ················ 150
（一）仁心展現與道德準範 ············ 151
（二）與奴僕的關係 ················ 156
（三）飲食中的不忘君 ··············· 157
（四）孤城殊俗中的教子 ·············· 159
（五）擇鄰的汰選機制 ··············· 163
小　結 ······················· 166
第三章　孤城夜色 ——遙望當歸的京華圖象 ···· 169
前　言 ······················· 169
第一節　孤城身影——黑夜裡的憔悴形象 ····· 172
一、老病的時間壓力 ················ 173
二、悲老的描寫 ·················· 174
（一）歷史對照中的墜落 ·············· 175
（二）親人對照下的哀愁 ·············· 177
（三）神話對照出的必然 ·············· 179
三、疾病的描寫 ·················· 181
四、星空下的轉折與體悟 ·············· 184
第二節　黑夜謳歌——杜甫對理想的堅持 ····· 189
一、對現實的懷抱與直指 ·············· 190
二、挫折中的無奈與反省 ·············· 191
（一）扭曲的月色 ················· 191
（二）女性故事的激昂 ··············· 193
（三）從「濟世」到「趨競」的反省 ········ 195
三、月亮升沉的牽繫與承擔 ············· 197
第三節　京華遙望——看不見的城市 ······· 201
一、星輝裡的京華迅影 ··············· 201
二、月色連結的故園景象 ·············· 203
三、不得歸去的想像 ················ 207
第四節　京華圖象——遙望中的華麗與斷裂 ···· 209
一、斷片與追尋——華麗往事的再現 ········ 210
（一）斷片裡的華麗往事 ·············· 211

（二）追尋的目標與現況 ················ 216
（三）重現華麗的意象 ················ 218
二、斷裂與沉思──從墜落中奮起 ········ 221
（一）夔府孤城──斷裂與墜落 ········ 222
（二）現地與故園的連結 ·············· 225
（三）沉思之後的奮起 ················ 229
第五節　孤城與京華──連章詩的情思組合 ···· 232
一、八首連章的情緒起伏與轉折 ········ 232
二、孤城與京華的多重組合 ············ 234
（一）再談京華與杜甫 ················ 234
（二）涵攝三地的政治思維 ············ 236
（三）獨善與兼善的最終取捨 ·········· 238
小　　結 ································ 241

下　冊

第四章　孤舟漂蕩 ──兩湖時期的舟陸去住兩難
·································· 243
前　言 ································ 243
第一節　別廬出峽──萍蓬生活的抉擇與預言 ·· 244
一、出夔原因 ························ 244
二、親人的呼喚與回春現象 ············ 247
三、京華之思與飄泊的預言 ············ 249
第二節　人情影響下的漂蕩行蹤 ·········· 252
一、江陵去留──人情澆薄而離去 ······ 252
二、公安遲步──人生方向有猶疑 ······ 259
三、岳州登臨──知音難求乃南征 ······ 269
第三節　命運影響下的舟陸兩難 ·········· 271
一、舟中紀行──水路的美麗與哀愁 ···· 271
二、水陸依違──最後的安居與掙扎 ···· 286
三、途窮命絕──再度南行又北歸的折騰 ·· 299
第四節　從工具之舟到生活之舟的傾斜 ······ 306
一、杜甫詩中的工具之舟 ·············· 306
（一）交通工具 ······················ 306
（二）謀生之用 ······················ 307

（三）戰爭之用 ⋯⋯⋯⋯⋯⋯⋯⋯⋯⋯ 308
（四）文學之用 ⋯⋯⋯⋯⋯⋯⋯⋯⋯⋯ 308
二、生活之舟的一種開端——幽逸與舟船意
涵的結合 ⋯⋯⋯⋯⋯⋯⋯⋯⋯⋯⋯⋯⋯ 310
（一）讀書與漫遊時期 ⋯⋯⋯⋯⋯⋯⋯ 310
（二）困居長安時期 ⋯⋯⋯⋯⋯⋯⋯⋯ 310
（三）從鄜州到長安 ⋯⋯⋯⋯⋯⋯⋯⋯ 311
（四）秦州 ⋯⋯⋯⋯⋯⋯⋯⋯⋯⋯⋯⋯ 311
（五）草堂時期 ⋯⋯⋯⋯⋯⋯⋯⋯⋯⋯ 311
三、生活之舟的另一端倪——漂蕩與舟船意
涵的關係 ⋯⋯⋯⋯⋯⋯⋯⋯⋯⋯⋯⋯⋯ 314
四、生活之舟的實際境況 ⋯⋯⋯⋯⋯⋯⋯ 316
（一）舟船乘載與居住環境 ⋯⋯⋯⋯⋯ 319
（二）舟行逢亂的因應與感懷 ⋯⋯⋯⋯ 323
（三）舟中交際——追憶的黯淡與逢友
的光輝 ⋯⋯⋯⋯⋯⋯⋯⋯⋯⋯⋯⋯ 328
第五節　杜甫生命中的舟船意涵 ⋯⋯⋯⋯⋯⋯ 330
一、舟中風景與杜甫失意人生的結合 ⋯⋯ 331
（一）風濤翻湧下的人生墜落 ⋯⋯⋯⋯ 331
（二）孤寂、清絕的心靈色調 ⋯⋯⋯⋯ 332
（三）江湖寥落中的漂蕩形象 ⋯⋯⋯⋯ 334
二、人與舟的相依爲命 ⋯⋯⋯⋯⋯⋯⋯⋯ 337
小　結 ⋯⋯⋯⋯⋯⋯⋯⋯⋯⋯⋯⋯⋯⋯⋯⋯⋯⋯ 341
第五章　孤舟物理——杜甫兩湖飄泊中的人生困
境與疏解 ⋯⋯⋯⋯⋯⋯⋯⋯⋯⋯⋯⋯⋯⋯ 343
前　言 ⋯⋯⋯⋯⋯⋯⋯⋯⋯⋯⋯⋯⋯⋯⋯⋯⋯⋯ 343
第一節　杜詩中「物理」一詞的內涵 ⋯⋯⋯⋯ 345
一、「物情」一詞所映現的自適自得樂境 346
二、「物理」一詞的豐富內涵 ⋯⋯⋯⋯⋯ 348
三、「物理」一詞與杜甫人生的關係 ⋯⋯ 350
第二節　物理難齊的人生困境 ⋯⋯⋯⋯⋯⋯⋯ 352
一、冷暖人間的體會 ⋯⋯⋯⋯⋯⋯⋯⋯⋯ 353
（一）兩湖涸魚的人情體會 ⋯⋯⋯⋯⋯ 353
（二）旅情中親友的溫暖 ⋯⋯⋯⋯⋯⋯ 356

　　　（三）人情冷暖中的兩極共存 ················ 361
　　二、孤舟生涯的兩難人生 ·················· 364
　　　（一）物色變遷中的歸路無期 ············ 365
　　　（二）戰亂下的行路難與拘囚感 ·········· 368
　第三節　天地孤舟中的生命展現 ·············· 371
　　一、白日遍照的無私仁心 ················ 372
　　二、飄泊中的政治寓託 ·················· 375
　　三、舟中的自然剪景與生命開展 ············ 378
　　四、物理、物情與物化交織成的生命圖象 ······ 381
　第四節　兩湖飄泊所體認的天理 ·············· 386
　　一、善意的人格天 ···················· 387
　　二、天機近人事——人格天的不穩定性 ······ 388
　　三、天理的澈悟——人格天的轉變 ·········· 389
　　四、物理的示現——比興與議論 ············ 392
　　小　結 ·························· 398
第六章　結　論 ······················ 401
　　一、孤城裡的障礙、駐足與追尋 ············ 401
　　二、孤城夜色裡的遙望主體和京華圖象 ······ 402
　　三、舟中與陸地的去住兩難 ·············· 403
　　四、杜甫兩湖飄泊中的人生困境與疏解 ······ 404
　　五、視角的拓展與深化 ·················· 404
　　六、議題的延伸與發展 ·················· 405
參考書目舉要 ························ 407
附錄一：兩湖編年差異（以仇兆鰲、楊倫、浦起龍、
　　　　黃去非、丘良任、杜甫年譜為例）········ 421
附錄二：杜甫詩中交通工具用的「舟船」········ 445
圖　次
　圖一：（杜甫之方寸）················ 213
　圖二：（往事與現地的交集）············ 220
　圖三：（杜甫之身）················ 222
　圖四：（杜甫精神的三道心向）·········· 227
　圖五：（雙向來回的三道心向）·········· 228
　圖六：（以理想為核心的三地兼融）········ 231

第四章　孤舟漂蕩
——兩湖時期的舟陸去住兩難

前　言

　　杜甫兩湖時期的研究雖少，相關編年與行蹤的作品卻很多，且於繫年有著不同詮解。姑不論全部作品，莫礪鋒即言：

> 〈過洞庭湖〉一首真偽難定，〈回棹〉、〈登舟將適漢陽〉、〈暮秋將歸
> 秦留別湖南幕府親友〉三首則難以準確地繫年，所以這四首可以暫
> 時不論。〔註1〕

可見此時作品僅能做出大概編年，未能準確安排諸作前後間順序。實際上，編年的問題本就很多，無論時代、地理的改變，到底詩人是用如何標準選擇詞彙，這也是一個問題，比如是精準地名，還是概括之詞，其中有著許多討論空間。筆者此處贊成適度且合理的詮釋，卻不認為一定能夠提出確切之解，故此文目的即在眾多兩湖之作中，針對杜甫舟陸兩種選擇，提出另一種切入角度。

　　攜家帶眷不易遷徙，或許如前引趙翼所說：「少陵則偃師、杜曲尚有家可歸，且身是郎官，赴京尚可補選。」兩湖漂蕩的歲月中，詩人已無草堂、夔州時固定的居所，尋找居所安置全家便成迫切之事，舟陸交錯於是成為此刻最嚴峻的挑戰。這究竟促成杜甫生活上何種兩難？此是值得我們深思的問

〔註 1〕　見莫礪鋒：〈重論杜甫卒於大曆五年冬——與傅光先生商榷〉，《唐宋詩歌論集》
　　　　　（南京：鳳凰出版社，2007 年 4 月），頁 100。

題；又杜甫兩湖時期在生活上與舟船產生異常密切的聯結，尤其死在飄舟，異於中國落地歸根的土地觀念，舟船在漂蕩兩難的日子裡必然形塑出不同以往的意義，此亦是筆者關懷的重心。

前人曾云：「一時旅人，令名百世」〔註2〕，一名旅者如何在顛沛流離中猶讓萬世瞻仰其令名？又云：「操斛賦時事，宇宙歸牢籠。……一時旅人跡，萬古詩壇宗。」〔註3〕逃不出的牢籠裡，杜甫怎麼讓旅人之跡成為詩壇之宗？可知杜甫羈旅之人的身分中，必有更高的生命體貼需要吾人仔細探索。本文不細細探究各詩之間確切的編年，而在針對上述三個問題提出回答，期望在詩歌裡尋覓杜甫此刻的感受，於眾多論述中，尋出杜甫漂蕩生活下的旅人心跡。

第一節　別廬出峽——萍蓬生活的抉擇與預言

一、出夔原因

經歷夔州相對安定的生活，杜甫駐足的同時，不僅在詩歌取得極大成就，生活也有相當改善。然京華之思無從消解，深藏心中那條隱形的歸路便成為亟欲顯現的憧憬〔註4〕。方瑜對杜甫出峽之因有一段說明：

> 杜甫心中似乎認為只要離夔，漸往東行，總是距離故鄉較近。荊州則是旅途中可以停留之地，因為有親友、相識可暫時投止，而且荊州是當時水陸交會的重鎮，人文薈萃，子美可能也有冀謀一職，不再依人求食之意。這些也許都是在居夔兩年之後，急欲出峽的因素。〔註5〕

未來的可能性以及京華的拉近，使得杜甫此行有了發起的可能。然而方瑜雖指出杜甫內在的動機，若無立即的因素參與其中，縱然籌措旅資的目的本是為此，要離開已經穩定的生活，仍是一番難事。面對杜甫這樣毅然的離去與相贈，施鴻保有一段看法：

〔註2〕 見〔明〕孫承恩：《孫承恩詩話》，引自吳文治主編：《明詩話全編》（南京：鳳凰出版社，1997年12月），頁2239。

〔註3〕 見〔明〕孫承恩：《孫承恩詩話》，引自吳文治主編：《明詩話全編》，頁2230。

〔註4〕 杜甫離開成都本欲以江陵為短程目標，以京華為最終目標，故其心中對江陵與京華這兩個地點必然時時深有所思。可見簡錦松：〈杜甫夔州生活新證〉，《唐代學術研討會論文集》（臺北：里仁書局，2008年11月），頁133。

〔註5〕 見方瑜：《杜甫夔州詩析論》（臺北：幼獅文化事業公司，1985年5月），頁58。

至來夔州，則復得柏中丞相待之厚，不獨分瓜送菜而已，詩云：「諸
侯數賜金」，必時有饮助如裴冕、嚴武也。以詩考之，公亦善于治
生……故不數年並有此果園四十畝也。一旦將去江陵，慨然舍之而
不顧，此與范大夫三致千金輒舍去者何異。其豪俠之概，故非齷齪
嗇嗇比矣。〔註6〕

點出杜甫豪俠一面，自是細膩；但「慨然舍之而不顧」一句，仍不免輕忽杜
甫的內在情緒，如杜甫〈將別巫峽贈南卿兄瀼西果園四十畝〉一詩：

苔竹素所好，萍蓬無定居。遠遊長兒子，幾地別林廬。

雜蕊紅相對，他時錦不如。具舟將出峽，巡圃念攜鋤。

正月喧鶯末，茲辰放鷁初。雪籬梅可折，風榭柳微舒。

託贈卿家有，因歌野興疏。殘生逗江漢，何處狎樵漁。（卷21頁1862）

多次遷徙，孩兒也在飄流中養成，面對即將再來的移動，感受自然生起；何
況一手打造的產業已有相當規模，不論其中感情或穩定生活帶來的舒適，物
質的拋去亦讓人不捨。以此觀之，杜甫確有留戀之意〔註7〕，尤以花紅相對，
物我之間，牽繫實在對望中延展出來，絕非只有單純的灑脫而已。

　　杜甫畢竟離開了，那麼除了一心回歸京華的初衷，以及方瑜與施鴻保所
說，是否還有其他原因，讓杜甫在感受到未來的不安定〔註8〕與眼前的不捨下
仍然選擇離去？洪素香以為杜甫到江陵的原因有三：一、二弟杜觀的親情召
喚。二、崔旰與楊子琳之亂。三、多位親友已先後寓居江陵及荊南〔註9〕。封
野認為與杜觀團聚是重要原因，但仍有三項重要外緣因素：一、杜甫對夔州
奇異風俗和飲食起居習慣難以適應。二、夔州治安混亂，缺少安全感。三、
夔州輕儒重商，夔州文化與中原文化價值取向相衝突，杜甫對夔州商業文化
不能順應與認同〔註10〕。以此二說與方瑜相參，則杜甫離開夔州顯然還有幾

〔註6〕　見〔清〕施鴻保：《讀杜詩說》（臺北：臺灣中華書局，1986年11月），頁208。

〔註7〕　仇注云：「曰具舟，曰放鷁，臨別不勝低迴也。」（卷21頁1862）

〔註8〕　仇注以為「殘生逗江漢，何處狎樵漁」兩句，表達了「離園則林泉興少，恐
無復漁樵之侶矣」的情思，可見杜甫對未來亦無甚把握。（卷21頁1862）

〔註9〕　詳見洪素香：《杜甫出夔後行旅與詩歌研究》（臺南：台灣復文興業股份有限
公司，2003年8月），頁6～12。

〔註10〕詳見封野：《杜甫夔州詩疏論》（南京：東南大學出版社，2007年12月），頁
155～166。另封野在文中認為杜甫藉由江陵取道回歸襄陽一說不確，筆者以
為不當，因為杜甫回歸京華仍是他明確的道路，只是生活的需要不得不在兩
湖暫居。

項重要外因〔註11〕，首先就戰亂而言，洪素香在文中有詳細說明〔註12〕，可
參。杜甫當初罷官辭去華州部份原因即為戰亂所致〔註13〕，可知杜甫早有因
為戰亂遷徙的先例，故當後來四川亦生亂，杜甫的離去便不足為奇。洪素香
指的第三點方瑜亦有提及，封野在他文中也談到：「託迹官府是杜甫在荊湘之
行以前已經沿用多年的生活方式」〔註14〕，與官場文化始終保持微妙關係的
詩人，別廬贈出自己產業時，所到之地能夠提供的幫助便不能不成為他一項
重要考量。最後加上對夔州生活、文化的不如意，實可增強杜甫出峽的念頭，
共同形塑出峽的重要外因。但如何將原本過渡的地點變成此行一處關鍵，仍
須有力的原因支撐，在此，洪素香與封野都指出杜觀的關鍵性地位〔註15〕，
以下便討論杜觀邀約對杜甫造成的心理影響。

〔註11〕 關於多位親友已到江陵，方瑜亦有指出，可參上面引文，而洪素香有更清楚
的舉例，詳見洪素香：《杜甫出夔後行旅與詩歌研究》，頁9～11。其實關於親
友這一方面，曹慕樊亦有討論：「杜甫想去荊州居住的原因，一、當時江陵尹
兼御史大夫充荊西節度觀察等使（封陽城郡王）衛伯玉對杜甫有舊。二、杜
位從嚴武幕以後作衛伯玉的行軍司馬。」見曹慕樊：〈杜甫南行〉，《杜詩雜說
全編》（北京：三聯書店，2009年1月），頁65。關於曹慕樊之說，筆者同意
第二點，至於第一點，據《杜甫親眷交遊行年考》所考，並無兩人熟識的相
關記載，見陳冠明‧孫愫婷：《杜甫親眷交遊行年考》（上海：上海古籍出版
社，2006年12月），頁213～214。而封野在〈論杜甫荊湘時期的生存危機與
自我衝突〉一文中提到杜甫在夔州寫給衛伯玉的詩都是為了事先建立關係，
如此到兩湖之後方有機會與衛伯玉結交，詳見封野：〈論杜甫荊湘時期的生存
危機與自我衝突〉，《中國文學研究》（長沙：湖南師範大學中國文學研究編輯
部，2002年第2期），頁20。筆者認同封野的說法，封野檢視了杜甫兩湖時
期以前關於衛伯玉的詩歌，筆者亦曾翻閱〈奉賀陽城郡王太夫人恩命加鄧國
太夫人〉（卷21頁1834～1835）〈送田四弟將軍將夔州柏中丞命起居江陵節度
使陽城郡王衛公幕〉（卷21頁1835）二詩，確無明顯詩句論及兩人交情，遑
論故舊之交。更何況曹慕樊在文中指出衛伯玉的手下不喜歡杜甫，實則若衛
伯玉善待杜甫，手下就算不滿杜甫，又如何敢造次！

〔註12〕 詳見洪素香：《杜甫出夔後行旅與詩歌研究》，頁7～9。

〔註13〕 關於杜甫罷官一說有許多討論，筆者以為韓成武一文頗為中肯，可參。見韓
成武：〈解說「罷官亦由人」之「罷官」——杜甫離開華州任原因之辯論〉，《杜
甫新論》（保定：河北大學出版社，2007年6月），頁92～97。

〔註14〕 詳見封野：〈論杜甫荊湘時期的生存危機與自我衝突〉，頁19。

〔註15〕 龔嘉英、韓成武與《杜甫年譜》皆有談到此，可參。惟這些說法與上述洪素
香、封野之說皆未對杜觀的影響作出詮釋，殊為可惜。詳見龔嘉英：《詩聖杜
甫——以詩作傳以史證詩》，頁248～249。韓成武：《詩聖——憂患世界中的
杜甫》，頁249。王實甫：《杜甫年譜》（臺北：西南書局有限公司，1978年9
月），頁252。

二、親人的呼喚與回春現象

　　親情向來是杜甫心中很重要的一塊天地，近來已有許多研究〔註16〕，尤其漂泊多年，會面不易，心中痛苦當是難以言喻。於是親人的邀約來到時，內在的親情渴望與外在的契機相合，自然湊合出激動不已的情緒。楊倫曾引一文曰：「憶弟諸作，全是一片眞氣流注」〔註17〕，眞情所至，氣亦流暢。不只回憶親人之作如此，杜甫在夔州收到杜觀書信的反應亦是；惟此處我們要觀察的不是杜甫的眞情流注，而是他面對書信的反應，如〈得舍弟觀書自中都已達江陵今茲暮春月末行李合到夔州悲喜相兼團圓可待賦詩即事情見乎詞〉：

> 爾過江陵府，何時到峽州。亂難生有別，聚集病應瘳。
>
> 颯颯開啼眼，朝朝上水樓。老身須付託，白骨更何憂。
>
> （卷 19 頁 1616～1617）

接獲杜觀即將到來的消息，杜甫的反應是「病應瘳」，多年來沉痾能否一夕痊癒並不是重點，而是杜甫對此次見面可能的雀躍。在〈喜觀即到復題短篇二首〉中：

> 巫峽千山暗，終南萬里春。病中吾見弟，書到汝爲人。
>
> 意答兒童問，來經戰伐新。泊船悲喜後，款款話歸秦。
>
> 待爾嗔烏鵲，拋書示鶺鴒。枝間喜不去，原上急曾經。
>
> 江閣嫌津柳，風帆數驛亭。應論十年事，愁絕始惺惺。
>
> （卷 19 頁 1617～1618）

相約在即，杜甫不禁對比起峽內與終南的氣候，雖然作詩的季節正是春天無

〔註16〕如王增文、殷傳寶：〈杜甫的親情、愛情和友情〉，《商丘師範學院學報》（商丘：商丘師範學院，2000 年 10 月第 16 卷第 5 期），頁 26～30。李桂奎：〈論杜詩中蘊含的懷親心態〉，《武當學刊》（現已改爲鄖陽師範高等專科學校學報）（丹江口：鄖陽師範高等專科學校，1998 年 3 月第 18 卷第 1 期），頁 39～41。韋愛萍、王鳳英：〈論杜甫詩的兄弟情〉，《陝西廣播電視大學學報》（西安：陝西廣播電視大學，2007 年 3 月第 9 卷第 1 期），頁 36～39。殷三：〈無情未必眞英雄──淺析杜甫的家庭親情詩〉，《桂林師範高等專科學校學報》（桂林：桂林師範高等專科學校，2005 年 9 月第 19 卷第 3 期），頁 68～70。以上所舉文章雖然論述不深刻，卻明白可見杜甫對親情的重視。歐麗娟《唐代詩歌與性別研究──以杜甫爲中心》一書裡的論述則非常有深度，可參。詳見歐麗娟：《唐代詩歌與性別研究──以杜甫爲中心》（臺北：里仁書局，2008 年 9 月）。

〔註17〕見〔清〕楊倫：《杜詩鏡詮》（臺北：華正書局有限公司，1981 年 6 月），頁 749。

誤，觀察杜甫將春天腳步擋在峽內生活之外，可知詩人的春天結合了自己的
情感，使得原本應該普及萬物的春天也有了地域之分。實則「千山暗」本是
杜甫面對他鄉的情緒宣洩，遂讓夔州塗上黑色顏料，只有親人消息來源之地
可堪春色渲染，盡是主觀投射。然而彩筆掩飾不了峽內春天的訊息，「江閣嫌
津柳」早已透露春色到訪；惟詩人刻意忽略，甚至以江柳阻擋自己遙望弟弟
的視線為嫌，同一份春色，在詩人眼中卻有不同待遇，除了看出杜甫對親人
的重視外，更寫出對江陵一地的期待。

　　春色的期待在與弟弟重逢後，化作更深刻的江陵之期，如〈舍弟觀歸藍
田迎新婦送示兩篇〉：

> 汝去迎妻子，高秋念卻迴。即今螢已亂，好與雁同來。
>
> 東望西江永，南遊北戶開。卜居期靜處，會有故人杯。
>
> 楚塞難為路，藍田莫滯留。衣裳判白露，鞍馬信清秋。
>
> 滿峽重江水，開帆八月舟。此時同一醉，應在仲宣樓。
>
> （卷 19 頁 1678～1679）

杜觀必有邀請，所以才寫出卜居的想法。觀杜甫希望弟弟早早迎妻回到江陵
的心情，出峽之念不僅在自身以春色顯現，更在弟弟身上透過物情表示。詩
中或以螢、雁象徵的季節更迭表示催促，或直以奔波中的景況說明，杜甫的
心情實是一場春色的滿溢，跨越眼前的秋季，並於弟弟寄信告知已達江陵時，
化作更燦爛的春色生輝：

> 汝迎妻子達荊州，消息真傳解我憂。
>
> 鴻雁影來連峽內，鶺鴒飛急到沙頭。
>
> 嶢關險路今虛遠，禹鑿寒江正穩流。
>
> 朱紱即當隨彩鷁，青春不假報黃牛。
>
> 馬度秦山雪正深，北來肌骨苦寒侵。
>
> 他鄉就我生春色，故國移居見客心。
>
> 歡劇提攜如意舞，喜多行坐白頭吟。
>
> 巡簷索共梅花笑，冷蕊疏枝半不禁。
>
> 庾信羅含俱有宅，春來秋去作誰家。
>
> 短牆若在從殘草，喬木如存可假花。
>
> 卜築應同蔣詡徑，為園須似邵平瓜。

比年病酒開涓滴，弟勸兄酬何怨嗟。

（〈舍弟觀赴藍田取妻子到江陵喜寄三首〉‧卷 21 頁 1841～1843）

「馬度秦山雪正深，北來肌骨苦寒侵」，杜甫才正面對峽內冬天，卻因即將成行的江陵之約，再次表達春色降臨的喜悅；無論春天是否已經到來？「他鄉就我生春色」一句，便讓侵骨寒雪蕩然無存。在春天的鼓舞下，杜甫不只仔細尋覓歷史古人的舊居，更想像未來的家園之景、兄弟促膝、對飲、共舞等情事。想像之景不只如此，春色也壯大了杜甫的意志，使得原本遙遠艱險的水路化為虛無，江水為之平穩，春風復生，冰霜盡除〔註 18〕，一道春天帶來了家園的憧憬，還有詩人對遠方道路的信心。直到真正的邀約來到時，〈續得觀書迎就當陽居止正月中旬定出三峽〉便寫出季節真正的扭轉來：

自汝到荊府，書來數喚吾。頌椒添諷詠，禁火卜歡娛。

舟楫因人動，形骸用杖扶。天旋夔子國，春近岳陽湖。

發日排南喜，傷神散北吁。飛鳴還接翅，行序密銜蘆。

俗薄江山好，時危草木蘇。馮唐雖晚達，終覬在皇都。

（卷 21 頁 1852～1853）

穩定所帶來的感動讓杜甫湧上喝酒的興致，哪怕早已屆「舟楫因人動，形骸用杖扶」的疲困晚年，喜悅仍讓他感到歡愉不已。此刻春天立體成一股動天關地的力量，啟動了舟行的木槳，更讓夔州孤城的氣候為之倒旋。

我們觀察杜甫這幾封與弟弟往來的書信，發現親情的力量被杜甫巧妙地與春天擁有的新生意象結合，除與夔州孤城的冰霜暗冷相對外，更是一股可以讓詩人安心啟程的力量。當這力量從外進入詩人體內時，不只如前文所引「亂難生有別，聚集病應瘳」，杜甫還「愁絕始惺惺」般，在絕處深愁中豁然甦醒，打開了飲酒的禁忌〔註 19〕。酒入愁腸雖傷身，卻傷不了親情帶來的春天力量，以及詩人那老年中再次展現的回春身影。

三、京華之思與飄泊的預言

杜甫雖然在親情的安慰下，展現了生命的回春現象，行動之初，仍不免對未來生起許多問號，如〈將別巫峽贈南卿兄瀼西果園四十畝〉一詩所示，離別之情確實依依。杜甫談到：「苔竹素所好，萍蓬無定居。」可見對

〔註 18〕「江漢春風起，冰霜昨夜除。」（〈遠懷舍弟穎觀等〉‧卷 21 頁 1852）。

〔註 19〕「比年病酒開涓滴，弟勸兄酬何怨嗟。」

安定的生活向來有所憧憬，萍蓬般的生命實是他多年來所苦的生活模式。如今江陵一行由於杜觀有了卜居的目的，理應充滿愉快才是；然正如詩中所言：「殘生逗江漢，何處狎樵漁。」絲毫不見對未來的期待，杜甫在春天感染的喜悅下，似乎還潛藏其他情緒。杜甫與杜觀的信中便有許多線索可尋，如：「泊船悲喜後，款款話歸秦」、「此時同一醉，應在仲宣樓」〔註20〕、「發日排南喜，傷神散北吁」〔註21〕、「馮唐雖晚達，終覬在皇都」等句子，在春天意象下，杜甫對京華仍有許多思念存在，可知就算是親情的圍繞，仍舊擋不住杜甫的京華遙思。如此就算到了江陵與杜觀同住，王粲之思必將時時縈繞心中，成為安居的衝突。況且如前面所指，杜甫對未來本就抱有殘生飄泊的預言，如今在京華之思的潛運下，對人生下一步飄泊的真實預言便疾筆而出，寫下〈大曆三年春白帝城放船出瞿塘峽久居夔府將適江陵漂泊有詩凡四十韻〉：

> 老向巴人裏，今辭楚塞隅。入舟翻不樂，解纜獨長吁。
> 窄轉深啼狄，虛隨亂浴鳧。石苔凌几杖，空翠撲肌膚。
> 疊壁排霜劍，奔泉濺水珠。杳冥藤上下，濃澹樹榮枯。
> 神女峰娟妙，昭君宅有無。曲留明怨惜，夢盡失歡娛。
> 擺闔盤渦沸，敧斜激浪輸。風雷纏地脈，冰雪耀天衢。
> 鹿角真走險，狼頭如跋胡。惡灘寧變色，高臥負微軀。
> 書史全傾撓，裝囊半壓濡。生涯臨枭兀，死地脫斯須。
> 不有平川決，焉知眾壑趨。乾坤霾漲海，雨露洗春蕪。
> 鷗鳥牽絲颺，驪龍濯錦紆。落霞沈綠綺，殘月壞金樞。
> 泥筍苞初荻，沙茸出小蒲。雁兒爭水馬，燕子逐檣烏。
> 絕島容烟霧，環洲納曉晡。前聞辯陶牧，轉眄拂宜都。
> 縣郭南畿好，津亭北望孤。勞心依憩息，朗詠劃昭蘇。

〔註20〕 王粲典故所指當是詩人用以指涉江陵一帶無誤，甚至是杜觀住處當陽。然而王粲登樓一意本在北望故土，故杜甫以此典故明指江陵時，其中必也暗藏北望之思。

〔註21〕 此句仇注解為「排舟而南，則離散於北矣」（卷21頁1853），而施鴻保則以為：「今按排猶排算之排，言從發日排算，逐日喜漸至江陵也；散亦解散之散，言從此可以解散北望之吁也。」見〔清〕施鴻保：《讀杜詩說》，頁207。筆者觀結尾兩句，正如王嗣奭所言：「公本北人，以江陵為南。喜而忽吁，即下文覬皇都意。」見〔明〕王嗣奭著，曹樹銘增校：《杜臆增校》（臺北：藝文印書館，1971年10月），頁571。故以為兩句仍是指忍不住放舟南行的喜悅，也同時兼有更遠離北方之家的感傷。

意遣樂還笑，衰迷賢與愚。飄蕭將素髮，汩沒聽洪鑪。
丘壑曾忘返，文章敢自誣。此生遭聖代，誰分哭窮途。
臥疾淹爲客，蒙恩早廁儒。廷爭酬造化，樸直乞江湖。
灩澦險相迫，滄浪深可逾。浮名尋已已，懶計卻區區。
喜近天皇寺，先披古畫圖。應經帝子渚，同泣舜蒼梧。
朝士兼戎服，君王按湛盧。旄頭初俶擾，鶉首麗泥塗。
甲卒身雖貴，書生道固殊。出塵皆野鶴，歷塊匪轅駒。
伊呂終難降，韓彭不易呼。五雲高太甲，六月曠摶扶。
回首黎元病，爭權將帥誅。山林托疲茶，未必免崎嶇。

（卷 21 頁 1866～1873）

入舟卻無絲毫快樂，除離開安定生活下的遺憾外，也是面對未知人生的不安。
杜甫在詩中以許多筆墨描述舟行景色與經過，可見長久以來的夢想一旦成行
後，確實投注甚多精神在這趟舟行；只是當舟行所見隨同筆墨揮灑而盡時，
心情也隨著歡笑轉爲對往事的嗟嘆。這一切對往事的感嘆如同夔州作品裡的
主題，一次又一次出現，畢竟因忠直敢諫而被疏遠的痛苦經驗一直盤據在心，
乃至舟行越過險關的快樂也不及。這即是對未來漂蕩可能的預言，因爲自己
的漂蕩本就肇因於國家內部政治的問題，故就算舟行可以通過天險，卻不代
表有機會穿越最危險的人間行路。杜甫很自然地對未來做出結論：「山林托疲
茶，未必免崎嶇。」老人殘生即將到江陵一帶寄託餘年，杜甫卻直覺地感知
此生未必能夠擺脫崎嶇的現實處境，畢竟眞正難行的不是危險的江濤怒流，
而是那一生牽掛的國事京華。Rollo May 曾言：

> 個人的自由是一條我們以往從不曾經歷的冒險犯難之路，橫亙在前頭
> 的是種種未知，但是我們只能向前挺進。然而有時在路途上會懷疑，
> 我們將棲止於何處？未知的自由令我們經歷這種產生懷疑時的暈眩，
> 一種眼花撩亂與危殆不安之感。……沿著既定的軌道前進讓人安心，
> 但是擁有選擇不同道路的自由卻引發焦慮，讓人暈眩。〔註22〕

踏上旅途的決定與自由，有著焦慮與暈眩的包袱，與筆者陳述的預言互相呼
應之餘，更見杜甫「意遣樂還笑，衰迷賢與愚」寫出的衰迷心事。而這衰迷
即將隨著更險惡的兩湖生活給予杜甫沉重一擊，直至發出衰颯呼喊。

〔註22〕見 Rollo May 著，龔卓軍、石世明譯：《自由與命運》（臺北：立緒文化事業
　　　有限公司，2001 年 3 月），頁 273～274。

第二節　人情影響下的漂蕩行蹤

　　針對杜甫兩湖時期行蹤已有許多文章討論，此處旨在凸顯杜甫在陸地與舟中兩難的選擇裡，究竟表達出如何情緒，以使詩人的心跡更爲清楚。

一、江陵去留——人情澆薄而離去

　　杜甫到達目的地江陵前，便寫有〈行次古城店泛江作不揆鄙拙奉呈江陵幕府諸公〉一詩與當地官員聯絡：

　　　老年常道路，遲日復山川。白屋花開裏，孤城麥秀邊。

　　　濟江元自闊，下水不勞牽。風蝶勤依槳，春鷗懶避船。

　　　王門高德業，幕府盛才賢。行色兼多病，蒼茫泛愛前。

　　（卷 21 頁 1874～1875）

從詩中談到「老年常道路，遲日復山川」，可知杜甫對輾轉道路中有許多無奈。杜甫既將未來前景暫置於江陵的可能性中，便有著「行色兼多病，蒼茫泛愛前」的婉轉之詞，透露結束此生蒼茫、漂蕩的暗示。實際上，杜甫到達江陵後便複製著過去與官員的相處模式，試圖藉由官員幫助，有一暫時棲身之所，乃至一官位可居。觀詩中「王門高德業，幕府盛才賢」，便不難想像杜甫請求的景況。

　　杜甫與官員建立關係的作品頗多〔註 23〕，其中不乏與故舊聯繫的作品，甚至杜甫與江陵一地官員的聯絡早在夔州之時便已開始〔註 24〕，可見用力之深。杜甫既受杜觀邀請而至，本無理由繼續帶著家人奔波在求託的道路上，況如趙翼所言，攜家移動確實不便〔註 25〕。前人論述杜甫此時已將家人安置在杜觀住處〔註 26〕，筆者以爲可參，亦符合行動之便。家人既已安置妥當，

〔註 23〕　〈宴胡侍御書堂〉（卷 21 頁 1878）、〈書堂飲既夜復邀李尚書下馬月下賦絕句〉
　　　　　（卷 21 頁 1878）、〈奉送蘇州李二十五長史丈之任〉（卷 21 頁 1879～1880）、
　　　　　〈江陵節度陽城郡王新樓成王請嚴侍御判官賦七字句同作〉（卷 21 頁 1901～
　　　　　1902）、〈又作此奉衛王〉（卷 21 頁 1902）。
〔註 24〕　見封野：《杜甫夔州詩疏論》，頁 168～172。
〔註 25〕　筆者觀察杜甫在草堂與夔州時，其人與官員的往來亦皆一人獨往，可證。
〔註 26〕　此說頗多，以下便舉幾例。韓成武：「當初，杜甫抵達江陵，即將家屬安置在
　　　　　江陵西北的當陽縣（今屬湖北），這是弟弟杜觀爲他找的寓所。而自己則以江
　　　　　陵爲中心從事交游活動。夏天，家屬從當陽頻頻寄來書信，告知生活難以維
　　　　　持：『童稚頻書札，盤餐詎糝藜！』妻兒們連糠菜都沒的吃了，作爲妻夫子父，
　　　　　他自然十分著急，就前往附近各縣去求援。卻又因爲友人的吝惜財務而未能
　　　　　如願。」見韓成武：《詩聖——憂患世界中的杜甫》，頁 253～254。龔嘉英的
　　　　　看法與此類似，見龔嘉英：《詩聖杜甫——以詩作傳以史證詩》，頁 252～253。

杜甫自可開始建立他在江陵的人脈，這些工作如前面注文引出，多在陸上進行，除了部分泛湖之作〔註27〕，當與人類陸居習慣有關。然而杜甫似乎不太順利，如〈乘雨入行軍六弟宅〉：

> 曙角凌雲亂，春城帶雨長。水花分壍弱，巢燕得泥忙。
>
> 令弟雄軍佐，凡才污省郎。萍漂忍流涕，衰颯近中堂。
>
> （卷 21 頁 1876）

水花與巢燕不同的生命處境對比出杜甫與其弟的貴賤〔註28〕，結語更如浦起龍說：「衰白而上堂皇，自顧殊闃然也」〔註29〕，詩人此時確實顯得「衰颯」了〔註30〕。為求生而奔波的應酬活動還有很多，都不如人意，可說是在「萍漂」與「衰颯」的感受推移，如以下：

> 鬢毛垂領白，花蕊亞枝紅。欹倒衰年廢，招尋令節同。
>
> 薄衣臨積水，吹面受和風。有喜留攀桂，無勞問轉蓬。
>
> （〈上巳日徐司錄林園宴集〉‧卷 21 頁 1876～1877）
>
> 天意高難問，人情老易悲。尊前江漢闊，後會且深期。
>
> （〈暮春江陵送馬大卿公恩命追赴闕下〉‧節‧卷 21 頁 1880～1882）
>
> 渥洼汗血種，天上麒麟兒。才士得神秀，書齋聞爾為。
>
> 棟華晴雨好，綵服暮春宜。朋酒日歡會，老夫今始知。
>
> （〈和江陵宋大少府暮春雨後同諸公及舍弟宴書齋〉‧卷 21 頁 1882）
>
> 肅宗昔在靈武城，指揮猛將收咸京。
>
> 向公泣血灑行殿，佐佑卿相乾坤平。

而劉開揚亦提到：「杜甫可能到過當陽縣去，從前王粲在城樓做過有名的〈登樓賦〉，杜甫也寫過一首〈短歌行贈王郎司直〉。」劉開揚以詩中「仲宣樓頭春色深」為證，可參。見劉開揚：《唐詩論文集》，頁 182。

〔註27〕〈暮春陪李尚書李中丞過鄭監湖亭泛舟〉（卷 21 頁 1883）、〈宇文晁崔彧重泛鄭監前湖〉（卷 21 頁 1883）。

〔註28〕「公舟中，故自比『水花』分布壍中，隨水漂流而弱；弟入幕，軍府多事，比『巢燕』得泥而忙……。不曰入而曰『近』，似有未易親者。位亦幕府中人，想亦不甚用情而不能無望也。上文『雄』字，已含風刺。」見〔明〕王嗣奭著，曹樹銘增校：《杜臆增校》，頁 577。

〔註29〕見〔清〕浦起龍：《讀杜心解》（臺北：九思出版有限公司，1979 年 3 月），頁 574。

〔註30〕龔嘉英云：「昔人云：詩歌之衰颯自杜陵始。衰颯二字見此詩，有由來矣。」見龔嘉英：《詩聖杜甫──以詩作傳以史證詩》，頁 251。

> 逆胡冥寞隨煙燼，卿家兄弟功名震。
>
> 麒麟圖畫鴻雁行，紫極出入黃金印。
>
> 尚書勳業超千古，雄鎮荊州繼吾祖。
>
> 裁縫雲霧成御衣，拜跪題封賀端午。
>
> 向卿將命寸心赤，青山落日江潮白。
>
> 卿到朝廷說老翁，漂零已是滄浪客。
>
> （〈惜別行送向卿進奉端午御衣之上都〉，卷 21 頁 1890～1891）
>
> 醉酒揚雄宅，升堂子賤琴。不堪垂老鬢，還對欲分襟。
>
> 天地西江遠，星辰北斗深。烏臺俯麟閣，長夏白頭吟。
>
> （〈夏日楊長寧宅送崔侍御常正字入京〉，卷 21 頁 1892）

杜甫飄泊多年，「一世之羈人」的樣貌早與血肉相連成「旅人多感」〔註31〕的生命形象。如今宴集歡樂，只有自己身如轉蓬，在無勞問的表達中，杜甫之悲確實意在言外〔註32〕。這種疏離感不僅在官員身上覺察，也在自己的弟弟身上嗅到，於是當「朋酒日歡會，老夫今始知」的尷尬發生時，整個官場文化形塑的陸地環境便與詩人形成兩個世界，拒絕了杜甫的進入，也婉拒了幫忙。觀杜甫在江陵與官場的的聯繫中，詩作出現大量極為相似的詞彙：

人情老易悲	－	天意高難問
衰颯	－	萍漂
衰年	－	轉蓬
卿到朝廷說老翁	－	漂零已是滄浪客

這些詞彙集中說明杜甫陸上活動的結果和感受，放棄所有，決定不回頭之行的杜甫，在預言著未來飄泊的同時，其實對未來仍抱有憧憬。只是詩人雙腳踏上陸地的時候，不只時代改變了曾有的風華，政治環境也變得與所想不同；於是在天意難問以及老年易悲的人生綱領下，反覆的衰颯之感和漂蕩之傷便接踵而至，何況還有著「天地西江遠，星辰北斗深」的故國之思，一同填滿杜甫江陵陸上生活的詩卷。

〔註31〕 見〔清〕浦起龍：《讀杜心解》，頁 574。

〔註32〕 「身如轉蓬，無勞問矣，悲在言外。」見〔明〕王嗣奭著，曹樹銘增校：《杜臆增校》，頁 577。

杜甫面對官場謀生失意，卻猶有家人需要照顧，如〈水宿遣興奉呈群公〉
裡所指：

魯鈍仍多病，逢迎遠復迷。耳聾須畫字，髮短不勝篦。
澤國雖勤雨，炎天竟淺泥。小江還積浪，弱纜且長堤。
歸路非關北，行舟卻向西。暮年漂泊恨，今夕亂離啼。
童稚頻書札，盤餐詎糝藜。我行何到此，物理直難齊。
高枕翻星月，嚴城疊鼓鼙。風號聞虎豹，水宿伴鳧鷖。
異縣驚虛往，同人惜解攜。蹉跎長泛鷁，展轉屢鳴雞。
嶷嶷瑚璉器，陰陰桃李蹊。餘波期救涸，費日苦輕齎。
杖策門闌邃，肩輿羽翮低。自傷甘賤役，誰愍強幽棲。
巨海能無釣，浮雲亦有梯。勳庸思樹立，語默可端倪。
贈粟囷應指，登橋柱必題。丹心老未折，時訪武陵溪。

（卷 21 頁 1894～1897）

家人寄來書信，訴說著生活艱辛，於是在江陵的杜甫又須回到當陽照料家裡
一切，只是「歸路非關北，行舟卻向西」，想著人生道路不向直北而開，卻在
當陽與江陵間奔波，難怪恨意滿滿。而一路向西中，又無人幫助，只餘「異
縣驚虛往，同人惜解攜」，留下奔波無果的嗟嘆。來往江陵與當陽間的杜甫，
住宿情況如何？沒有明確說明，據〈秋日荊南述懷三十韻〉所說：

昔承推獎分，愧匪挺生材。遲暮宮臣忝，艱危袞職陪。
揚鑣隨日馭，折檻出雲臺。罪戾寬猶活，干戈塞未開。
星霜玄鳥變，身世白駒催。伏枕因超忽，扁舟任往來。
九鑽巴噀火，三蟄楚祠雷。望帝傳應實，昭王問不迴。
蛟螭深作橫，豺虎亂雄猜。素業行已矣，浮名安在哉。
琴烏曲怨憤，庭鶴舞摧頹。秋水漫湘竹，陰風過嶺梅。
苦搖求食尾，常曝報恩腮。結舌防讒柄，探腸有禍胎。
蒼茫步兵哭，展轉仲宣哀。飢藉家家米，愁徵處處杯。
休為貧士歎，任受眾人咍。……賢非夢傅野，隱類鑿顏坯。
自古江湖客，冥心苦死灰。（節‧卷 21 頁 1904～1909）

「蒼茫步兵哭，展轉仲宣哀。飢藉家家米，愁徵處處杯」四句誠可與〈水宿遣
興奉呈群公〉一詩裡的情境呼應，兩端間奔波只為生計難求，杜甫因戰亂流離
至此，如今生計再度重重壓著詩人雙肩，蒼茫之感自然頓生。王粲登樓一地即

在當陽,「展轉」一詞確實可以證明杜甫來往於江陵和當陽間的情況〔註33〕,如此,蒼茫與展轉竟聯合構築詩人此時舟陸生活的辛酸,象徵著兩種生活的難處。

　　杜甫奔波期間應以舟居為多〔註34〕,前文中「萍漂」、「轉蓬」、「漂零」等詞已有暗示,再如「蹉跎長泛鷁,展轉屢鳴雞」一聯,可知杜甫確實在蹉跎中居於舟上。相對於陸上的辛酸,杜甫舟上生活顯然有一些不同,雖也有「高枕翻星月,嚴城疊鼓鼙。風號聞虎豹,水宿伴鳧鷖」這樣較嚴肅的表現,將舟中所聽聞的戰亂情事化成虎豹之聲,使得生命與清月翻動的形象統合在一起〔註35〕。然清月翻動,也有水波穩定之時,此刻月亮仍可有清晰的樣貌可與生活共賞,如〈遣悶〉:

> 地闊平沙岸,舟虛小洞房。使塵來驛道,城日避烏檣。
> 暑雨留蒸溼,江風借夕涼。行雲星隱見,疊浪月光芒。
> 螢鑒緣帷徹,蛛絲冒鬢長。哀箏猶憑几,鳴笛竟霑裳。
> 倚著如秦贅,過逢類楚狂。氣衝看劍匣,穎脫撫錐囊。
> 妖孽關東臭,兵戈隴右瘡。時清疑武略,世亂蹋文場。
> 餘力浮於海,端憂問彼蒼。百年從萬事,故國耿難忘。
>
> （卷21 頁1897～1898）

此詩仍透露戰事的發生〔註36〕,但對於舟中生活亦有較多描述。這時月亮不再被翻動,而是隨著浪波起伏,溼熱的天氣也因為江風得以暫緩。舟中生活雖不比陸地,滿是蜘蛛絲的舟上卻少了陸地應酬的無奈,縱然舟中的杜甫仍是滿腹愁腸。舟上的寧靜也容易讓詩人萌生許多思考,此刻浮海避世的想法又生,只是萬事可忘的杜甫,偏偏忘不了故國,耿耿之情遂與舟上景色連成

〔註33〕　〈短歌行贈王郎司直〉一詩亦提到:「仲宣樓頭春色深,青眼高歌望吾子,眼中之人吾老矣。」（卷21 頁1885～1886）其中「仲宣樓頭春色深」一句亦可為杜甫在當陽的證明。此說劉開揚亦提及。見劉開揚:《唐詩論文集》,頁182。

〔註34〕　「乘坐舟船行旅,休宿大都仍在船艙中。……船家、雇主以及正式的航船乘客,夜間歇宿的條件當然還要好一些,也有到達目的地之後仍然以舟船作為居處的情形。」詳見王子今:《中國古代行旅生活》（臺北:臺灣商務印書館股份有限公司,1998年11月）,頁99。

〔註35〕　歐麗娟以為杜詩中的月亮意象代表著杜甫的心靈狀態和生命情境的表達。詳見歐麗娟:《杜詩意象論》（臺北:里仁書局,1997年12月）,頁74～94。

〔註36〕　「觀後有『妖孽』、『兵戈』之句,知關東、隴右兵變,驛使紛馳,到城塵起,日為蒙漲,舟中人見之,若日避烏檣耳。」見〔明〕王嗣奭著,曹樹銘增校:《杜臆增校》,頁589。

一片澄淨：

> 驟雨清秋夜，金波耿玉繩。天河元自白，江浦向來澄。
>
> 映物連珠斷，緣空一鏡升。餘光隱更漏，況乃露華凝。
>
> 江月辭風纜，江星別霧船。雞鳴還曙色，鷺浴自晴川。
>
> 歷歷竟誰種，悠悠何處圓。客愁殊未已，他夕始相鮮。
>
> （〈江邊星月二首〉‧卷 21 頁 1899）

王嗣奭言：「天明後又追思，此星歷歷，是誰種乎？明月悠悠，又有何處圓乎？客愁未已，自覺委苶。」〔註 37〕可見杜甫心中之愁，在悠悠明月照耀下更加清楚了。然觀詩中風景，「驟雨清秋夜，金波耿玉繩。天河元自白，江浦向來澄」、「雞鳴還曙色，鷺浴自晴川」，杜甫在舟上確實有別於陸地生活應酬的委屈，寫出較細膩的情景外，也與大自然有著較親切的互動。同樣的舟中之景還有如下兩詩：

> 更深不假燭，月朗自明船。金刹青楓外，朱樓白水邊。
>
> 城烏啼眇眇，野鷺宿娟娟。皓首江湖客，鉤簾獨未眠。
>
> （〈舟月對驛近寺〉‧卷 21 頁 1900）

> 風餐江柳下，雨臥驛樓邊。結纜排魚網，連檣並米船。
>
> 今朝雲細薄，昨夜月清圓。飄泊南庭老，祗應學水仙。
>
> （〈舟中〉‧卷 21 頁 1901）

一樣的皓首悲情下，卻與應酬時的詩情不同，金、紅、青、白幾個顏色，便與舟旁動物共同塗抹出月色朗照下的幽景；甚至詩人也可以比較清晰地注意到白天江邊的百姓生活，哪怕仍是滿滿的飄泊之感。要注意的是第二首詩中已經提出水仙的概念，雖是漂蕩之喻，卻也潛藏著隱逸之心，在〈憶昔行〉中更爲明確：

> 憶昔北尋小有洞，洪河怒濤過輕舸。
>
> 辛勤不見華蓋君，艮岑青輝慘么麼。
>
> 千崖無人萬壑靜，三步回頭五步坐。
>
> 秋山眼冷魂未歸，仙賞心違淚交墮。
>
> 弟子誰依白茅室，盧老獨啓青銅鎖。
>
> 巾拂香餘搗藥塵，階除灰死燒丹火。

〔註 37〕見〔明〕王嗣奭著，曹樹銘增校：《杜臆增校》，頁 590。

　　　玄圃滄洲莽空闊，金節羽衣飄婀娜。

　　　落日初霞閃餘映，倏忽東西無不可。

　　　松風澗水聲合時，青兒黃熊啼向我。

　　　徒然咨嗟撫遺跡，至今夢想仍猶左。

　　　祕訣隱文須內教，晚歲何功使願果。

　　　更討衡陽董練師，南浮早鼓瀟湘舵。（卷 21 頁 1888～1889）

王嗣奭言：「公困於羈旅，故有此憶。亦以泛舟瀟湘，而董練師在衡陽，欲乘便訪之，因而追憶華蓋君也。然詞筆玄超，真帶仙靈之氣。」〔註 38〕此詩不僅充滿著仙靈之氣，更以泛舟之行連結著隱逸思想，這或許與杜甫在陸上的挫折有關，畢竟舟中的杜甫在情緒上要比陸上好多了。

　　杜甫江陵時的舟中狀況可有幾點補充，在〈江邊星月二首〉、〈舟月對驛近寺〉〈舟中〉四詩中，前兩詩如應制文字〔註39〕，後兩詩亦是五律之體，以科舉用的五律創作，可見京華仍是杜甫心中最大的歸向〔註40〕。這在〈秋日荊南送石首薛明府辭滿告別奉寄薛尚書頌德敘懷斐然之作三十韻〉一詩中亦有提及：

　　　十年嬰藥餌，萬里狎樵漁。揚子淹投閣，鄒生惜曳裾。

　　　但驚飛熠燿，不記改蟾蜍。煙雨封巫峽，江淮略孟諸。

　　　湯池雖險固，遼海尚填淤。努力輸肝膽，休煩獨起予。

　　　（節・卷 21 頁 1909～1913）

北歸仍是杜甫心中所想，這是陸地與舟中的共同感受，亦是多年來的堅持。江陵的生活裡，杜甫長期奔波兩地，多以舟船為居，乃至因病不便見友之作也透露出在舟上的跡象〔註 41〕，可見詩人此時舟居情況。杜甫在夜裡幾次望月，延續他長期失眠的問題，從月色被翻動的情況到隨波浮動，都可見詩人舟居的生活。月色亦讓詩人清楚記憶時光流逝，乃有「但驚飛熠燿，不記改蟾蜍」的抒發，訴說著舟居生活點滴。月色已讓杜甫忘了到底漂蕩多少日子，但寫下這詩時，至少還清楚漂蕩人生的悠久。

〔註38〕見〔明〕王嗣奭著，曹樹銘增校：《杜臆增校》，頁 601。

〔註39〕「二詩照定星月，比偶發揮，如應制文字，別是一體。」見〔明〕王嗣奭著，曹樹銘增校：《杜臆增校》，頁 590。

〔註40〕見廖美玉：〈詩人夜未眠的典型案例——杜甫〉，《中古詩人夜未眠》（臺南：宏大出版社，2002 年 1 月），頁 475。

〔註41〕〈多病執熱奉懷李尚書〉（卷 21 頁 1893～1894）此詩中提到「大水淼茫炎海接」、「山陰夜雪興難乘」等句，除了字面上的大水之狀，以典故乘舟盡興來說明自己因病未能成行的例子，亦可看出杜甫此時的居住所在。

二、公安遲步——人生方向有猶疑

江陵地區人情的不可居與杜甫原先預期有著大大落差〔註 42〕，這樣的打擊催促詩人尋找更新的機會，於是來到更南的公安。公安，今屬湖北省，唐代屬荊州江陵府〔註 43〕，在荊州府東南七十里〔註 44〕。出發前，杜甫有〈舟出江陵南浦奉寄鄭少尹審〉一詩：

> 更欲投何處，飄然去此都。形骸元土木，舟楫復江湖。
> 社稷纏妖氣，干戈送老儒。百年同棄物，萬國盡窮途。
> 雨洗平沙淨，天銜闊岸紆。鳴螿隨泛梗，別燕起秋菰。
> 棲託難高臥，飢寒迫向隅。寂寥相呴沫，浩蕩報恩珠。
> 溟漲鯨波動，衡陽雁影徂。南征問懸榻，東逝想乘桴。
> 濫竊商歌聽，時憂下泣誅。經過憶鄭驛，斟酌旅情孤。

（卷 22 頁 1920～1921）

「形骸元土木」一句用嵇康事，言不善周旋〔註 45〕，也代表了杜甫不修飾外在而顯得身影憔悴。原以為可以暫居江陵得到較好的生活，如今卻如被棄之物，丟置在人世窮途，杜甫此刻確實是滿滿的不如意了。杜甫離開了陸地的追尋，坐上屬於自己的漂蕩之舟，只是飄然之際，真正屬於自己的歸處在哪連詩人也不明白，畢竟滿懷希望的落空已太多，「更欲」兩字實是最深的無奈和宣洩。何處呢？「南征問懸榻，東逝想乘桴」，南方與東方，杜甫仍在猶疑。從詩中我們可以得知鄭審應該有給予杜甫一些幫助，也許不多，至少還有些盤纏可以到公安。其實兩湖地區能夠幫助杜甫的多是故舊，如此處鄭審即是友人鄭虔的後代；而為何幫助不多，或有背後的無奈〔註 46〕，詩人不便具體說出而已。這時杜甫聽聞友人逝去的消息，對杜甫造成嚴重打擊，當「相知成白首，此別間黃泉」（〈哭李尚書〉・卷 22 頁 1916～1918）、「兒童相識盡，宇宙此生浮」（〈重題〉・卷 22 頁 1918）、「斯人不重見，將老失知音」（〈哭李

〔註 42〕「聞說江陵府，雲沙靜眇然。白魚如切玉，朱橘不論錢。水有遠湖樹，人今何處船。青山各在眼，卻望峽中天。」（〈峽隘〉・卷 19 頁 1727）由此詩中，可知杜甫當初對江陵確實懷抱著極大的希望。
〔註 43〕見宋開玉：《杜詩釋地》（上海：上海古籍出版社，2004 年 12 月），頁 548。
〔註 44〕見〔明〕王嗣奭著，曹樹銘增校：《杜臆增校》，頁 597～598。
〔註 45〕見〔清〕楊倫：《杜詩鏡詮》，頁 938。
〔註 46〕劉開揚：「對於江陵府少尹鄭審等人，他能體諒他們迫於形勢，無暇照料於他。」見劉開揚：《唐詩論文集》，頁 199。

常侍嶧二首〉‧卷 22 頁 1919～1920），也讓我們看到杜甫對未來的不安，流露浮動宇宙間的深沉無奈。

　　杜甫往公安的心情滿是悲傷，如〈暮歸〉：

　　　霜黃碧梧白鶴樓，城上擊柝復烏啼。

　　　客子入門月皎皎，誰家搗練風淒淒。

　　　南渡桂水闕舟楫，北歸秦川多鼓鞞。

　　　年過半百不稱意，明日看雲還杖藜。（卷 22 頁 1915）

詩中寫的還是年過半百猶仍飄泊的心情，南行缺盤纏，北行又逢戰亂，與前文「南征問懸榻，東逝想乘桴」勾勒出三個方向。一則往東，此或即杜甫詩中所寫的吳越之行〔註 47〕，有著年輕時的夢想；二則北歸，這是杜甫長期以來的夢想；三即是南行。南行在這些方位中出現了兩次，可見杜甫考慮之深，雖仍未有答案，卻是詩人心中一道不斷浮現的指標。這種失落感不斷延續，在〈江漢〉、〈地隅〉〔註48〕兩詩中得到全面性的發揮：

　　　江漢思歸客，乾坤一腐儒。片雲天共遠，永夜月同孤。

　　　落日心猶壯，秋風病欲蘇。古來存老馬，不必取長途。

　　　（〈江漢〉‧卷 23 頁 2029）

　　　江漢山重阻，風雲地一隅。年年非故物，處處是窮途。

　　　喪亂秦公子，悲涼楚大夫。平生心已折，行路日荒蕪。

　　　（〈地隅〉‧卷 23 頁 2030）

江漢地隅中，天遠月孤，山重窮途，杜甫面對未來卻有兩種感受，一者「落日心猶壯，秋風病欲蘇」，一者「喪亂秦公子，悲涼楚大夫」，兩首創作時間頗一致的作品中，已經產生極大反差。舟陸兩種生活的交錯，逼使詩人如腐儒般處處遭遇窮途，此時縱然心中猶有壯志，卻不得不承認行路日漸荒蕪的事實。

　　杜甫還在猶豫，帶著一家人卻未必適合舟居，乃有移往館驛的決定，如

〔註47〕「輕舟下吳會，主簿意何如。」（〈逢唐興劉主簿弟〉‧卷 10 頁 839）、「巴蜀愁誰語，吳門興杳然。九江春草外，三峽暮帆前。厭就成都卜，休為吏部眠。蓬萊如可到，衰白問羣仙。」（〈遊子〉‧卷 13 頁 1088）、「賤子且奔走，三年望東吳。孤矢暗江海，難為遊五湖。」（〈草堂〉‧卷 13 頁 1115）這些詩中都可以看出杜甫曾經有想過到吳越一帶。

〔註48〕李辰冬：「是從江陵再往湖南之感。」見李辰冬：《杜甫作品繫年》（臺北：東大圖書股份有限公司，1990 年 4 月），頁 237。

〈移居公安山館〉：

> 南國畫多霧，北風天正寒。路危行木杪，身迴宿雲端。
>
> 山鬼吹燈滅，廚人語夜闌。雞鳴問前館，世亂敢求安。
>
> （卷 22 頁 1922）

據趙睿才所說：

> 在唐代，「館驛」只是對交通機構的統稱，其內部分別頗細。驛有大
> 小之分，大者曰驛，小者稱館，……不在主幹驛道上的驛稱爲驛館，
> 屬於驛的一種。唐代的驛既負責傳遞公文又兼接待行客，具有客館
> 功能，……「館」更複雜，大而言之，有驛館、公館、旅館三類，
> 細緻區分，驛館有水館、陸館之分，公館有州館、縣館之別，……
> 此外還有與館驛相關的客亭。〔註49〕

知杜甫所住之館大概，杜甫既言山館，則此地當在山中，可見詩人離開舟船
到了陸地。此詩描寫冬天景象，更將山路曲折表達出來，與詩人在江陵挫折
中的感受結合甚密，營造出雲端路危的氣氛。筆者觀看公安一帶衛星地形圖〔註
50〕，發現沿江一帶並無明顯山勢地形，推測山館與市區有一段距離，與杜甫
所謂「路危行木杪，身迴宿雲端」呼應。杜甫重新由舟中回到陸地面臨的是
陰冷景象，而詩人還在移動，「雞鳴問前館，世亂敢求安」，足見杜甫一家爲
了生計仍在遷徙。遷徙的道路漫長，故當前館在何方的疑問提出時，詩人也
不清楚了。

　　杜甫在這首詩中使用了山鬼一詞，據王嗣奭所言乃在「狀山館之荒僻」〔註
51〕。其實山鬼的使用不僅是山館的場景效用而已，它更反映出杜甫此時心境
與陸上生活感受。研究山鬼在杜詩中的意義已有論文討論，筆者以爲楊義與
歐麗娟所說甚佳，茲引幾段文獻如下：

> 杜甫晚年，尤其是他生命的最後三四年，山鬼意象再三出現。這說

〔註49〕見趙睿才：《唐詩與民俗關係研究》（上海：上海古籍出版社，2008 年 11 月），
　　　　頁 247。

〔註50〕參見 google 網頁：http://ditu.google.cn/maps?f=q&source=embed&hl=zh-CN&
　　　　geocode=&q=%E6%B9%96%E5%8C%97%E7%9C%81%E5%AE%9C%E6%98
　　　　%8C%E5%B8%82%E5%BD%93%E9%98%B3%E5%B8%82&sll=36.173357,10
　　　　4.238281&sspn=31.588797,56.162109&ie=UTF8&brcurrent=3,0x3683caf3c03ad
　　　　dbf:0x4c74b710a124c6d0%3B5,0&ll=30.817051,111.811981&spn=0.141527,0.21
　　　　9727&z=12。

〔註51〕見〔明〕王嗣奭著，曹樹銘增校：《杜臆增校》，頁 597～598。

明他久歷滄桑後，對人事荒謬感和生命無常感體驗極深，深到難以
拂去心中沉重的陰影，只好以超自然意象表述之。〔註52〕

山鬼意象較頻繁的出現，與杜甫荒僻孤獨所沉積成的陰沉乖戾的暮
年心境相關，也與巴、楚文化信巫鬼的習俗絲縷相聯，或者說是二
者綜合而成的某種對現實世界的超現實的體驗和想像。〔註53〕

山鬼的幢幢陰影成為不安不適之客居心情的強烈投射。〔註54〕

山鬼不但如影隨形地伴隨於身畔，甚至潛入杜甫身上與之併合為
一，化為老病詩人幽閉荒山支離枯槁的身形處境，成為困居蠻荒異
域的自我設喻之詞。〔註55〕

四段文獻分屬兩位學者，卻共同指出杜甫此時心境的基調：「陰影」、「荒僻
孤獨」、「陰沉乖戾」、「不安不適」、「幽閉」，可知杜甫心境有著說不出的陰
沉，重疊多層陰影。這些陰影很大部分與希望破滅有關，如前文所引〈舟
出江陵南浦奉寄鄭少尹審〉：「苦搖求食尾，常曝報恩腮。結舌防讒柄，探
腸有禍胎。……休為貧士歎，任受眾人咍。……自古江湖客，冥心苦死灰。」
訴說著人心的險惡和無情，感受自然沉重如死灰。如此情況在公安依舊存
在〔註56〕，但出現一些較為溫暖的人，如〈醉歌行贈公安顏十少府請顧八
題壁〉中：

神仙中人不易得，顏氏之子才孤標。

天馬長鳴待駕馭，秋鷹整翮當雲霄。

君不見東吳顧文學，君不見西漢杜陵老，

詩家筆勢君不嫌，詞翰升堂為君掃。

是日霜風凍七澤，烏蠻落照銜赤壁。

酒酣耳熱忘頭白，感君意氣無所惜，一為歌行歌主客。（卷22 頁1923）

〔註52〕見楊義：《李杜詩學》（北京：北京出版社，2001年3月），頁652。

〔註53〕見楊義：《李杜詩學》，頁652～653。

〔註54〕見歐麗娟：《唐代詩歌與性別研究——以杜甫為中心》，頁284。

〔註55〕見歐麗娟：《唐代詩歌與性別研究——以杜甫為中心》，頁285。

〔註56〕如：「交態遭輕薄，今朝豁所思。」（〈移居公安敬贈衛大郎〉・卷22 頁1928
～1929）、「病鶻孤飛俗眼醜，每夜江邊宿裊柳。」（〈呀鶻行〉・卷22 頁1931）、
「羈旅知交態，淹留見俗情。衰顏聊自哂，小吏最相輕。去國哀王粲，傷時
哭賈生。狐狸何足道，豺虎正縱橫。」（〈久客〉・卷22 頁1936）等。

楊倫稱此詩：「杜晚年五古多頹唐，惟七古格法窮極奇變，所謂從心所欲不踰矩者。」〔註57〕王嗣奭亦言：「此篇瀏灘頓挫，公孫大娘劍手。突然起，何等筆力！接以『天馬』、『秋鷹』，正見『才孤標』。『詩家筆勢』、『辭翰』，俱兼文與字。『歌主客』，謂發一時主客相與之情。」〔註58〕可見杜甫高興之際，詩筆也跟著雀躍了，一脫前文山鬼的陰沉氣氛，轉以活潑生氣筆調。時杜甫亦贈詩與顧八分〔註59〕，其中談到自己與友人的共同悲情，誠如楊倫所注：

> 「古來事反覆，相見橫涕泗」言：「同是天涯淪落人，不覺一吐憤懣」
> 〔註60〕。

天涯淪落人，正是萬古悲情之所在。惟此詩不只哭訴彼此，也有如張上若所說：

> 既戒以慎其所往，又教以進言天使，卹民選吏，末段囑以勿務苟得，
> 先正其身，真愛人以德之道。〔註61〕

關懷天下始終是杜甫的心腸，一有機會，詩人仍舊善盡自己語言的責任；只是諄諄叮嚀中，卻也見杜甫未盡的遺憾。楊倫稱讚此詩：「放筆為直幹，抒寫淋漓，勢若江河之決。子美晚年五古，另有一種意境。」〔註62〕可知詩人的心情影響著創作的調性，詩中氣氛確應與詩人生命情境合觀。

　　杜甫與顏十少府的互動當不在山館進行，推杜甫有離開山館之行，或者離開如詩中所言之「前館」，亦即下一處暫居之所。杜甫與顏十少府的關係似乎不錯，又有一詩〈官亭夕坐戲簡顏十少府〉：

> 南國調寒杵，西江浸日車。客愁連蟋蟀，亭古帶蒹葭。
> 不返青絲鞚，虛燒夜燭花。老翁須地主，細細酌流霞。
> （卷22頁1927）

生活依舊困苦，但戲言之中，也可見杜甫在澆薄人情中少數的玩笑。山中生活不易，尤其來往於公安市中與山館，所幸有人幫助，為杜甫覓得平地

〔註57〕見〔清〕楊倫：《杜詩鏡詮》，頁940。
〔註58〕見〔明〕王嗣奭著，曹樹銘增校：《杜臆增校》，頁598。
〔註59〕〈送顧八分文學適洪吉州〉（卷22頁1924～1927）。
〔註60〕見〔清〕楊倫：《杜詩鏡詮》，頁941。
〔註61〕見〔清〕楊倫：《杜詩鏡詮》，頁942。
〔註62〕見〔清〕楊倫：《杜詩鏡詮》，頁942。

住所〔註63〕，如〈移居公安敬贈衛大郎〉云：

> 衛侯不易得，余病汝知之。雅量涵高遠，清襟照等夷。
> 平生感意氣，少小愛文辭。河海由來合，風雲若有期。
> 形容勞宇宙，質樸謝軒墀。自古幽人泣，流年壯士悲。
> 水烟通徑草，秋露接園葵。入邑豺狼鬥，傷弓鳥雀飢。
> 白頭供宴語，烏几伴棲遲。交態遭輕薄，今朝豁所思。
>
> （卷 22 頁 1928～1929）

盧元昌：「公在江陵，至小吏相輕，吾道窮矣。於顏少府曰不易得，於衛大郎亦曰不易得，志幸亦志慨也。」（卷 22 頁 1929）這段文字說明杜甫面對人情之美有著說不出的感謝，同時感慨人情難得。雖然詩中表示衛大郎的幫助讓憂思頓爲一空，然在宇宙奔波中，遠離權貴的自己眼中所見僅是一片荒涼的淒惻之景，權貴世界與自己所見的水烟、秋露、白頭、烏几形成不同色系，對比著熱鬧與寂靜。杜甫公安時期的生活感受延續了山鬼意象，仍舊是上述「陰影」、「荒僻孤獨」、「陰沉乖戾」、「不安不適」、「幽閉」等情調，此時陸上生活還是不如人意。回到公安市區裡，所見一片荒蕪，「入邑豺狼鬥，傷弓鳥雀飢」，與山鬼意象並無太大差別，這是詩人所不願見的。此時杜甫與城中人士有頗多接觸，如〈公安送韋二少府匡贊〉：

> 逍遙公後世多賢，送爾維舟惜此筵。
> 念我能書數字至，將詩不必萬人傳。
> 時危兵甲黃塵裏，日短江湖白髮前。
> 古往今來皆涕淚，斷腸分手各風烟。（卷 22 頁 1929）

從「念我能書數字至，將詩不必萬人傳」一聯可以看出韋匡贊對杜甫頗爲友好，然而前文「結舌防讒柄，探腸有禍胎」已見杜甫江陵時或遭流言攻擊，故此處多少也寫出如此憂懼，以詩爲一生志業的杜甫，竟連詩歌的流傳也成爲自己需要注意之處，溫情裡實摻雜許多無奈。

杜甫此時也有懷古之作，如〈公安縣懷古〉：

> 野曠呂蒙營，江深劉備城。寒天催日短，風浪與雲平。
> 灑落君臣契，飛騰戰伐名。維舟倚前浦，長嘯一含情。
>
> （卷 22 頁 1930）

觀「維舟倚前浦」，杜甫又回到舟中，也許正是爲出發而做的準備。回到舟中

〔註63〕 此說參見龔嘉英：《詩聖杜甫——以詩作傳以史證詩》，頁256。

的杜甫，不僅結合眼前昏暗景色，也藉由此地歷史人物抒發自己不受重用的心情〔註64〕。杜甫在公安雖然受到許多人的幫助，但這些人並非居於要位，僅能在生活中給予杜甫一些幫助，如同前文中的鄭審，對於改善杜甫生活無太大效果。杜甫於是更加消沉，寫下〈呀鶻行〉：

> 病鶻孤飛俗眼醜，每夜江邊宿衰柳。
>
> 清秋落日已側身，過雁歸鴉錯回首。
>
> 緊腦雄姿迷所向，疏翮稀毛不可狀。
>
> 彊神迷復皁雕前，俊才早在蒼鷹上。
>
> 風濤颯颯寒山陰，熊羆欲蟄龍蛇深。
>
> 念爾此時有一擲，失聲濺血非其心。（卷22頁1931）

開頭兩句清楚交代杜甫此時生活，被嫌醜陋的自己正是「交態遭輕薄」的真實寫照，而「每夜江邊」更描寫出夜宿江邊的辛酸。此時杜甫或許雄姿已然不在，卻猶存一擲之念，足見詩人仍未放棄他的理想；只是當自己已如生物之老病般〔註65〕，現實世界自然沒有給出一絲機會。失聲濺血是杜甫此時人生的寫照，非其本心者，蓋兩湖飄泊的窘態非杜甫本意，何況求人扣門之舉。

在精神與肉體皆病的情況下〔註66〕，縱使仍有人願意宴請杜甫，詩人的心情也難有提振，故寫下〈宴王使君宅題二首〉：

> 漢主追韓信，蒼生起謝安。吾徒自漂泊，世事各艱難。
>
> 逆旅招要近，他鄉意緒寬。不才甘朽質，高臥豈泥蟠。
>
> 泛愛容霜鬢，留歡卜夜闌。自吟詩送老，相勸酒開顏。
>
> 戎馬今何地，鄉園獨在山。江湖墮清月，酩酊任扶還。
>
> （卷22頁1932）

宴請杜甫的王使君只是閑居之人〔註67〕，依舊無法改善杜甫的生活，惟面對

〔註64〕「公老而不遇，又時少良將，此其所以望古而興懷也。」見〔清〕楊倫：《杜詩鏡詮》，頁944。

〔註65〕「過雁歸鴉，猶恐其搏，故錯迴首。『風濤颯颯』二句，筆機所至，分析不得，總是肅殺斂藏氣候，乃鷙鳥搏擊之時；此鶻猶思一擲，而失聲濺血，非其本心，蓋以自況也。」見〔明〕王嗣奭著，曹樹銘增校：《杜臆增校》，頁600。

〔註66〕「『緊腦雄姿迷所向，疏翮稀毛不可狀。』前是神病，後是形病。」見〔清〕楊倫：《杜詩鏡詮》，頁945。

〔註67〕邵注：「王必荊州人，閑居邑中者。」見〔清〕楊倫：《杜詩鏡詮》，頁945。

一樣飄泊他鄉的人，杜甫生起了憐人亦憐己的雙重之情。此時因為離開山館已有一段歲月，冷絕的感受已然較少；但從「吾徒自漂泊，世事各艱難」一聯所寫，生活仍舊如在江陵時，漂蕩在艱難人間。這時杜甫除了「羨王有寧居也。我則無家可歸，惟有付之一醉而已」〔註68〕，也以月亮比擬自己的人生，只是不同江陵時期的漂蕩，以一墮在世事艱難的無奈，象徵生命之墜。來到公安的杜甫又重新回到舟中，陸上生活終究不可得，遑論回到故鄉的園地。此刻或許醉了也好，畢竟漂蕩在舟中的波浪裡，也是人生一場酩酊。

杜甫又生起了舟行的三種方向，一是在送別中寫出自己還京的想法，如〈送覃二判官〉：

> 先帝弓劍遠，小臣餘此生。蹉跎病江漢，不復謁承明。
>
> 餞爾白頭日，永懷丹鳳城。遲遲戀屈宋，渺渺臥荊衡。
>
> 魂斷航舸失，天寒沙水清。肺肝若稍愈，亦上赤霄行。
>
> （卷22頁1933）

「魂斷航舸失，天寒沙水清」寫送別時眼看友人離去和自己此刻渺茫不知去向的感受，友人離去是魂斷，自己迷失方向何嘗不是！然此刻杜甫仍舊想著那遙遠的京華，孤舟與京華，在詩人筆下還是可以連接的，北歸之念遂再度萌生。往東方行也不無可能，如〈公安送李二十九弟晉肅入蜀余下沔鄂〉：

> 正解柴桑纜，仍看蜀道行。檣烏相背發，塞雁一行鳴。
>
> 南紀連銅柱，西江接錦城。憑將百錢卜，飄泊問君平。
>
> （卷22頁1934）

朱注：「公是年冬發公安至岳陽，而題云『下沔鄂』，詩又云：『正解柴桑纜』，蓋公是詩欲由沔鄂東下，後不果，乃之岳陽耳。」〔註69〕可見杜甫最後並未成行。一水之雙發，兩端點的分別，送走了李賀的父親，彼此遠行的漂蕩之感卻在兩端後產生更大效應。這次離情依依的感受似乎較少，從「因李錦城之便，求將百錢向君平卜我漂泊何時已乎」〔註70〕的舉動看來，孤舟漂蕩的歲月以及前路何處的迷茫反而傷害更多。這時隱居的念頭也產生了，如〈留別公安太易沙門〉：

〔註68〕見〔清〕楊倫：《杜詩鏡詮》，頁945。

〔註69〕見朱鶴齡：《杜工部詩集輯注》，頁765。

〔註70〕見〔明〕王嗣奭著，曹樹銘增校：《杜臆增校》，頁600。

> 隱居欲就廬山遠，麗藻初逢休上人。
>
> 數問舟航留製作，長開篋笥擬心神。
>
> 沙村白雲仍含凍，江縣紅梅已放春。
>
> 先踏爐峰置蘭若，徐飛錫杖出風塵。（卷 22 頁 1934〜1935）

王嗣奭以爲：「公將就隱廬山，故落句約僧『先踏爐峰置蘭若』以同居，然後飛錫以去。」〔註 71〕可見杜甫漂蕩之際的歸隱之念。杜甫最後顯然往南行，或許詩人以爲岳陽一帶還有機會。出發之前，杜甫整理了在公安的感受，寫下兩詩：

> 羈旅知交態，淹留見俗情。衰顏聊自哂，小吏最相輕。
>
> 去國哀王粲，傷時哭賈生。狐狸何足道，豺虎正縱橫。
>
> （〈久客〉·卷 22 頁 1936）

> 花葉惟天意，江溪共石根。早霞隨類影，寒水各依痕。
>
> 易下楊朱淚，難招楚客魂。風濤暮不穩，舍棹宿誰門。
>
> （〈冬深〉·卷 22 頁 1936〜1937）

前詩是杜甫對江陵地區人情的最大譴責，從「最相輕」三字可知小吏只是眾多澆薄人情裡的一群，還有其他許多程度不及此，卻仍造成詩人傷害的人群存在。此詩亦提到戰亂的危急，顯見杜甫觀看大局時拋下自我感覺的大義。另一首詩是杜甫對自己屢居舟中的感受，前四句寫冬天江水，水落石出中，詩人領悟了天意的機械性，遂將人世代謝同花葉一般理解，看似藉由哲學思考釋放自己心中之恨，卻在「惟」一字裡見出詩人無奈。而「共石根」者也未必是江中石頭而已，長久以來居住舟船之上，杜甫的生命早與江水相合，根者所言正是杜甫離開土地之根轉往水上之根的暗示。「早霞隨類影」言其「變態不常，隨所類之影而呈現也」〔註 72〕，寒水則沿著往日水痕流逝，在早霞與寒水兩者共同譜出的人生之常下，顛沛與日復一日的漂蕩也成爲生命長流裡的「常」。前人評此詩：「幽細」〔註 73〕，或許正是長久以來的感受，所以讓詩人對自己的舟中處境感受特深。

杜甫終於決定啓程，寫下了〈曉發公安〉：

> 北城擊柝復欲罷，東方明星亦不遲。

〔註 71〕見〔明〕王嗣奭著，曹樹銘增校：《杜臆增校》，頁 602。
〔註 72〕見〔清〕楊倫：《杜詩鏡詮》，頁 948。
〔註 73〕見〔清〕楊倫：《杜詩鏡詮》，頁 948。

　　鄰雞野哭如昨日，物色生態能幾時。

　　舟楫眇然自此去，江湖遠適無前期。

　　出門轉眄已陳跡，藥餌扶吾隨所之。（卷 22 頁 1937～1938）

此詩所寫的舟中情懷與上詩顯然不同，可見人生未必都在低潮中跌跌撞撞，只要生命還有一味智慧，感悟亦可隨時而生〔註 74〕。此刻杜甫帶著一種像是釋懷又茫然的心情繼續前行，並在舟中不停對戰亂提出批判，如：

　　挂帆早發劉郎浦，疾風颯颯昏亭午。

　　舟中無日不沙塵，岸上空村盡豺虎。

　　十日北風風未迴，客行歲晚晚相催。

　　白頭厭伴漁人宿，黃帽青鞋歸去來。（〈發劉郎浦〉‧卷 22 頁 1939）

　　窮冬急風水，逆浪開帆難。士子甘旨闕，不知道里寒。

　　有求彼樂土，南適小長安。別我舟檝去，覺君衣裳單。

　　素聞趙公節，兼盡賓主歡。已結門閭望，無令霜雪殘。

　　老夫纜亦解，脫粟朝未餐。飄蕩兵甲際，幾時懷抱寬。

　　漢陽頗寧靜，峴首試考槃。當念著皁帽，采薇青雲端。

　　（〈別董頲〉‧卷 22 頁 1939～1940）

　　夜聞觱篥滄江上，衰年側耳情所嚮。

　　鄰舟一聽多感傷，塞曲三更欻悲壯。

　　積雪飛霜此夜寒，孤燈急管復風湍。

　　君知天地干戈滿，不見江湖行路難。（〈夜聞觱篥〉‧卷 22 頁 1941）

三首詩寫出了戰亂的影響，從實寫的「飄蕩兵甲際」，到虛寫的「舟中無日不沙塵，岸上空村盡豺虎」，杜甫企求的只是懷抱之寬和回到陸地，畢竟白頭已厭與舟同宿，「脫粟朝未餐」一句所寫的飢餓，和安定的生活更是此刻詩人眼前最迫切的考量〔註 75〕。然而艱苦的道路還在延續，舟中樂曲不只帶來戰爭的氣味，更吹響杜甫心中的苦痛。杜甫只是蒼天眼裡的一子，帶著對祖籍襄陽的思念，漂蕩在江湖行路難的悲傷中。

〔註74〕 「亂離漂泊之餘，若感若悟，真堪泣下。」見〔清〕楊倫：《杜詩鏡詮》，頁 948。

〔註75〕 「峴山在襄陽，與鄧州相近，公素有居襄陽之志，故因董適鄧而及之。言我亦將道漢陽登峴首為終隱計，子當念我之采薇於雲端也。」見〔清〕楊倫：《杜詩鏡詮》，頁 949。

三、岳州登臨——知音難求乃南征

　　岳州是杜甫給自己的另一次機會，希望能夠在這裡改善生活。岳州路上延續的是對所見所聞的批判，雖因離開京華已久，對於社會的批判已不能夠再如之前一般，直指京華發生的一切；然而苦難的不只北方地區，杜甫所行皆可見生活的毀壞，故詩人之筆在自己經歷苦難之時，也轉向書寫自己所遭所遇〔註76〕，如〈歲晏行〉：

> 歲云暮矣多北風，瀟湘洞庭白雪中。
>
> 漁父天寒網罟凍，莫徭射雁鳴桑弓。
>
> 去年米貴闕軍食，今年米賤大傷農。
>
> 高馬達官厭酒肉，此輩杼軸茅茨空。
>
> 楚人重魚不重鳥，汝休枉殺南飛鴻。
>
> 況聞處處鬻男女，割慈忍愛還租庸。
>
> 往日用錢捉私鑄，今許鉛鐵和青銅。
>
> 刻泥爲之最易得，好惡不合長相蒙。
>
> 萬國城頭吹畫角，此曲哀怨何時終。（卷 22 頁 1943～1944）

詩中仔細描寫此時社會情形，融入更多詩人情感的筆法依舊痛陳亂象。到了岳州，杜甫寫下〈泊岳陽城下〉：

> 江國踰千里，山城近百層。岸風翻夕浪，舟雪灑寒燈。
>
> 留滯才難盡，艱危氣益增。圖南未可料，變化有鯤鵬。
>
> （卷 22 頁 1945）

勾勒出冬天的蕭索之景後，此詩「忽變出壯語，亦因向南觸起」〔註77〕，可見杜甫決定了未來的方向，才在方向既明時，萌生「留滯才難盡，艱危氣益增。圖南未可料，變化有鯤鵬」的壯志。龔嘉英認爲杜甫往湖湘的原因有幾點：

> 第一點是在當陽與杜觀晤談後，瞭解河南洛陽及偃師故居，經過十年戰亂，已成廢墟。人烟稀少，家族星散，村里蕭條，根本不能安生，這是不北上的主因。第二點是長安京城，盡是新貴，無法取得聯絡。唯一的舊友賈至雖在朝，屢次去信，得不到回音，顯然越來越疏隔了，這是不西行的主因。第三點是冬去吳越，亦無處投靠，而且距家鄉愈來愈遙遠。只有湖南還有親友可訪，如表弟盧侍御，舅氏崔偉，潭州

〔註76〕見楊義：《李杜詩學》，頁 510。

〔註77〕見〔清〕楊倫：《杜詩鏡詮》，頁 951。

判官李曛，衡州刺史韋之晉，判官郭受等，都可以由湖南詩篇中查證出來。第四點是湖湘山水雄秀，令人嚮往，足以遊觀。萬一人事不如意，仍可泛江而下，由漢陽溯漢水北上襄陽，再捨舟由陸路到洛陽。也許遲一些時返鄉，洛陽一帶情況會有改進。〔註78〕

曹慕樊則云：「杜甫南行，是想到廣州，這是他到江陵以前沒有想到的。驅使他想到廣州的力量，是當時的客觀形勢，主要是經濟的原因。」〔註79〕然杜甫詩中並沒有明確跡象，筆者以為龔嘉英之說比較接近實際情況，較曹慕樊之說有理。然杜甫實際上並未直接南行，他在獨自登樓外，尚有一首表露求助的作品，可見詩人心中雖有所想，卻仍在觀望當地局勢。

杜甫在岳州時期應也以舟船為居，如〈登岳陽樓〉：

> 昔聞洞庭水，今上岳陽樓。吳楚東南坼，乾坤日夜浮。
>
> 親朋無一字，老病有孤舟。戎馬關山北，憑軒涕泗流。
>
> （卷22 頁1946～1947）

此詩將天地之景盡納胸中，帶進了時勢〔註80〕，而故舊凋零的哀悽，直是人情澆薄另一種表示。「老病有孤舟」一句交代自己兩湖舟居生涯的大半日子外，也指出此刻詩人一無所有的淒涼。杜甫在這首詩中以眼淚作結，實則導致詩人哭泣的不是「戎馬關山北」而已，面對自己疾病和孤舟相伴的生活，又豈能不哭？杜甫「家」的觀念已在緒論提及，此處杜甫「親朋無一字，老病有孤舟」寫出的無奈並非忽視身旁家人，因為「戎馬關山北」正暗示著頸聯表明的苦痛是來自不得北歸的悲劇，故有無之間指涉的實是那理想的京華之地、北方家園。

杜甫登樓不只如此，若「昔聞洞庭水」是詩人年輕夢想，「今上岳陽樓」已經完成夢想。可杜甫另有〈陪裴使君登岳陽樓〉一詩，則登樓還有著求助之目的：

> 湖闊兼雲霧，樓孤屬晚晴。禮加徐孺子，詩接謝宣城。
>
> 雪岸叢梅發，春泥百草生。敢違漁父問，從此更南征。
>
> （卷22 頁1949）

〔註78〕 見龔嘉英：《詩聖杜甫──以詩作傳以史證詩》，頁257。

〔註79〕 詳見曹慕樊：〈杜甫南行〉，《杜詩雜說全編》，頁70。

〔註80〕 「是年郭子儀將兵五萬屯奉天，備吐蕃，白元光、李抱玉各出兵擊之，是『戎馬關山北』也。」（卷22 頁1946）

「敢違漁父問，從此更南征」一聯寫出杜甫希望裴使君能夠給予幫助的暗示〔註81〕，如此南征之路便不需成行。杜甫不直接南行而有此舉動，筆者以爲就心理層面來說，當與詩人一心歸回京華有關；就現實層面而言，亦與杜甫舉家遷徙之難相繫。這夢畢竟是碎了，杜甫在岳州時期走上陸地的機會似乎不多，裴使君有沒有給予回應詩人也沒有明說，但觀〈南征〉一詩所言：

> 春岸桃花水，雲帆楓樹林。偷生長避地，適遠更霑襟。
>
> 老病南征日，君恩北望心。百年歌自苦，未見有知音。
>
> （卷 22 頁 1950）

既然還有著君恩北望之心，爲何還要南行？可見裴使君沒有給予杜甫回應。於是如夢一場的登陸之行，正如登樓之舉一樣，只停留在經歷、行遊與登臨的過程；期間或許因爲自然、人文景觀生出許多感觸，但岳陽樓既是行遊與登臨之地〔註82〕，恰巧貼近了杜甫被拒絕後的道路，只堪爲一虛幻的登陸，眞實的還是那雲深水黑下的舟船人生，陪著無法歸去的夢魂〔註83〕。

第三節　命運影響下的舟陸兩難

一、舟中紀行——水路的美麗與哀愁

杜甫告別了岳州，開啓了南行道路。對於自己接連的不順遂，杜甫首先在〈過南嶽入洞庭湖〉〔註84〕一詩裡表達：

〔註81〕 王嗣奭：「落句蓋深屬望於裴，言己不異屈原之放逐，『漁父』倘肯見問，豈敢違之而更南征乎？」見〔明〕王嗣奭著，曹樹銘增校：《杜臆增校》，頁 605。

〔註82〕 關於樓的特質，參見柯慶明：〈從「亭」，「臺」，「樓」，「閣」說起——論一種另類的遊觀美學與生命省察〉，《中國文學的美感》（臺北：麥田出版，2006年 1 月），頁 282～284。

〔註83〕 〈歸夢〉：「道路時通塞，江山日寂寥。偷生唯一老，伐叛已三朝。雨急青楓暮，雲深黑水遙。夢魂歸未得，不用楚辭招。」（卷 22 頁 1950～1951）

〔註84〕 此詩題歷來有多種說法，蓋因地理上的方位問題所致。鶴注：「此大曆四年正月自岳陽之潭州時作。殆自岳陽過南岳而入洞庭也。」（卷 22 頁 1951），仇注：「南嶽，乃嶽麓衡山，以嶽麓爲足，在長沙。」（卷 22 頁 1951）據仇注所云，則詩題便指過了衡山後方入洞庭湖，此於地理上不合，故浦起龍乃云：「自岳而南至潭，自應入湖。但南嶽更在湖南。題曰〈過南嶽入洞庭〉，舊注認爲過而後入。仇注遂以前八爲過南嶽，中八爲入洞庭。詩義、圖經，兩俱背戾矣。」見〔清〕浦起龍：《讀杜心解》，頁 802。而仇注所引與朱鶴齡原注不同，朱鶴齡曰：「此詩大曆四年正月，公由岳陽之潭州時作。南岳，乃岳麓也。」雖然朱注之說仍不確，卻也非仇注所言之衡山，前仇注所引鶴注，當爲斷章取義。見〔清〕朱鶴齡：《杜工部詩集輯注》（保定：河北大學出版社，2009 年 3 月），

洪波忽爭道，岸轉異江湖。鄂渚分雲樹，衡山引舳艫。

翠牙穿裛蔣，碧節吐寒蒲。病渴身何去，春生力更無。

壞童犁雨雪，漁屋架泥塗。欹側風帆滿，微冥水驛孤。

悠悠回赤壁，浩浩略蒼梧。帝子留遺恨，曹公屈壯圖。

聖朝光御極，殘孽駐艱虞。才淑隨廝養，名賢隱鍛鑪。

邵平元入漢，張翰後歸吳。莫怪啼痕數，危檣逐夜烏。

（卷 22 頁 1951～1952）

詩人描寫了長江與洞庭湖匯口的壯闊，不同以前所見，自然讓杜甫有所注目。詩中以衡山為衡州代表，象徵此行終點，「病渴身何去，春生力更無」裡，我們卻看到杜甫的無奈，可見岳州之行短暫的陸地登臨是詩人心中遺憾。杜甫從陸地再度回到舟中，雖有了航行的目標，卻不見任何歡喜，老病殘軀在明知故問下，表達了不知所往的沮喪。春天沒有帶給詩人以往的

頁 770。那麼要如何解釋才通呢？近人劉開揚認為蜀人謂往為過，至今如此，並以此解釋〈過洞庭湖〉一詩之過。見劉開揚：《唐詩論文集》，頁 193。而黃去非更補充杜甫居蜀有年，語言受其影響是有可能的。見黃去非：〈杜甫入湘早期行蹤及詩作編年〉，頁 53。劉開揚、黃去非之解頗具新意，筆者觀察杜甫集中關於「過」一字之詩題者，解釋上大致可分為兩類：第一、拜訪，如：〈過宋員外之問舊莊〉（卷 1 頁 20～21）、〈重過何氏五首〉（卷 3 頁 167～171）、〈病後過王倚飲贈歌〉（卷 3 頁 198～200）、〈雨過蘇端〉（卷 4 頁 338～339）、〈過南鄰朱山人水亭〉（卷 9 頁 762）、〈野望因過常少仙〉（卷 10 頁 825）、〈徐九少尹見過〉（卷 10 頁 861）、〈王竟攜酒高亦同過〉（卷 10 頁 864）、〈過故斛斯校書莊二首〉（卷 14 頁 1188～1189）、〈九月一日過孟十二倉曹十四主簿兄弟〉（卷 20 頁 1757～1758）、〈晚晴吳郎見過北舍〉（卷 20 頁 1763），以上諸詩「過」字據詩意皆可解為拜訪。第二、經過，如：〈觀安西兵過赴關中待命二首〉（卷 6 頁 488～489）、〈嚴中丞枉駕見過〉（卷 11 頁 889）、〈過郭代公故宅〉（卷 11 頁 957～959）、〈過津口〉（卷 22 頁 1963～1964），以上諸詩「過」字據詩意則解為經過。另有〈過客相尋〉（卷 19 頁 1633）一詩，「過」與「客」已形成一名詞的組合，然意思仍在上述兩者的涵蓋內。由此可知杜甫詩中「過」在詩題的運用上，有詩人自己的慣性存在。依此，杜甫的語言貫性應該沒有其他使用上的可能。然而劉開揚、黃去非等另尋一解未必不可，畢竟在一個地方居住久了，語言受到影響亦非不可能的事，筆者以為依然可以保留語言影響這一說。又王嗣奭云：「南岳乃岳州，今作南嶽誤。鄂渚在武昌，而衡山則南嶽也。」見〔明〕王嗣奭著，曹樹銘增校：《杜臆增校》，頁 607。以南岳為岳州南方之謂，筆者以為此或可為一參。而浦起龍則云：「不知過者，將然之事。入者，現在之事。題義蓋謂將欲過彼，故入此湖也。」見〔清〕浦起龍：《讀杜心解》，頁 802。以未來之想做一解，亦未嘗不可。筆者以為此三解可並存也，而後來〈過洞庭湖〉（卷 23 頁 2087）一詩，筆者即是參考浦起龍、劉開揚的說法，解釋為往，為未來之想，詳說待後。

力量〔註85〕，歷史的故事更翻開心中的時間感，在舟上重疊一頁頁難堪往事，以及對比下不得歸鄉和實踐理想的自己。杜甫這時沒有擁有太多東西，只有流不盡的眼淚和一樣無枝可依的烏鴉相隨，雙關著理想和鄉愁〔註86〕。

詩的後八句，結出此行不得已之故〔註87〕，路仍要走，舟中美景卻沿著水路不斷開展，來到了青草湖〔註88〕：

> 洞庭猶在目，青草續爲名。宿槳依農事，郵籤報水程。
>
> 寒冰爭倚薄，雲月遞微明。湖雁雙雙起，人來故北征。
>
> （〈宿青草湖〉‧卷22頁1953）

杜甫在夔州便對青草湖心生嚮往，詩云：「青草洞庭湖，東浮滄海漘。君山可避暑，況足采白蘋。」（〈寄薛三郎中據〉‧卷18頁1620～1621），如今一遂前期，卻無以往的期待，不只心事重重，倘「宿槳依農」眞是爲了防盜〔註89〕，失序的百姓生活將更加挫折詩人情致。重以人與雁在空間畫出不同方向，寒冰與雲月不僅不若表面顯現的清絕美麗，反而寫出了杜甫南行道路的交相侵迫，與遠路茫茫的忽明忽暗。杜甫面對南行有許多苦痛，事與願違的旅程卻仍在進行，直到春色普照萬象：

> 水宿仍餘照，人烟復此亭。驛邊沙舊白，湖外草新青。
>
> 萬象皆春氣，孤槎自客星。隨波無限月，的的近南溟。
>
> （〈宿白沙驛〉‧卷22頁1954）

「首二句寫出洞庭無際，不見人烟之恐」〔註90〕，可見杜甫在殘照映水中有著說不出的寂寞。此時「皆春氣，見各有生意。自客星，見己獨飄零」（卷22頁1954），當萬物爲春天的到臨綻放生機時，詩人卻飄零在不見人煙的洞庭湖岸，只有隨著月色不斷追逐而出的光影，在千江月下航向莊子書中的天

〔註85〕「老人當春益倦。」見〔清〕楊倫：《杜詩鏡詮》，頁955。

〔註86〕「『才淑』、『名賢』一聯，況己之漂泊；『邵平』、『張翰』一聯，謂己終當歸故國。『檣逐夜烏』，非其志也，故悲。夜烏用『烏鵲南飛』語。」見〔明〕王嗣奭著，曹樹銘增校：《杜臆增校》，頁607。「末四句言『邵張皆歸隱故鄉，而己獨漂泊無依，時帶啼痕，不足怪也。』」見〔清〕楊倫：《杜詩鏡詮》，頁955。

〔註87〕見〔清〕浦起龍：《讀杜心解》，頁802。

〔註88〕名勝志云：「湖北連洞庭，南接瀟湘，東納汨羅之水。每夏秋水汛，與洞庭爲一；水涸則此湖先乾，青草生焉，故名。」見〔明〕王嗣奭著，曹樹銘增校：《杜臆增校》，頁607。

〔註89〕見〔明〕王嗣奭著，曹樹銘增校：《杜臆增校》，頁607。

〔註90〕見〔清〕楊倫：《杜詩鏡詮》，頁956。

池〔註91〕。浦起龍曾言:「『的的』字,含的爍、的確兩意,有若從迷而得醒者,蓋至始悟無還理也。」〔註92〕那麼杜甫在了悟之際,仍將自己迷途人生錯置在莊子逍遙境界下開展的生命天池,其中不只寫出詩人深刻的無奈,還有對漂蕩人生的清楚認知、反諷。縱然莊子天池境界的提出仍有一定程度的理想嚮往,在風景與人生的雙照下,孤者的客居之情猶然洩了一地,提醒著全詩氛圍。

　　沿途美景,只是杜甫筆下無奈的宣洩,一旦與歷史碰撞,其中感慨將更為深邃,如〈湘夫人祠〉:

　　　　肅肅湘妃廟,空牆碧水春。蟲書玉珮蘚,燕舞翠帷塵。
　　　　晚泊登汀樹,微馨借渚蘋。蒼梧恨不盡,染淚在叢筠。
　　　　(卷 22 頁 1955)

前六句見此祠凋零,身處動盪已是無奈,若人們對古典的祭祀與信仰也慢慢流失了,杜甫要承受的便不只有失去政治舞臺的悲傷,百姓的健忘亦是人生無情的一種摧折。加上「臣之望君,猶妻之望夫,『蒼梧』之恨,不為夫人發也。」〔註93〕杜甫的感嘆在與歷史的碰撞裡,不只凝成對時代淒涼的眼淚,與自然相染,更是對人、對君的一體同悲。然黃生云:「三四本屬荒涼,語轉濃麗,亦義山之祖。」〔註94〕荒涼之感在杜甫的筆下竟轉為濃麗之色,可見美麗之景實與哀怨結成杜甫此趟舟行的兩極共色,隨著夕陽之染有了更深表現:

　　　　百丈牽江色,孤舟泛日斜。興來猶杖屨,目斷更雲沙。
　　　　山鬼迷春竹,湘娥倚暮花。湖南清絕地,萬古一長嗟。
　　　　(〈祠南夕望〉·卷 22 頁 1956)

再度回到舟中,眼前雲沙渺渺,此刻山鬼與湘娥既是屈原,也是杜甫〔註95〕。登陸時,觀賞古跡的過程中,帶出了潛藏於內的歷史幽韻;入水後,心中所感在孤舟漂蕩裡,復將歷史與詩人揉在一起。孤舟與水本是一同飄搖,怎知在歷史的碰觸下,杜甫與歷史也一起蕩漾了。前文已提到山鬼在公安陸地生活中的作用,此處杜甫不安不適的心情復與美麗之景在歷史裡攪和,山鬼與湘娥是虛的,卻是杜甫此刻真實的化身;眼前美麗是真的,又不在杜甫望鄉

〔註91〕「『南溟,天池也。』莊子寓言,虛語而實用之。」見〔明〕王嗣奭著,曹樹銘增校:《杜臆增校》,頁 607～608。
〔註92〕見〔清〕浦起龍:《讀杜心解》,頁 586。
〔註93〕見〔明〕王嗣奭著,曹樹銘增校:《杜臆增校》,頁 608。
〔註94〕見〔清〕黃生:《杜工部詩說》(京都:中文出版社,1946 年 6 月),頁 296。
〔註95〕黃生:「山鬼、湘娥即屈原也,屈原即己也。」見〔清〕黃生:《杜工部詩說》,頁 296。

的眼裡，虛實之間，寫盡孤舟漂蕩的真與假〔註96〕。流浪的生活是真，京華歸夢是假；京華理想是真，兩湖生活是假。張綖注：「如此清絕之地，徒爲遷客羈人之所歷，此萬古所以長嗟也。」〔註97〕正是清絕之景所構築的水路與漂蕩著杜甫的歷史相遇，才讓詩人產生如此美麗的嗟嘆。

　　隨著美景不斷出現，杜甫的心事也不斷在美麗畫軸中浮現，在〈上水遣懷〉（卷22頁1957～1959）一詩中〔註98〕，不僅寫出在江陵、公安一帶的遭遇〔註99〕，更吐露自己與塵埃共處的忍氣吞聲〔註100〕。值得我們注意的仍是舟景與人生的結合，如以下三段：

> 窮迫挫囊懷，常如中風走。一紀出西蜀，於今向南斗。
>
> 孤舟亂春華，暮齒依蒲柳。冥冥九疑葬，聖者骨已朽。
>
> 蹉跎陶唐人，鞭撻日月久。中間屈賈輩，讒毀竟自取。
>
> 鬱悒二悲魂，蕭條猶在否。嶒崒清湘石，逆行雜林藪。
>
> 篙工密逞巧，氣若酣杯酒。歌謳互激越，回斡明受授。
>
> 善知應觸類，各藉穎脫手。古來經濟才，何事獨罕有。
>
> 蒼蒼眾色晚，熊挂玄蛇吼。黃羆在樹顚，正爲羣虎守。

第一段在孤舟與春華中置入一「亂」字，連繫了燦爛春景與孤舟人生外，也表明杜甫漂蕩之感所映現的亂離真相；惟「亂」字不只表示詩人自己，也代表此刻的哲學思考，聖者骨朽，不就是杜甫晚年最深刻的體悟。第二段中，杜甫藉由舟師駕船的技術與經世濟民之材相比，正與〈解憂〉（卷22頁1960）〔註101〕一詩相合，都在舟行中寫下人生道理〔註102〕，此則留待

〔註96〕　『譚云：「頻用『山鬼』、『湘娥』，皆說得實有形影聲響，的的驚人。」鐘云：「使實事妙在幻，使幻事妙在實。」余謂乃宵人得志、貞士孤立之比。』見〔明〕王嗣奭著，曹樹銘增校：《杜臆增校》，頁608。

〔註97〕　見〔清〕楊倫：《杜詩鏡詮》，頁957。

〔註98〕　杜甫乘船經過青草湖入湘江是逆流之行，故曰「上水」。

〔註99〕　「驅馳四海內，童稚日顜口。但遇新少年，少逢舊親友。低顏下邑地，故人知善誘。後生血氣豪，舉動見老醜。」

〔註100〕　「羸骸將何適？履險顏益厚。庶與達者論，吞聲混瑕垢。」

〔註101〕　「減米散同舟，路難思共濟。向來雲濤盤，眾力亦不細。呀坑瞥眼過，飛檣本無蔕。得失瞬息間，致遠宜恐泥。百慮視安危，分明囊賢計。茲理庶可廣，拳拳期勿替。」

〔註102〕　「此題與他處異，喜憂之得解，而追紀其事，欲人觸類於茲也。『路難思共濟』，自發散米之意，以見其慮遠。至雲濤盤之險，果藉眾力以濟，而散米以收眾心，效已現矣。『呀坑瞥眼過，飛艫本無蔕』，見非眾力不可也。今雲濤雖濟，

下一章討論。至於面對眼前「嶔崟清湘石，逆行雜林藪」的景色，杜甫除民間圖畫的捕捉外，深藏內心的還是蕭條感受，與領略的道理正好互為舟船人生的不同思索。最後第三段將所見之景和動亂下的鼠輩結合〔註103〕，時事與風景已然合一。從以上分析，可知杜甫此段路程所見跨越諸多風景，然無論自然、人文等風光，記錄的同時顯然以扣合漂蕩心情為主，強調的還是杜甫當下心情，正似「窮迫挫囊懷，常如中風走。一紀出西蜀，於今向南斗」一聯說明的無奈，「所謂如中風者，亦佯狂之意歟，正堪與屈賈共一哭」〔註104〕，杜甫當然不至於佯狂，但與前賢同一哭卻是事實，如仇注所云：

> 公初入蜀，則曰「故人供祿米」；在梓閬，則曰「途窮仗友生」；再
> 還蜀，則曰「客身逢故舊」；初到夔，則曰「親故時相問」。至此，
> 則親朋絕少，旅況益艱，故篇中多抑鬱悲傷之語。（卷22頁1959）

仇注將旅況艱辛做了歷史性回顧，也指出杜甫的抑鬱悲傷。這樣的悲傷在〈遣遇〉一詩裡藉由民生之苦，帶出「自喜遂生理，花時甘緼袍」（卷22頁1959～1960）更為沉重之感，誠如王嗣奭所云：「花時稍煖，得貰緼袍，而自喜生理之遂，其所為生者可知矣；以此遣遇，其途之窮又可知矣。」〔註105〕無一絲僥倖之意。

舟中的杜甫仍然對回歸京華有很大期望，如〈野望〉：

> 納納乾坤大，行行郡國遙。雲山兼五嶺，風壤帶三苗。
> 野樹侵江闊，春蒲長雪消。扁舟空老去，無補聖明朝。
>
> （卷22頁1973）

「納納」二字，是杜甫在客途中感受甚深的，乾坤之大涵攝萬物外，也包含

然得失在瞬息間，而致遠尚恐失事，豈得遂宴然哉！所藉於眾力者，猶未已也。吾今百慮以視安危之竅，知散米一事，分明前賢之計；推此理而廣之，近而一身，遠而天下，凡扶危定傾，無之不可，要在拳拳勿替而已。散米本仁，而卻以智用之，見仁智一道。鐘云：『好念頭，好處分，可以用眾，可以濟艱。』見〔明〕王嗣奭著，曹樹銘增校：《杜臆增校》，頁609。

〔註103〕「柳宗元〈熊說〉：『鹿畏貙，貙畏虎，虎畏熊。』詳詩意正言熊升樹而伺虎也。張溍注：熊蛇喻盜賊強梁，羆為虎守，又見奸惡互相吞噬意。」見〔清〕楊倫：《杜詩鏡詮》，頁958。「虎之暴，有『黃羆在樹顛』守之，喻亂賊之不終也。」見〔明〕王嗣奭著，曹樹銘增校：《杜臆增校》，頁608。

〔註104〕見〔清〕楊倫：《杜詩鏡詮》，頁958。

〔註105〕見〔明〕王嗣奭著，曹樹銘增校：《杜臆增校》，頁609。

這一艘小船；然郡國之遙，偏偏拉不近詩人一身的想念與回歸之志，人生幾何？曠野如此，春苗復生，只有自己空坐扁舟以老而無補聖明，實爲大恨。此詩心情與〈入喬口〉：「漠漠舊京遠，遲遲歸路賒。殘年傍水國，落日對春華」（卷22頁1972～1973）兩聯相似，老年水國中，不僅遠離理想實踐之地，更在生命走進落日時分時，面對生氣蓬勃的春天。兩詩可對照如下所示：

　　　　納納乾坤大→行行郡國遙→扁舟→老去無補聖明朝。

　　　　遲遲歸路賒→漠漠舊京遠→水國→殘年落日對春華。

除上述所示，「春蒲長雪消」與春華之景亦共同構築出美麗之象，成爲杜甫老邁身軀的背景，再次形成衝突。無論大恨如何，杜甫明白自己南行之舉已無退路，故在〈發白馬潭〉中寫道：

　　　水生春纜沒，日出野船開。宿鳥行猶去，叢花笑不來。

　　　人人傷白首，處處接金杯。莫道新知要，南征且未迴。

　　　（卷22頁1972～1973）

宿鳥成行背我而去，叢花含笑不隨我而來，在物情且然的領悟裡，面對世情又有何可恃！浦起龍言：「當由客途情面不可倚恃而發」〔註106〕，此說甚確，畢竟「冷眼孤情，閒中閱破」〔註107〕，不回頭的南行之路正是杜甫對人情的最大譴責。

　　隨著舟行漸至潭州（長沙），雖非目的地，杜甫的心情又受到影響，在前文所提的〈入喬口〉寫道：「賈生骨已朽，悽惻近長沙。」（卷22頁1974）王嗣奭注：

　　　獨念賈生之才，棄置長沙，以地卑濕，鬱鬱以死。今其地將近，其
　　　骨已朽，而後死者能無悽惻耶！公之志與賈同，而所遭亦相似，故
　　　感愴獨深。〔註108〕

杜甫容易受到歷史、環境的影響，故其人行旅地圖不只在美景中生出哀愁，也容易在「樹蜜早蜂亂，江泥輕燕斜」如此萬物自適的風景裡置入歷史重量。潭州正是賈誼這一文化符號的地理發源地，步履其中，生出上述歷史感懷本屬自然；惟透過屈原、賈誼等地理行蹤的經過與反思，卻添了水路舟行的無限悵惘。杜甫除表達出接近賈誼歷史現場的悽惻之情外，在逆水遇大風阻礙南行旅程時，詩人也有航程安全上的憂鬱。如〈銅官渚守風〉：「早泊雲物晦，逆行波浪

〔註106〕見〔清〕浦起龍：《讀杜心解》，頁584。
〔註107〕見〔清〕浦起龍：《讀杜心解》，頁584。
〔註108〕見〔明〕王嗣奭著，曹樹銘增校：《杜臆增校》，頁615。

悝。飛來雙白鶴，過去杳難攀。」（卷 22 頁 1975）白鶴飛去自由，自己則屢遭外在環境干擾，如此既希望透過前行取得生活保障卻又害怕水路危機，是杜甫舟中非常矛盾的表現，而同轍屈原、賈誼命運的失落更顯示了舟行之苦。

　　杜甫一生素爲疾病所擾，舟居生活不易，疾病更易纏身，〈北風〉（卷 22 頁 1976）一詩裡〔註109〕，不只歡欣北風驅逐卑濕帶來的舒爽，也對自己「寬病肺」的情況感到慶幸（實則風力強大對舟行是堪憂的）。此刻不僅高興舟行快速〔註110〕，也有了一番復甦的力量，表現在〈雙楓浦〉裡的短暫停留：

　　　　輟棹青楓浦，雙楓舊已摧。自驚衰謝力，不道棟梁材。

　　　　浪足浮紗帽，皮須截錦苔。江邊地有主，暫借上天迴。

　　（卷 22 頁 1977）

杜甫抵達潭州時，停船在青楓浦，也就是詩中的雙楓浦。此處即爲杜甫長沙生活的所在，不論舟居或之後生病居陸的江閣皆位在此〔註111〕。或許因爲靠近了陸地，雖非終點，杜甫還是感到高興，於是藉由土地上的青楓樹生起浮船回京的驚人想像，如仇注所說：「我欲問江邊地主，借作上天浮槎，庶不終棄於無用耶。」（卷 22 頁 1977），陸地對於詩人確實有很重要的意義，更是詩人此生此刻的立足點，否則衰謝之人又如何上天！土地的力量不只帶來復甦，也讓詩人在此做了短暫停留，對比詩人前面所言「莫道新知要，南征且未迴」，實是兩異。

　　由於南行的目的在尋求韋之晉相助〔註112〕，只合短暫停留〔註113〕。杜甫出夔後便不如過往有著計畫性的定居生活，除因求生不易，與他決心返京亦

〔註109〕「春生南國瘴，氣待北風蘇。向晚霾殘日，初宵鼓大鑪。夾攜卑濕地，聲拔洞庭湖。萬里魚龍伏，三更鳥獸呼。滌除貪破浪，愁絕付摧枯。執熱沈沈在，凌寒往往須。且知寬病肺，不敢恨危途。再宿煩舟子，衰容問僕夫。今晨非盛怒，便道卻長驅。隱几看帆席，雲山湧坐隅。」

〔註110〕「『雲山湧坐隅』，狀舟行之速」。見〔明〕王嗣奭著，曹樹銘增校：《杜臆增校》，頁 616。

〔註111〕此可參考陶先淮、陶劍之文。文中以九點論證此處地方，可謂充足。詳見陶先淮、陶劍：〈大名詩獨步　勝跡遍長沙——杜甫三寓長沙行蹤及卒年考略〉，頁 33～35。

〔註112〕見王實甫：《杜甫年譜》，頁 268～272。

〔註113〕關於杜甫爲何不一開始又到湖南，此或許與當時人對湖南的認知有關，如尚有亮言：「湖南的自然生態與文化生態比湖北更不理想，……在唐人眼中，今湖北省域已漸被納入華夏文化的腹心範疇，而湖南仍是一個未被完全漢化的邊鄙蠻夷之地，受儒家文化的澤被有限。」見尚永亮：〈盛唐貶官特點與荊湘地域的文化特性〉，《唐五代逐臣與貶謫文學研究》（武漢：武漢大學出版社，2007 年 9 月），頁 191。

有相當關聯，舟居正是此一決心的明確反映。然此地風景秀麗，杜甫停留外，也有出遊之舉，如〈岳麓山道林二寺行〉：

> 玉泉之南麓山殊，道林林壑爭盤紆。
> 寺門高開洞庭野，殿腳插入赤沙湖。
> 五月寒風冷佛骨，六時天樂朝香爐。
> 地靈步步雪山草，僧寶人人滄海珠。
> 塔劫宮牆壯麗敵，香廚松道清涼俱。
> 蓮花交響共命鳥，金牓雙迴三足烏。
> 方丈涉海費時節，玄圃尋河知有無。
> 暮年且喜經行近，春日兼蒙暄暖扶。
> 飄然斑白身奚適，傍此煙霞茅可誅。
> 桃源人家易制度，橘洲田土仍膏腴。
> 潭府邑中甚淳古，太守庭內不喧呼。
> 昔遭衰世皆晦迹，今幸樂國養微軀。
> 依止老宿亦未晚，富貴功名焉足圖。
> 久為謝客尋幽慣，細學何顒免興孤。
> 一重一掩吾肺腑，山鳥山花吾友于。
> 宋公放逐曾題壁，物色分留待老夫。（卷 22 頁 1986～1988）

杜甫在春天來到此地，故言「暮年且喜經行近，春日兼蒙暄暖扶」，老年之身面對舒爽氣候，難怪如此喜悅。此地位置特殊，杜甫推想就算五月也能帶著微冷氣息，宗教醞釀而出的氛圍亦讓人舒適。眼前美景讓杜甫生出卜居之心，甚至將山色花鳥融於自己肺腑，全文除了「一氣抒寫，如珠走盤」〔註114〕，更見詩人衰颯下的難得起色，無怪乎崔珏言：「我吟杜詩清入骨，灌頂何必須醍醐。」〔註115〕賞心悅目的情境中，杜甫誠然寫出生命的清逸之作，讓後人醍醐灌頂外，也在兩難、艱困的水路生活中，注入一絲緩和之氣。如此之情延續在〈清明二首〉前半中：

> 朝來新火起新煙，湖色春光淨客船。
> 繡羽銜花他自得，紅顏騎竹我無緣。

〔註114〕見〔明〕王嗣奭著，曹樹銘增校：《杜臆增校》，頁 654。
〔註115〕崔珏〈道林〉詩，見〔清〕錢謙益：《杜詩錢注》（臺北：世界書局，1998 年 8 月），頁 1069。

胡童結束還難有，楚女腰肢亦可憐。

不見定王城舊處，長懷賈傅井依然。

虛霑周舉爲寒食，實藉君平賣卜錢。

鐘鼎山林各天性，濁醪粗飯任吾年。

此身飄泊苦西東，右臂偏枯半耳聾。

寂寂繫舟雙下淚，悠悠伏枕左書空。

十年蹴踘將雛遠，萬里鞦韆習俗同。

旅雁上雲歸紫塞，家人鑽火用青楓。

秦城樓閣煙花裏，漢主山河錦繡中。

春水春來洞庭闊，白蘋愁殺白頭翁。（卷22 頁 1968～1970）

第一首詩藉舟居之便，觀覽了湖色春光之美，卻也在眼前美好中對比了自己處境的難堪；惟詩人此時仍有清逸之心，故詩中結尾不以感嘆爲結，反轉出「鐘鼎山林各天性，濁醪粗飯任吾年」的體悟，寫出追逐理想與歸隱之念兩條道路中的深刻體驗。然杜甫正如緒論所言，一生所尋是全體生命之大居，包含了自己的淑世之道、家族繼承以及安身立命之想，故此處所言的山林天性實非杜甫的眞實路徑，只爲其人「濁醪粗飯」下的一虛擬方向，此亦是詩人雖體貼「山鳥山花吾友于」，並生一居住之念，卻未實踐此思的原因。在此認識下，第二首詩直言漂蕩之苦，或者病殘，或者下淚，十年來的飄泊縱然攜家與共，面對的景色卻以相同習俗刺激著故鄉一切。尤其旅雁飛歸紫塞，己身卻猶用當地的青楓鑽火，紫色所代表的京華之地與自己漂蕩中的青青楓林〔註116〕，不同色調繪製不同道路、方向，在錦繡煙花的畫面裡，同蒼茫之水一起謀殺杜甫的心靈。

　　詩中言及「虛霑」和「實藉」〔註117〕，正是杜甫舟陸兩難的現實原因，兩湖以來，不斷與各個層面的人物交往，從親人到友人，由衛伯玉到小吏，杜甫並非眞是「親朋無一字」，那生命爲何走至此？而今貧困不得陸居是事實，「此身飄泊苦西東」更是佳節裡最強烈的畫面，可見「虛霑」和「實藉」

〔註116〕「清明雁已北歸紫塞，見人不如也；湘潭楓樹多，鑽火用之，從其俗也。『秦城』二句，因雁歸紫塞而想及。」見〔明〕王嗣奭著，曹樹銘增校：《杜臆增校》，頁 618～619。

〔註117〕「舊俗禁火彌月，周舉定以三日，而民便之。然於三日前須預辦熟食，如菱餻棗糕杏粥麥粥醴酪之類。公不能辦，故云『虛沾』云云：不能辦者以無錢，故有下句。蓋不耕則無米，不仕則無祿，必須賣卜而得錢也。」見〔明〕王嗣奭著，曹樹銘增校：《杜臆增校》，頁 619。

兩詞不只是面對節日下的典故使用而已，在人情與命運的虛與中，真實的困挫人生才是詩人體會甚深的漂蕩生活。短暫停留終須告終，卜居只是空話，無論這裡是否有著「一重一掩吾肺腑，山鳥山花吾友于」的風光，生活依靠不在此，理想更在那遙遠的京華，為了避免「虛霑和實藉」不斷重複在病殘己身，路仍須走下去，而有發潭州之舉和相關作品：

> 夜醉長沙酒，曉行湘水春。岸花飛送客，檣燕語留人。
>
> 賈傅才未有，褚公書絕倫。名高前後事，回首一傷神。
>
> （〈發潭州〉‧卷 22 頁 1971〜1972）

此詩在酒後的曉行中開啟，依金聖嘆之說：

> 發潭州，原只應從曉行湘水寫起，今乃於未發之前一夜，補出「長沙酒」一句，便見潭州只如空城，醉只自醉，行亦自行。夜猶潭州，曉已湘水，既無人留，亦無人送。〔註118〕

杜甫確實走得落寞，加上與歷史人物的回顧，除以「岸花」、「檣燕」影人情之薄〔註119〕，也在懷古中傷神。杜甫在初到之際，曾顯出對登陸的喜悅和遊覽之樂；然此地並非終點，行路未完，再度登上舟船的詩人，實流露一股強烈的憂鬱之情。

繼續未完航程，沉重的心情首先在〈宿鑿石浦〉裡表現：

> 早宿賓從勞，仲春江山麗。飄風過無時，舟楫敢不繫。
>
> 迴塘澹暮色，日沒眾星嘒。闕月殊未生，青燈死分翳。
>
> 窮途多俊異，亂世少恩惠。鄙夫亦放蕩，草草頻年歲。
>
> 斯文憂患餘，聖哲垂象繫。（卷 22 頁 1961〜1962）

杜甫在舟中遇到了大風，幸有眾人幫助安渡險關，這次事件裡，杜甫將先前的心情與危難結合起來，一同形諸眼前所見。「闕月殊未生，青燈死分翳」，可知杜甫此刻的狀況不太好，當是早上的危險與「窮途多俊異，亂世少恩惠。鄙夫亦放蕩，草草頻年歲」的感受所激發，使得江山之麗也黯淡於青色晦暗中。可這一次杜甫沒有耽溺在悲痛中，詩人筆下一振，轉而勇敢面對一切憂患，見證杜甫兩湖時期心猶未死以及和儒家的關係。但隔天一早出發，反覆的漂蕩生活讓杜甫也產生厭倦，心情竟急轉直下：

〔註118〕見〔清〕金聖嘆：《金聖嘆全集（四）‧唱經堂杜詩解》（臺北：長安出版社，1986 年 9 月），頁 707。

〔註119〕見〔明〕王嗣奭著，曹樹銘增校：《杜臆增校》，頁 632。

> 歌哭俱在曉，行邁有期程。孤舟似昨日，聞見同一聲。
>
> 飛鳥數求食，潛魚何獨驚。前王作網罟，設法害生成。
>
> 碧藻非不茂，高帆終日征。干戈未揖讓，崩迫關其情。
>
> （〈早行〉‧卷 22 頁 1962）

固定的航程、哭聲與孤舟，揭示著改變的不易，生命本應在土地上生存，自己卻在舟上度過，如此，江山再麗，日復一日間，也難以避免無奈之情的萌發。而眼前生物一顯自在，一顯驚恐，萬物同生，只因人類的介入讓彼此間出現差異，這時，護生之念使杜甫對網罟的製作產生怒意，譴責制度本身帶來的傷害，畢竟自己走向「高帆終日征」的原因正是人類濫用制度下的結果。這種思維也出現在〈過津口〉：「物微限通塞，惻隱仁者心」（卷 22 頁 1963～1964），不過由於舟行較順遂，「和風引桂楫」，杜甫也開懷許多〔註120〕，可知舟行的日子裡，心情與舟中狀況有很大關聯。

杜甫接著來到空靈岸，寫下〈次空靈岸〉一詩：

> 沄沄逆素浪，落落展清眺。幸有舟楫遲，得盡所歷妙。
>
> 空靈霞石峻，楓栝隱奔峭。青春猶無私，白日亦偏照。
>
> 可使營吾居，終焉託長嘯。毒瘴未足憂，兵戈滿邊徼。
>
> 嚮者留遺恨，恥為達人誚。迴帆覬賞延，佳處領其要。
>
> （卷 22 頁 1964～1965）

面對美景，杜甫再度生起居住之心，可見杜甫舟居時不斷有著尋覓陸地的渴望；只是如同前文的空想，吾居不在此，縱使白日青春朗現，猶未令詩人有實際的安頓之舉。除了居住意願值得我們注意外，「毒瘴未足憂，兵戈滿邊徼」一聯亦很重要，這時氣候異常，天氣炎熱，如〈宿花石戍〉：

> 午辭空靈岑，夕得花石戍。岸疏開闢水，木雜今古樹。
>
> 地蒸南風盛，春熱西日暮。四序本平分，氣候何迴互。
>
> 茫茫天造間，理亂豈恆數。繫舟盤藤輪，杖策古樵路。
>
> 罷人不在村，野圃泉自注。柴扉雖燕沒，農器尚牢固。
>
> 山東殘逆氣，吳楚守王度。誰能扣君門，下令減征賦。
>
> （卷 22 頁 1965～1966）

杜甫把氣候異常與天理結合起來，在哲學性的思考中，提出理亂並非恆常之

〔註120〕「公在窮途而風平舟利，便自神怡，知胸中無宿物。」見〔明〕王嗣奭著，曹樹銘增校：《杜臆增校》，頁 611。

態的思考，可知詩人對於善良法則的體會和堅持。只是詩末描寫杜甫繫舟上岸之景，倘舟上生活是詩人無奈下的選擇，登陸所見恐怕亦讓杜甫失望不少，因眼前所見仍是兵戈所致之狀，美景之餘，百姓仍舊是杜甫眼裡永恆關注的景色。而當陸地也失去了安定，杜甫很容易便生出矛盾的思維，如〈早發〉：

> 有求常百慮，斯文亦吾病。以茲朋故多，窮老驅馳併。
> 早行篙師怠，席掛風不正。昔人戒垂堂，今則奚奔命。
> 濤翻黑蛟躍，日出黃霧映。煩促瘴屢侵，頹倚睡未醒。
> 僕夫問盥櫛，暮顏覥青鏡。隨意簪葛巾，仰慚林花盛。
> 側聞夜來寇，幸喜囊中淨。艱危作遠客，干請傷直性。
> 薇蕨餓首陽，粟馬資歷聘。賤子欲適從，疑誤此二柄。
>
> （卷22 頁1967）

仇注：「言不能抗節高隱，如夷齊之窮餓；又不屑屈己逢人，如儀秦之歷聘。進退兩無所適，幾疑誤於此二途矣」（卷22 頁1967），杜甫顯然迷失在理想與歸隱的兩端裡，其實這正是舟陸兩失的一種反應。干請權貴則登陸自易，卻違背自己的理想；歸隱則可全生，但不合自己營造普天大居的壯志，且生計未必有保障。於是兩皆不可，只好繼續漂蕩，可見舟居生涯雖是無奈，也存有詩人自己決定的意識。〈次晚洲〉一詩即反覆如此思維：

> 參錯雲石稠，坡陀風濤壯。晚洲適知名，秀色固異狀。
> 棹經垂猿把，身在度鳥上。擺浪散帙妨，危沙折花當。
> 羈離暫愉悅，贏老反惆悵。中原未解兵，吾得終疏放。
>
> （卷22 頁1968）

美景在前，讓杜甫在危難之中猶折花自樂，舟中或許有時危險，卻非所有危險都僅以緊張之情看待，如此詩便見杜甫心腸寬廣處。詩中對漂蕩中猶有愉悅之情感到難能可貴外，也雜有自己為何不在陸地生活的感受〔註121〕，美麗與哀愁仍是並現。詩歌尾處，杜甫將漂蕩之因歸於戰亂——這導致杜甫半生苦難的根源；只是前詩中反應的詩人心理我們亦該考量，即杜甫舟陸兩難之苦除了外在的戰亂背景，也當有自己對理想的堅持在內，否則草堂與夔州皆有營生的機會，戰亂實非詩人舟陸兩難的唯一理由。

〔註121〕「羈艱得之，暫為愉悅；贏老之人，轉加惆悵。今中原未解兵，吾得終於疏放耶！其惆悵以此。」見〔明〕王嗣奭著，曹樹銘增校：《杜臆增校》，頁613。

　　杜甫再度出發後，不斷有思考性的詩句出現，終於在〈詠懷二首〉中做了較全面的梳理：

> 人生貴是男，丈夫重天機。未達善一身，得志行所爲。
> 嗟余竟轗軻，將老逢艱危。胡雛逼神器，逆節同所歸。
> 河洛化爲血，公侯草間啼。西京復陷沒，翠蓋蒙塵飛。
> 萬姓悲赤子，兩宮棄紫微。倏忽向二紀，奸雄多是非。
> 本朝再樹立，未及貞觀時。日給在軍儲，上官督有司。
> 高賢迫形勢，豈暇相扶持。疲苶苟懷策，棲屑無所施。
> 先王實罪己，愁痛正爲茲。歲月不我與，蹉跎病于斯。
> 夜看豐城氣，回首蛟龍池。齒髮已自料，意深陳苦詞。
>
> 邦危壞法則，聖遠益愁慕。飄颻桂水遊，悵望蒼梧暮。
> 潛魚不銜鈎，走鹿無反顧。哀哀幽曠心，拳拳異平素。
> 衣食相拘閡，朋知限流寓。風濤上春沙，千里侵江樹。
> 逆行值吉日，時節空復度。井竈任塵埃，舟航煩數具。
> 牽纏加老病，瑣細隘俗務。萬古一死生，胡爲足名數。
> 多憂汙桃源，拙計泥銅柱。未辭炎瘴毒，擺落跋涉懼。
> 虎狼窺中原，焉得所歷住。葛洪及許靖，避世常此路。
> 賢愚誠等差，自合受馳騖。嬴瘵且如何，魄奪鍼灸屢。
> 擁滯僮僕慵，稽留篙師怒。終當掛帆席，天意難告訴。
> 南爲祝融客，勉強親杖屨。結託老人星，羅浮展衰步。

　　（卷 22 頁 1978～1981）

第一首詩將自己「蹉跎病于斯」的背景做了精要的說明，戰亂自是關鍵因素，故使杜甫有了漂蕩的人生體驗。然而我們不能只被這項因素抓住，試看「先王實罪己，愁痛正爲茲」一聯，正是當年爲房琯說話，才遠離京華核心。杜甫對這件事耿耿於懷，常在詩篇提及〔註 122〕，可知戰亂雖是背景，心裡卻清楚自己爲了堅持理想所付出的代價。詩中還提到「高賢迫形勢，豈暇相扶持」，或許這正是杜甫在兩湖地區也有朋友如鄭審，卻始終無法得到有力資助的原因〔註 123〕。第二首詩敘述自己漂蕩的生活，詩中歷敘生活中的辛苦，反覆前

〔註 122〕如〈秋日荊南述懷三十韻〉（卷 21 頁 1904～1909）即是。
〔註 123〕劉開揚：「對於江陵府少尹鄭審等人，他能體諒他們迫於形勢，無暇照料於他。」
　　　　見劉開揚：《唐詩論文集》，頁 199。

面幾首詩的感受。其中有幾點值得注意：一、在「萬古一死生，胡爲足名數」兩句中，我們看到杜甫對家族傳統的掛念似乎有一些崩毀；但這只是詠懷時的情緒抒發，在未來的創作中，杜甫還寫有「素髮乾垂領，銀章破在腰」（〈奉贈盧五丈參謀琚〉‧卷 22 頁 2001～2003），可見官位仍爲詩人在面對自己優良傳統和理想時的見證。二、「多憂汙桃源，拙計泥銅柱。未辭炎瘴毒，擺落跋涉懼」四句指出杜甫困於舟中乃必然，因爲要求援，所以不僅未能隱居，更須跋涉許多險要之地前往衡州〔註124〕。三、「虎狼窺中原，焉得所歷住」一聯說明杜甫不直接回家之因在於京華、故鄉一帶仍有戰禍，導致無法歸回。四、「羸瘵且如何，魄奪鍼灸屢。擁滯僮僕慵，稽留篙師怒」指出漂蕩的酸辛。舟中漂蕩的辛苦已有不少紀錄，此處藉由僮僕與舟師生氣的對面處理，使漂蕩之苦在他人身上表現，進而得到更深刻表達，連同船之人都感到不耐，漂蕩的主角自是最痛不過。五、「皦皦幽曠心，拳拳異平素。衣食相拘閡，朋知限流寓」表明生計問題對杜甫的理想堅持造成一定影響，使得自己只此水居。六、舟中生活有三件煩惱：「舟航煩數具」、「牽纏加老病」、「瑣細隘俗務」。

上詩結尾雖得出「既不能兼善便當獨善，思爲避世長往之計」的想法〔註125〕，終究是一時之詞，杜甫在經過南嶽附近時便寫有〈望嶽〉：

> 南嶽配朱鳥，秩禮自百王。欻吸領地靈，鴻洞半炎方。
> 邦家用祀典，在德非馨香。巡守何寂寥，有虞今則亡。
> 泊吾臨世網，行邁越瀟湘。渴日絕壁出，漾舟清光旁。
> 祝融五峰尊，峰峰次低昂。紫蓋獨不朝，爭長嶪相望。
> 恭聞魏夫人，群仙夾翱翔。有時五峰氣，散風如飛霜。
> 牽迫限修途，未暇杖崇岡。歸來覬命駕，沐浴休玉堂。
> 三歎問府主，曷以贊我皇。牲璧忍衰俗，神其思降祥。

（卷 22 頁 1983～1985）

詩人面對美景總有驚奇，縱然此生隨舟漂蕩，在「泊吾臨世網，行邁越瀟湘」的無奈中，也可有「有時五峰氣，散風如飛霜」的清妙之詞。杜甫因爲「牽迫限修途」，故「未暇杖崇岡」，可見旅程的時間和距離已有所迫，必須盡快趕到。舟中生活並非一如之前面對美景發出的「幸有舟楫遲，得盡所歷妙」，

〔註124〕「此亦衡州之銅柱。」見〔明〕王嗣奭著，曹樹銘增校：《杜臆增校》，頁 616 ～617。

〔註125〕見〔明〕王嗣奭著，曹樹銘增校：《杜臆增校》，頁 616～617。

倘若沒有特殊原因，仍須以行程為要。此詩結尾依舊可見杜甫對天下的關心，既然動亂貧苦之際，蒼生猶未中斷祭祀，是否諸神更該降下福祉呢？可知杜甫不只對時代存有大愛，還有對時政的指責，因為納稅依舊，帝王們為何沒有讓人民過更好的生活，這是詩人很大的遺憾。

杜甫抵達衡州後，韋之晉已到潭州任官，兩人錯身而過，緣慳一面〔註126〕。詩人對這樣的遺憾有些感受，在〈衡州送李大夫七丈勉赴廣州〉裡流露：

斧鉞下青冥，樓船過洞庭。北風隨爽氣，南斗避文星。

日月籠中鳥，乾坤水上萍。王孫丈人行，垂老見飄零。

（卷 22 頁 1941～1942）

公安時期的舟中生活在漂蕩裡多了一些哲學性的思考〔註127〕，此詩也有如此感受，足見詩人漂蕩越久，舟居生活的體會也就越深。在前四句磊落有氣的開頭後，杜甫以「日月籠中鳥，乾坤水上萍」一聯總結兩湖時期至此的舟船生活。日月普照無邊，自己只是巨大牢籠裡的一隻小鳥；乾坤綿延無極，此生但能漂蕩江湖之上同浮萍之失根。杜甫把自己的生命與日月、乾坤這樣廣大的空間並列，不只對比出自己的渺小垂老，也凸顯了生命飄零。惟這樣的詩終究是有力量的，一個人能與天地並儔，生命自有浩瀚力量存納，晁說之曾云：「古人愁在吾愁裡，庾信江淹可共論。孰似少陵能嘆息，一身牢落識乾坤。」〔註128〕人皆會嘆息，可能在嘆息中融入哲學的思考、天意的體認，這就需要更深的生命修養，還有同天一樣的高度。杜甫雖然飄零，當舟回潭州時，故事就不一樣了。

二、水陸依違——最後的安居與掙扎

從衡州回到潭州，杜甫並沒有作品留下。回程是順流而下，不同於上水之行，速度較快，加以沿途可能沒有逗留，估計到潭州的時間可能只在春天左右。重新回到陸地的杜甫此時有許多寫與官員、友人的作品，其中不只求援之筆，也有許多激奮人心的作品，足見杜甫兩湖中的生活並非真是衰颯之姿，如〈別張十三建封〉：

〔註126〕「大曆四年二月，以湖南都團練觀察使、衡州刺使韋之晉為潭州刺使，因是徙湖南軍於潭州。」（卷 22 頁 1989）

〔註127〕楊義亦認為杜甫在晚期有很多哲學性的思考，這是生命邊緣化的影響，詳見楊義：《李杜詩學》，頁 545。

〔註128〕出自〈杜詩〉一詩。見〔宋〕晁說之：《晁說之詩話》，引自吳文治主編：《宋詩話全編》（南京：鳳凰出版社，2006 年 10 月），頁 1101。

嘗讀唐實錄，國家草昧初。劉裴建首義，龍見尚躊躇。
秦王撥亂姿，一劍總兵符。汾晉為豐沛，暴隋竟滌除。
宗臣則廟食，後祀何疏蕪。彭城英雄種，宜膺將相圖。
爾惟外曾孫，倜儻汗血駒。眼中萬少年，用意盡崎嶇。
相逢長沙亭，乍問緒業餘。乃吾故人子，童丱聊居諸。
揮手灑衰淚，仰看八尺軀。內外名家流，風神蕩江湖。
范雲堪結友，嵇紹自不孤。擇材征南幕，潮落回鯨魚。
載感賈生慟，復聞樂毅書。主憂急盜賊，師老荒京都。
舊丘豈稅駕，大廈傾宜扶。君臣各有分，管葛本時須。
雖當霜雪嚴，未覺桔柏枯。高議在雲臺，嘶鳴望天衢。
羽人掃碧海，功業竟如何。（卷23 頁2009～2011）

王嗣奭對此詩有很深入的分析：

觀詩意是應韋之辟，不樂職以去，而公與別也。觀公所贊與所期，
已知其品不凡，稱具眼矣。我眼見過萬少年，知爾能用意崎嶇之外。
「范雲」、「嵇紹」一聯，既欲托身，又欲托子，非真重其人，必不
輕易下此語。「潮落回鯨魚」，正言其厭湖南幕職而去也。「復聞樂毅
書」，謂既去韋猶有餘戀，見其厚道。「高議在雲臺」，正謂外曾祖為
開國勳臣，比於圖形雲臺者。「羽人掃碧海」，不知所出。〔註129〕

杜甫勉勵之外，不忘將兩湖「眼中萬少年，用意盡崎嶇」的現象指出，詩人
對社會的關心依舊。而「大廈傾宜扶」更是自己天下大居之夢的實踐，自己
雖已無力為此，卻不忘鼓勵後生努力。不久傳來噩耗，韋之晉在夏天病歿，
這對詩人是嚴重的打擊，寫詩云：

悽愴郇瑕邑，差池弱冠年。丈人叨禮數，文律早周旋。
臺閣黃圖裏，簪裾紫蓋邊。尊榮真不忝，端雅獨翛然。
貢喜音容間，馮招疾病纏。南過駭倉卒，北思悄聯綿。
鵩鳥長沙諱，犀牛蜀郡憐。素車猶慟哭，寶劍欲高懸。
漢道中興盛，韋經亞相傳。沖融標世業，磊落映時賢。
城府深朱夏，江湖眇霽天。綺樓關樹頂，飛旐泛堂前。
帟幕旋風燕，笳簫急暮蟬。興殘虛白室，跡斷孝廉船。
童孺交遊盡，喧卑俗事牽。老來多涕淚，情在強詩篇。

〔註129〕見〔明〕王嗣奭著，曹樹銘增校：《杜臆增校》，頁644。

誰寄方隅理，朝難將帥權。春秋褒貶例，名器重雙全。

　　（〈哭韋大夫之晉〉〔註130〕・卷 22 頁 1992～1994）

杜甫先道彼此交誼，並以許多筆墨歷敘韋之晉的人格與功績。從「興殘虛白室，踪斷孝廉船」一聯可知韋之晉曾拜訪杜甫於舟上，或依此認爲杜甫潭州時期仍在舟居，筆者以爲猶難定論，因杜詩有一作〈登舟將適漢陽〉〔註131〕，

〔註130〕據仇注本，此時尚有〈奉送韋中丞之晉赴湖南〉一詩，故云：「此當是在衡州寄送韋者。」（卷 22 頁 1989）全詩如下：「寵渥微黃漸，權宜借寇頻。湖南安背水，峽內憶行春。王室仍多故，蒼生倚大臣。還將徐孺榻，處處待高人。」（卷 22 頁 1989）然浦起龍注：「兩人兩地。同在湖南，題不得泛云赴湖南。……攷〈湖南哭韋〉詩：『犀牛蜀郡憐。』乃知韋先官川峽之間，此蓋送韋由川遷衡詩，亦是峽內作也。如此，詩意始明。」見〔清〕浦起龍：《讀杜心解》，頁 528。浦起龍的說法掌握了地理上的問題外，也扣住了詩中「峽內憶行春」一句。此外，楊倫亦在其注同意浦起龍的看法，見〔清〕楊倫：《杜詩鏡詮》，頁 889。甚至《杜甫親眷交遊行年考》所考：「大曆初，爲三峽內某州刺史。」見陳冠明・孫愫婷：《杜甫親眷交遊行年考》，頁 236～237。綜合三例，筆者乃將此詩置於夔州時期。

〔註131〕此詩編年有二：1.大曆四年秋，如浦起龍云：「仍欲歸襄、漢，與〈迴棹〉（浦起龍以此詩是四年夏畏熱北回之作。）詩同旨。但彼作於衡之夏，此作於潭之秋。第二次果不行之詩也。」見浦起龍：《讀杜心解》，頁 808。楊倫認同浦起龍之說，更在注中引朱注云：「公以四年二月到潭，因居焉，故曰春宅。」王嗣奭：「只說『春宅』、『秋帆』，便見流滯半年，此用字之妙。『催客歸』謂歸襄陽。後發其意：謂生理因飄蕩而拙，故有心歸去而以遲暮違，蓋中原胡馬方盛，遠道素書尚稀，故未敢徑往襄陽而且之漢陽；塞雁已集，檣烏尚飛，鹿門在襄陽，終當從此而往，且先學息機于漢陰丈人耳。漢陰在漢陽。」〔清〕楊倫：《杜詩鏡詮》，頁 989。見〔明〕王嗣奭著，曹樹銘增校：《杜臆增校》，頁 641～642。龔嘉英亦定在大曆四年秋所作，並云：「湖北漢陽爲由湖南上襄陽和洛陽必經之地，所謂將適漢陽，乃杜甫一時感情激動之故，其實並未果行。鹿門在襄陽，漢陰近漢陽，昔有龐德公歸隱鹿門，漢陰丈人息機漢陰。杜子美此時，不過是興之所至，表示嚮往罷了。」見龔嘉英：《詩聖杜甫——以詩作傳以史證詩》，頁 270。《杜甫年譜》以此詩作於韋之晉死後，云：「既是而後，則復雇棹登舟而居，初擬登舟後即歸漢陽，故有〈登舟將適漢陽〉之作，有云：『春宅棄汝去，秋帆催客歸。』棄春宅者，離江閣也。客歸者，欲歸襄漢也。豈意登舟後遲遲不果行，以後遂居於潭州江浦之舟中。」見王實甫：《杜甫年譜》，頁 271～272。2.大曆五年北歸前所作，如仇注即以此爲大曆五年秋所作，並言：「公寓宅潭州，欲歸兩京，鹿門在襄陽，漢陰近漢陽，蓋將自潭州至漢陽、轉襄陽、度洛陽而返西京也。」（卷 23 頁 2088）聞一多亦將此詩定於大曆五年秋，詳見聞一多：《唐詩雜論》（北京：中華書局，2004 年 4 月），頁 93～94。熊治祁將此定爲大曆五年八、九月間所作，並以「浦浪已吹衣」一句證明杜甫確已登舟而行。見熊治祁：〈杜甫湖南詩作五首編年考辨〉，頁 102。陶先淮、陶劍兩人在其文將此詩定爲離閣登舟準備北上之作。見陶先淮、陶劍：〈大名詩獨步　勝跡遍長沙——杜甫三寓長沙行蹤及卒年考略〉，頁 35。由上述兩種編年來看，可知爭議不斷。

詩中即有春宅之稱，無論此詩置於何處，杜甫當有居住之舉，且在春天。而前舉兩詩句，韋之晉必然對杜甫有所照顧，不只到船上拜訪，也可能給予杜甫直接的幫助，甚至居於春宅可能即是杜甫到達潭州後，由韋之晉籌謀，故當韋之晉死後，杜甫才有虛白室的感受〔註132〕，畢竟失去友人相挺，自然喪失保護，此與後來杜甫再度回到舟中應有相當關聯。杜甫依於韋之晉亦不只生計、居住上的需要，「馮招疾病纏」一句可能就說明杜甫曾因其人之助而有任官的機會，只因生病而不得不暫緩。〈登舟將適漢陽〉一詩裡提到：「鹿門自此往，永息漢陰機」，若杜甫北歸因戰亂無望，那麼在湖南地區有一官職當是最好的選擇，故此詩所言當是韋之晉病歿後，杜甫再度面臨生存危機，因而生起回歸之念，畢竟古人安土，回到故鄉或許是詩人最後的心願。

關於〈登舟將適漢陽〉一詩當於下文討論，此處旨在說明韋之晉之死對杜甫在兩湖生存造成的重大危機和失落。上文中我們已看出杜甫為了與韋之晉見面，不辭勞遠，渡過「未辭炎瘴毒，擺落跋涉懼」等重重難關，可見對與韋之晉的相逢抱有相當大期待。如今韋之晉之死不只宣告此行又一失落，也讓杜甫對湖南地區的政治環境產生質疑，觀「誰寄方隅理，朝難將帥權」一聯，杜甫擔憂的不只自己的生計與安危，還有廣大人民的生命。果然，崔瓘上任不久即發生臧玠之亂，造成許多傷亡外，更使杜甫在晚年又進行一次遷徙，韋之晉之死在杜甫兩湖漂蕩的過程中確有關鍵性的影響，比起之前澆薄的人際，這樣一樁命運的打擊實讓詩人難以承受。

杜甫之後的生活便在「童孺交遊盡，喧卑俗事牽」的苦痛下進行，這時杜甫早年的友人裴虬來到，寫下〈湘江宴餞裴二端公赴道州〉：

> 白日照舟師，朱旗散廣川。群公餞南伯，肅肅秩初筵。
> 鄙人奉末眷，佩服自早年。義均骨肉地，懷抱罄所宣。
> 盛名富事業，無取愧高賢。不以喪亂嬰，保愛金石堅。
> 計拙百寮下，氣蘇君子前。會合苦不久，哀樂本相纏。
> 交遊颯向盡，宿昔浩茫然。促觴激百慮，掩抑淚潺湲。

〔註132〕李德輝曾就唐代館驛制度討論，認為杜甫無論在夔州時借馬搬運私物，或者此處入驛居住，皆是違法的。那杜甫又如何能如此？李德輝以為此乃時逢戰爭與亂離，朝廷和地方管理鬆懈，制度廢弛所致。詳見李德輝：《唐宋時期館驛制度及其與文學之關係研究》（北京：人民文學出版社，2008 年 8 月），頁 370～371。加上筆者前面曾引簡錦松之言補充，夔州暫住西閣即是當地官員幫忙，照之李德輝所言，可見亂離的時代中，只要有當地官員幫助，仍有機會借住館驛。

　　熱雲初集黑，缺月未生天。白團爲我破，華燭蟠長烟。

　　鴟鵂催明星，解袂從此旋。上請減兵甲，下請安井田。

　　永念病渴老，附書遠山顚。（卷 22 頁 1990～1991）

白日照耀著樓船，與朱紅色的旗幟映成一片鮮明。杜甫先懷念過去的交情，並以兩人在喪亂中還保有金石一樣堅固的交情感到安慰。如今自己已是計拙，卻因友人氣蘇，杜甫描寫情感的落差往往很大，此處即是。此時韋之晉既亡，在「交遊颯向盡，宿昔浩茫然」的感受中，終於控制不住眼淚流洩，說出「解袂從此旋」，欲歸襄陽的心願。襄陽是杜甫先人居住之地〔註133〕，與京華不遠，歸回京華可說容易許多。而杜甫還在關心人民，詩中「上請減兵甲，下請安井田」寫出對普天人民的關愛，晚年漂蕩至此，遭遇人情冷暖，經歷無數打擊，其心卻還如此堅定，有著比「白日照舟師，朱旗散廣川」更遼闊的世界。可杜甫的生活確實受到影響，養病期間（前即云：「永念病渴老」）雖已住在江閣，但飲食可能不甚豐富，而有求食之詩：

　　客子庖廚薄，江樓枕席清。衰年病祇瘦，長夏想爲情。

　　滑憶雕胡飯，香聞錦帶羹。溜匙兼煖腹，誰欲致杯罌。

　　（〈江閣臥病走筆寄呈崔盧兩侍御〉．卷 22 頁 1994～1995）

窘困情況可見，住於江閣更是事實。時節來到秋天，這時韋迢與杜甫有詩唱和，潭州時期是杜甫兩湖生活比較安定的一段，不只作品數量較多，也有許多朋友往來。不過這些朋友對杜甫的生活沒有辦法做到完全改善，能夠幫忙杜甫尋一官職的韋之晉又已死去，惆悵之餘，遂寫下〈樓上〉：

　　天地空搔首，頻抽白玉簪。皇輿三極北，身事五湖南。

　　戀闕勞肝肺，掄材愧杞楠。亂離難自救，終是老湘潭。

　　（卷 22 頁 1997～1998）

天地之間只堪搔首，面對與京華之間的距離，一北一南，亦只能徒然嗟嘆。杜甫言及自己「亂離難自救，終是老湘潭」，苦語次骨外〔註134〕，更看到回到陸地的詩人仍舊如此不堪。故當節日又至，杜甫除寫下〈千秋節有感二首〉（卷 22 頁 1999～2000），也只能以「白首獨餘哀」的姿態哀嘆著「湘川新涕淚，秦樹遠樓臺」的距離，面對「桂江流向北」，「滿眼送波濤」。

〔註133〕杜甫的先世，是由京兆（長安）杜曲徙居湖北襄陽，再由襄陽遷居河南鞏縣。
　　　　見龔嘉英：《詩聖杜甫——以詩作傳以史證詩》，頁 2。

〔註134〕見〔明〕王嗣奭著，曹樹銘增校：《杜臆增校》，頁 637。

這時劉僕射判官來到潭州買馬，觸動了杜甫對過往的批判：

> 聞道南行市駿馬，不限匹數軍中須。
> 襄陽幕府天下異，主將儉省憂艱虞。
> 祗收壯健勝鐵甲，豈因格鬥求龍駒。
> 而今西北自反胡，騕褭蕩盡一匹無。
> 龍媒眞種在帝都，子孫未落東南隅。
> 向非戎事備征伐，君肯辛苦越江湖？
> 江湖凡馬多憔悴，衣冠往往乘蹇驢。
> 梁公富貴於身疏，號令明白人安居。
> 俸錢時散士子盡，府庫不爲驕豪虛。
> 以茲報主寸心赤，氣卻西戎迴北狄。
> 羅網羣馬籍馬多，意在驅除出金帛。
> 劉侯奉使光推擇，滔滔才略滄溟窄。
> 杜陵老翁秋繫船，扶病相識長沙驛。
> 強梳白髮提胡盧，手把菊花路旁摘。
> 九州兵革浩茫茫，三嘆聚散臨重陽。
> 當杯對客忍流涕，不覺老夫神內傷。
>
> （〈惜別行送劉僕射判官〉，卷 22 頁 2004～2005）

「馬出北邊而南行買馬，亦一異事」〔註135〕，可知因爲戰爭所死的馬匹爲數甚多，故需要到南方進行探買。然而馬死之多，也代表因戰爭死去的人不少，那麼所謂「騕褭蕩盡一匹無」表達的其實是很嚴肅的命題。不過杜甫在批判之餘，也對探買馬匹背後的意義作出稱讚，其中當是希望這些馬能透過賢士爲唐朝帶來更安定的生活；杜甫之心總是繫於朝廷，無論居住何處，生活如何困頓，天下卻在心中。此詩後面有「杜陵老翁秋繫船，扶病相識長沙驛」之句，可知詩人與劉僕射判官相遇之所正在長沙驛，此地可能就是前文所說的江閣〔註136〕。值得我們注意的還有前一句，倘若杜甫已有繫舟於岸之舉，詩人病況應較好轉，故回到舟中生活，一來準備航程，二來可能與韋之晉死後，住宿時間不能過長有關。另杜甫在〈登舟將適漢陽〉一詩透露北歸襄陽

〔註135〕見〔明〕王嗣奭著，曹樹銘增校：《杜臆增校》，頁641。
〔註136〕關於江閣，可參見陶先淮、陶劍：〈大名詩獨步　勝跡遍長沙——杜甫三寓長沙行蹤及卒年考略〉，頁33～39。裡面論述頗清楚。前引李德輝著作亦認同此江閣即是長沙驛，見李德輝：《唐宋時期館驛制度及其與文學之關係研究》，頁378。

之念，且有「浦浪已吹衣」之句，或許兩首詩的發生時間正在附近，但證據仍不足，只能就目前詩句做一推想。杜甫之後還寫有〈重送劉十弟判官〉（卷22頁2005～2006）一詩與劉僕射判官，詩中依然稱讚對方，高興其人可以「先鞭不滯留」，發揮理想。雖然詩中有「垂翅徒衰老」的嘆老之哀，整體來說，在面對賢者所致的「高義豁窮愁」中，杜甫還存有高興之意。惟「他日臨江待，長沙舊驛樓」一聯重見於此的願望，似乎也暗示了滯留潭州的認清。

杜甫似乎又面臨了生活的兩難，如〈奉贈盧五丈參謀琚〉所提：

　　恭惟同自出，妙選異高標。入幕知孫楚，披襟得鄭僑。

　　丈人藉才地，門閥冠雲霄。老矣逢迎拙，相於契託饒。

　　賜錢傾府待，爭米駐船遙。鄰好艱難薄，氓心杼軸焦。

　　客星空伴使，寒水不成潮。素髮乾垂領，銀章破在腰。

　　說詩能累夜，醉酒或連朝。藻翰惟牽率，湖山合動搖。

　　時清非造次，興盡卻蕭條。天子多恩澤，蒼生轉寂寥。

　　休傳鹿是馬，莫信鵬如鴞。未解依依袂，還斟泛泛瓢。

　　流年疲蟋蟀，體物幸鶺鴒。孤負滄洲願，誰云晚見招。

　　（卷22頁2001～2003）

朱鶴齡曰：「時必有長沙錢米，應輸江陵者，盧為之請旨，支給本郡也。故言民心焦噭，不可多斂以奉臨邦也。」〔註137〕可知當時背景，長沙生活所需本已不足，卻還要對外輸出，造成「賜錢而傾府以待，見府無錢；爭米而駐船遠處，見市少米」〔註138〕這樣的景象。時盧為請旨，留在此地，有與杜甫相遇之事。詩中顯現杜甫對人民的哀傷：「客星空伴使，寒水不成潮」，足見使不上力的無奈，縱使自己還帶著仕宦的象徵之物——「銀章破在腰」，無力仍是事實。此詩還寫有杜甫對處境的兩難，「孤負滄洲願」見隱居未成，「誰云晚見招」見仕宦不得，於是只如鶺鴒般幸有一枝可棲，處在進退之間。自韋之晉沒後，杜甫便生起回襄陽的念頭，如〈登舟將適漢陽〉一詩裡的陳述：

　　春宅棄汝去，秋帆催客歸。庭蔬尚在眼，浦浪已吹衣。

　　生理飄蕩拙，有心遲暮違。中原戎馬盛，遠道素書稀。

　　塞雁與時集，檣烏終歲飛。鹿門自此往，永息漢陰機。

　　（卷23頁2088）

〔註137〕見〔清〕朱鶴齡：《杜工部詩集輯注》，頁798。

〔註138〕見〔明〕王嗣奭著，曹樹銘增校：《杜臆增校》，頁641。

朱鶴齡注解「春宅棄汝去」（〈登舟將適漢陽〉・卷23頁2088）一句時提到：「公以四年二月到潭州，因居焉，故曰『春宅』。」〔註139〕筆者前文也談到此詩與其他詩作間的關聯，故將此詩置於此。杜甫拋下寓居一段時日的江閣，重新回到舟中，面對江閣附近所種的園蔬，此刻卻已在船上，心情自是複雜，頗有當年別去夔州經營之感。而庭蔬象徵安定，著於土；水浪代表漂蕩，失其根，兩者共同暗示再度回到水上的兩難，故有「生理飄蕩拙，有心遲暮違」之嘆。浦起龍曾言：

「飄蕩」、「遲暮」，見留南已極厭苦；曰「馬盛」、「音稀」，見還鄉

又極凋殘。是以將託跡於不南不北之間耳，襄、漢正其地也。〔註140〕

選擇襄陽的理由正在此，遠離戰禍又與京華鄰近；但其中不南不北之跡亦是事實，可知長期在舟陸間徘徊的杜甫，面對未來方向也是不甚肯定，如楊倫所說：「寒雁有春秋之期，檣烏乃終歲不息，其所感深矣。」〔註141〕終歲不息的自己好像也習慣漂蕩的日子了，下一站的選擇也就不太堅持。

觀後面仍有許多在潭州之作，杜甫此行應當沒有成功，所以重新回到長沙驛旁的岸邊。至於為何繼續停留在此？杜甫沒有明說，據後面幾首作品，似可窺到一些訊息：

相見各頭白，其如離別何。幾年一會面，今日復悲歌。

少壯樂難得，歲寒心匪他。氣纏霜匣滿，冰置玉壺多。

遭亂實漂泊，濟時曾琢磨。形容吾校老，膽力爾誰過。

秋晚嶽增翠，風高湖湧波。騫騰訪知己，淮海莫蹉跎。

（〈湖中送敬十使君適廣陵〉・卷23頁2007）

佳士欣相識，慈顏望遠遊。甘從投轄飲，肯作致書郵。

高鳥黃雲暮，寒蟬碧樹秋。湖南冬不雪，吾病得淹留。

（〈晚秋長沙蔡五侍御飲筵送殷六參軍歸澧覲省〉・卷23頁2008）

素幕渡江遠，朱幡登陸微。悲鳴駟馬顧，失涕萬人揮。

參佐哭辭畢，門闌誰送歸。從公伏事久，之子俊才稀。

長路更執紼，此心猶倒衣。感恩義不小，懷舊禮無違。

墓待龍驤詔，臺迎獬豸威。深衷見士則，雅論在兵機。

戎狄乘妖氣，塵沙落禁闈。往年朝謁斷，他日掃除非。

〔註139〕見〔清〕朱鶴齡：《杜工部詩集輯注》，頁799。

〔註140〕見浦起龍：《讀杜心解》，頁808。

〔註141〕見〔清〕楊倫：《杜詩鏡詮》，頁989。

> 但促銅壺箭，休添玉帳旂。勳詢黃閣老，肯慮白登圍。
> 萬姓瘡痍合，羣凶嗜慾肥。刺規多諫諍，端拱自光輝。
> 儉約前王體，風流後代希。對敭期特達，衰朽再芳菲。
> 空裏愁書字，山中疾采薇。撥杯要忽罷，抱被宿何依？
> 眼冷看征蓋，兒扶立釣磯。清霜洞庭葉，故就別時飛。
> （〈送盧十四弟侍御護韋尚書靈櫬歸上都二十四韻〉‧卷 23 頁 2012
> ～2014）

三首詩中都可看出杜甫的情深，無論是生是死，故舊還是新知，杜甫對於友誼實用心之至。然而在「遭亂實漂泊」、「萬姓瘡痍合，羣凶嗜慾肥」中，整個社會還是不穩定，故使杜甫繼續羈留，畢竟潭州一帶比起其他地區，確實安全多了。杜甫又提到「吾病得淹留」、「兒扶立釣磯」，可知此時病了，甚至要孩子攙扶，適遇「湖南冬不雪」，那就索性再停留一段時間，等待時局穩定，康復了再回去。之後的日子，杜甫不斷與友人接觸，也把握機會和官員結識，惟生活於舟中，處境仍是艱難。尤其冬天來到，「昨夜舟火滅，湘娥簾外悲。百靈未敢散，風破寒江遲」（〈蘇大侍御訪江浦賦八韻記異〉‧卷 22 頁 2014～2015），連讀者都感到寒意，何況為了生活，杜甫還要「藥物楚老漁商市」（〈暮秋枉裴道州手札率爾遣興寄遞呈蘇渙侍御〉‧卷 22 頁 2016～2019）。慶幸友人頗多，如蘇渙的結交、裴虬的書信、李暄的幫助，都讓杜甫感到雀躍不已，而有「白間生黑絲」、「盈把那須滄海珠，入懷本倚崑山玉」、「高興激荊衡，知音為回首」（〈奉贈李八丈暄判官〉‧卷 22 頁 2020～2021）之句。杜甫再回潭州後，與人的關係較之江陵、公安時期大抵不錯，只是「此生已愧須人扶」，正如「真成窮轍鮒，或似喪家狗」，杜甫的生活還是充滿艱辛。

杜甫在舟中面對北風與大雪的來襲，除了懷念送韋之晉靈柩回朝的盧十四侍御弟〔註 142〕，比較有特色的是將對寒冷的情緒與一些政治問題搭上聯想，如：

> 北風破南極，朱鳳日威垂。洞庭秋欲雪，鴻雁將安歸。
> 十年殺氣盛，六合人烟稀。吾慕漢初老，時清猶茹芝。
> （〈北風〉‧卷 23 頁 2025）
> 北雪犯長沙，胡雲冷萬家。隨風且間葉，帶雨不成花。

〔註142〕〈舟中夜雪有懷〉（卷 23 頁 2031）。

　　金錯囊垂罄，銀壺酒易賒。無人竭浮蟻，有待至昏鴉。

　　（〈對雪〉・卷 23 頁 2032～2033）

「公之留滯長沙，皆安、史之餘毒也，故因雪起興，而謂之『北雪』、『胡雲』，謂之『犯』，有深恨焉。」〔註 143〕杜甫對於戰亂的譴責不只來自天下的擔荷，也與自己飄泊人生導源於此有關，否則就算堅持理想與君王不合，仍可如長安時期一樣，帶著政治邊緣人的身分，住在京華一帶，有著政治核心的想像。如今漂蕩至此，杜甫心中自然憤恨不已，北風、北雪摧殘的不只是朱鳳隱喻的自己，還有萬家蒼生。這些實令杜甫安不下心，故有許多創作因應而生，就自己而言，如〈白鳧行〉（卷 23 頁 2037）、〈朱鳳行〉（卷 23 頁 2038）；就蒼生而言，如〈客從〉（卷 23 頁 2035～2036）、〈蠶穀行〉（卷 23 頁 2036），皆是字字帶血而句句生恨。對此，杜甫除了感嘆「天高無消息，棄我忽若遺」（〈幽人〉・卷 23 頁 2026～2028），想起自己未能從神仙游之愧，也有「五湖復浩蕩，歲暮有餘悲」的悲嘆。杜甫主要的感受還是積極的，如〈冬晚送長孫漸舍人歸州〉：

　　參卿休坐幄，蕩子不還鄉。南客瀟湘外，西戎鄠杜旁。

　　衰年傾蓋晚，費日繫舟長。會面思來札，銷魂逐去檣。

　　雲晴鷗更舞，風逆雁無行。匣裏雌雄劍，吹毛任選將。

　　（卷 23 頁 2033～2034）

錢謙益：「大曆三年八月，吐番寇靈州邠州。九月又入寇，京師戒嚴」〔註 144〕，杜甫因為身在兩湖地區，指涉時事的部份已不像早期可以立刻更新〔註 145〕，但觀詩中所言，除漂蕩生涯的宣洩，杜甫以自己的靈魂隨同對方北歸，不畏霜雪風寒，可謂打破前文中受冬天影響而困苦的老殘形象。寶劍出匣一喻，更見杜甫老年不衰的志氣，那麼漂蕩的日子裡，詩人確實還有改造天下的雄心。不過現實中，杜甫仍困守於此，只能將希望寄託在他人身上，如前引（〈暮秋枉裴道州手札率爾遣興寄遞呈蘇渙侍御〉・卷 22 頁 2016～2019）一詩裡「致君堯舜付公等，早據要路思捐軀」的鼓舞，或者〈暮冬送蘇四郎徯兵曹適桂州〉（卷 23 頁 2034～2035）〔註 146〕中對蘇渙的期許。而「致君堯舜付公等」

〔註 143〕見〔明〕王嗣奭著，曹樹銘增校：《杜臆增校》，頁 647。

〔註 144〕見〔清〕錢謙益：《杜詩錢注》，頁 949。

〔註 145〕楊義云：「由於政治身分的邊緣化，……既然不易趕上趟，杜甫晚年詩作除了對中原的特大時事表現出激情，……逐漸返回對身邊現實的審視和對蒼涼心境的尋味。」見楊義：《李杜詩學》，頁 510。

〔註 146〕「盧縮樓臺，蓋指大曆四年十二月桂州朱濟時反，容管經略使敗之，此當其時作。」見〔清〕錢謙益：《杜詩錢注》，頁 916。

一句，杜甫似乎已有交棒之意，揭露自己老年無力的識清。

時序來到大曆五年（770）春天，杜甫於舟上發現過去高適所寄的詩：

> 自蒙蜀州人日作，不意清詩久零落。
> 今晨散帙眼忽開，迸淚幽吟事如昨。
> 嗚呼壯士多慷慨，合沓高名動寥廓。
> 歎我悽悽求友篇，感君鬱鬱匡時略。
> 錦里春光空爛熳，瑤墀侍臣已冥寞。
> 瀟湘水國傍黿鼉，鄂杜秋天失鵰鶚。
> 東西南北更誰論，白首扁舟病獨存。
> 遙拱北辰纏寇盜，欲傾東海洗乾坤。
> 邊塞西羌最充斥，衣冠南渡多崩奔。
> 鼓瑟至今悲帝子，曳裾何處覓王門。
> 文章曹植波瀾闊，服食劉安德業尊。
> 長笛鄰家亂愁思，昭州詞翰與招魂。

（〈追酬故高蜀州人日見寄并序〉，卷 23 頁 2038～2040）

詩中感慨多年來友情，杜甫以鵰鶚形容高適，卻以黿鼉稱述自己，一在天，一在地，與自己漂蕩舟中的處境相合。當年孤城駐足猶有「江清日抱黿鼉遊」（〈白帝城最高樓〉，卷 15 頁 1276）的無窮想像，如今孤舟漂蕩只堪與之共游於瀟湘水國，人生境遇如此，縱是杜甫的預言，也難免傷痛。不過雖獨剩自己，只有扁舟相伴的杜甫在東西南北的孤獨中，仍存一洗乾坤之志，誠為難得。後來杜甫遇到故舊王砅，在送別時寫到自己的難過：「亂離又聚散，宿昔恨滔滔。水花笑白首，春草隨青袍。」（〈送重表姪王砅評事使南海〉，卷 23 頁 2042～2047）也提到自己到交廣學仙的想法：「我欲就丹砂，跋涉覺身勞。安能陷糞土，有志乘鯨鼇。或骖鸞騰天，聊作鶴鳴皋」，當然這仍是一時之想，並未成行。

杜甫在人生最後一年的春天寫了許多關於自然萬物的作品，如〈燕子來舟中作〉：

> 湖南為客動經春，燕子銜泥兩度新。
> 舊入故園常識主，如今社日遠看人。
> 可憐處處巢居室，何異飄飄託此身。
> 暫語船檣還起去，穿花貼（一作落）水益霑巾。（卷 23 頁 2063）

王嗣奭言：

> 自出峽來已三春，而客湖南者兩春矣。燕來兩度，去年卻有居室，
> 前詩云「春宅棄汝去」是也。故汝舊入我故園，曾識主人，今我在
> 舟中，無室可巢，故遠看人有故主之思。我卻憐汝處處巢居室，與
> 此身之飄飄於江湖何異乎？燕亦憐我，就我船檣，暫語而去，已感
> 其情；乃不忍逕去，而穿花落水，徘徊顧戀，令人益沾巾耳。乃其
> 本意，蓋悲人情之不如也。〔註147〕

此說解得甚妙，杜甫去年春天仍居住江閣，今年春天卻浮舟水上，物色照映下，
寫盡舟陸兩種生活交錯下的心情。詩中比較特別的是藉由憐燕而自憐〔註148〕，
把自己處處而居的人生做了概括說明，既然舟陸皆不順遂，霑巾的淚眼便可以
預期。同樣是漂蕩的心情，杜甫在〈小寒食舟中作〉有比較豁達的想法：

> 佳辰強飲食猶寒，隱几蕭條帶鶡冠。
> 春水船如天上坐，老年花似霧中看。
> 娟娟戲蝶過閒慢，片片輕鷗下急湍。
> 雲白山青萬餘里，愁看直北是長安。（卷23頁2061～2062）

以隱者之姿面對漂蕩之舟〔註149〕，縱然老年眼花，蕩去許多人生的春水也可
有上天之想。而天呢？穿越了身旁的鷗蝶，還有更遠處的萬里白雲青山，只
在那愁眼中的長安，可見南方尋仙不是真實的步履，京華才是永恆的舟航〔註
150〕。只是自己終為世人所棄，正似〈風雨看舟前落花戲為新句〉所寫：

> 江上人家桃樹枝，春寒細雨出疏籬。
> 影遭碧水潛勾引，風妒紅花卻倒吹。
> 吹花困懶傍舟楫，水光風力俱相怯。
> 赤憎輕薄遮入懷，珍重分明不來接。
> 溼久飛遲半欲高，縈沙惹草細於毛。

〔註147〕見〔明〕王嗣奭著，曹樹銘增校：《杜臆增校》，頁650。

〔註148〕仇注所引：「識主、看人，世不憐公，而燕獨相憐。巢室託身，公方憐燕，而
　　　　旋復自憐矣。」（卷23頁2063）

〔註149〕「『鶡冠』其為隱者之冠無疑，鶡冠子，隱人也。」見〔明〕王嗣奭著，曹樹
　　　　銘增校：《杜臆增校》，頁650。

〔註150〕〈歸雁二首〉：「萬里衡陽雁，今年又北歸。雙雙瞻客上，一一背人飛。雲裏
　　　　相呼疾，沙邊自宿稀。繫書元浪語，愁寂故山薇。」、「欲雪違胡地，先花別
　　　　楚雲。卻過清渭影，高起洞庭羣。塞北春陰暮，江南日色曛。傷弓流落羽，
　　　　行斷不堪聞。」（卷23頁2059～2060）二詩所寫則是歸鄉之念。

　　蜜蜂蝴蝶生情性，偷眼蜻蜓避伯勞。（卷 23 頁 2050～2051）

仇注云：「蜂蝶素戀花香，今見墮於殺草，則性情頗覺生疏。蜻蜓偶過花間，有似偷眼旁觀者，一遇伯勞，卻又倉卒避去，以見花當零落之餘，終為物情所棄。」（卷 23 頁 2051）從自然界中看到物情之棄，就像在人生中見自己被棄一般，同樣被棄，前者尚有杜甫之筆憐惜，那麼詩人呢？當佳節又來時，杜甫寫下〈清明〉：

　　著處繁華矜是日，長沙千人萬人出。

　　渡頭翠柳豔明眉，爭道朱蹄驕齧膝。

　　此都好遊湘西寺，諸將亦自軍中至。

　　馬援征行在眼前，葛強親近同心事。

　　金鐙下山紅日晚，牙檣捩柁青樓遠。

　　古時喪亂皆可知，人世悲歡暫相遣。

　　弟姪雖存不得書，干戈未息苦離居。

　　逢迎少壯非吾道，況乃今朝更被除。（卷 23 頁 2048～2049）

杜甫在舟中過了幾次佳節，佳節舟居，難怪這些作品都帶些愁味。詩中千人萬人皆出，繁華同時只有杜甫為著「干戈未息苦離居」難過，逢迎仍舊不是杜甫的意願，那麼眼前美景便是漂蕩之舟最強烈的對比。可也因杜甫在數次節日中以旁觀者角度觀看人類寓居於世的社群性，反能在落寞中，看到自己的特別處〔註 151〕，藉由對悲歡的體悟，在舟陸兩種生活中辯證出情緒的短暫與不真實，儼然有超越悲歡之意。這時孤舟即是自己的獨特性，並藉由暫相遣的過程和歷史經驗點出諸將的愚昧，寫出燦爛美景下的諷刺。

　　杜甫並非沒有再向人求助，在〈奉贈蕭十二使君〉（卷 23 頁 2052～2054）與〈送趙十七明府之縣〉（卷 23 頁 2057）兩詩中皆有提到求援字句：「監河受貸粟，一起轍中鱗」、「惠愛南翁悅，餘波及老身。」杜甫討厭自己老是求人，卻又在生活中不斷有此舉動，是面對基本生活最大的難處。這時遇到了李龜年，使得過去與現在以最逼仄且真實的方式襲向杜甫：

　　岐王宅裏尋常見，崔九堂前幾度聞。

　　正是江南好風景，落花時節又逢君。

　　（〈江南逢李龜年〉・卷 23 頁 2060）

〔註 151〕「逢迎少壯非吾道」。

過去彼此一同出席的場所已成幻夢，在豪華落盡後成為記憶裡的塵灰；只有現在所處的江南之地〔註152〕、眼前的美景是彼此間最真實的接觸，在落花之下，點綴兩人淪落的生涯。這首簡短的詩作將杜甫一生做了最濃密的壓縮，僅在四句裡，表達一切。其實這樣的相逢不容易，「故人湖外少，春日嶺南長」（〈送魏二十四司直充嶺南掌選崔郎中判官兼寄韋韶州〉，卷23頁2056～2057）已說明這種情況。杜甫似乎對此相遇不帶有喜悅，也沒有對自己遭遇的憤怒，只有一種樸素的語言，說明湖南漂蕩下的自己，以及美景下實則空虛的江南。杜甫還有〈贈韋七贊善〉一詩情志頗似：

> 鄉里衣冠不乏賢，杜陵韋曲未央前。
>
> 爾家最近魁三象，時論同歸尺五天。
>
> 北走關山開雨雪，南遊花柳塞雲烟。
>
> 洞庭春色悲公子，蝦菜忘歸范蠡船。（卷23頁2064～2065）

兩種方向，南方的美景在杜甫詩中其實不落北方之後，可是掀開花柳雲煙的簾幕，只有面對洞庭春色的悲哀。杜甫像是旅遊中人，因為美食與景色而忘了歸反，但一「悲」字已顛倒詩中所有設色，直搗簾下憂鬱。

這時杜甫的舅舅到了郴州，杜甫寫有〈奉送二十三舅錄事之攝郴州〉（卷23頁2054～2055），裡面以「衰老悲人世，驅馳厭甲兵」表明對人世和戰爭的痛惡，此詩最重要的意義卻是暗示著下一刻的再度流離，因為詩人未來即踏上這一趟生死之旅。

三、途窮命絕——再度南行又北歸的折騰

大曆五年夏天發生臧玠之亂，杜甫面臨人生最後一次奔走。這次折騰中杜甫留下許多詩歌，如：〈逃難〉（卷23頁2073）、〈白馬〉（卷23頁2073～2074）、〈入衡州〉（卷23頁2067～2072）、〈舟中苦熱遣懷奉呈陽中丞通簡臺省諸公〉（卷23頁2074～2077）等，筆者將於後文論之。上述詩中除具體描述杜甫對戰爭的感受外，如：「乾坤萬里內，莫見容身畔。妻孥復隨我，回首共悲歎。故國莽丘墟，鄰里各分散。歸路從此迷，涕盡湘江岸。」也對未來產大巨大懷疑。長期在舟陸間選擇，舟居已是人生悲劇的結果，如今命運再度重重一擊，如好友韋之晉之死，以迅雷不及掩耳之勢帶走湖南美景，難怪

〔註152〕錢謙益：「在江湘之間，龜年方流落江潭，故曰江南。」見〔清〕錢謙益：《杜詩錢注》，頁916。

連歸路都忘卻了，涕淚更是竭盡。上述作品中皆寫及戰爭情狀，尤其〈入衡州〉一詩更是細膩道來；然而後人評價此詩時，卻都指出一種現象：

老杜〈衡州詩〉云：「悠悠委薄俗，鬱鬱回剛腸。」此語甚悲。昔蒯通讀〈樂毅傳〉而涕泣，後之人亦當有味此而泣者也。〔註153〕

一部杜浣花集，字字白虹，聲聲碧血。而讀至「悠悠委薄俗，鬱鬱回剛腸」之句，覺心墮魂折。〔註154〕

兩文皆指出杜甫的心事，可見後人閱讀時，除歷史之筆的記載外，相當看重杜甫此時內心。其實兩湖時期的杜甫早已將書寫習慣往內心傾斜，觀兩湖諸作皆有此證據。此時詩人因舟居與生活有了最密切結合，故當諸事往身上重壓時，反應的就不只是時事，內心被壓抑的部分也會用力突圍而出。

杜甫在〈入衡州〉中表達自己要去郴州之心〔註155〕，推想郴州的舅舅必有邀請。行前杜甫曾到陸上參訪孔廟，寫下〈題衡山縣文宣王廟新學堂呈陸宰〉（卷23頁2079～2081）一詩，表達對文化教育的重視。訪後，立刻踏上南行郴州之路，卻在途中遇到大水，受困舟中，所幸當地縣令給予物資補助，方逃過一劫。事後杜甫回到陸上致詩以謝〔註156〕，這次的經驗中，杜甫對命運的安排顯然有更沉重體驗，故言：「孤舟增鬱鬱，僻路殊悄悄。」一條死氣沉沉的水路為孤舟染上鬱鬱之色，接連而來的打擊，從韋之晉之死到臧玠之亂，復從逃難到大水之阻，命運確實無情，使得杜甫也無言以對，方與水路共成一片靜悄的死寂。杜甫還是寄望清平的一天，一聯「問罪消息真，開顏憩亭沼」，把亂事的平定置於生活改善之上，就像草堂時期的宣言：「何時眼前突兀見此屋，吾廬獨破受凍死亦足」（〈茅屋為秋風所破歌〉・卷10頁832～833），總是忘了自己的安危。

杜甫選擇回去了，在一連串的故事中，詩人選擇回到襄陽：

宿昔試安命，自私猶畏天。勞生繫一物，為客費多年。

〔註153〕見〔宋〕許顗：《許顗詩話》，引自吳文治主編：《宋詩話全編》，頁1413。
〔註154〕見〔清〕薛雪：《一瓢詩話》，引自丁福保編：《清詩話》（臺北：木鐸出版社，1988年9月），頁681。
〔註155〕「橘井舊地宅，仙山引舟航。此行怨暑雨，厥土聞清涼。諸葛剖符近，開緘書札光。頻繁命屢及，磊落字百行。江總外家養，謝安乘興長。下流匪珠玉，擇木羞鸞鳳。我師嵇叔夜，世賢張子房。柴荊寄樂土，鵬路觀翱翔。」
〔註156〕觀詩名〈聶耒陽以僕阻水書致酒肉療饑荒江詩得代懷興盡本韻至縣呈聶令陸路去方田驛四十里舟行一日時屬江漲泊於方田〉（卷23頁2081～2083）即可知。

衡岳江湖大，蒸池疫癘偏。散才嬰薄俗，有跡負前賢。

巾拂那關眼，瓶罍易滿船。火雲滋垢膩，凍雨裹沈綿。

強飯蓴添滑，端居茗續煎。清思漢水上，涼憶峴山巔。

順浪翻堪倚，迴帆又省牽。吾家碑不昧，王氏井依然。

几杖將衰齒，茅茨寄短椽。灌園曾取適，遊寺可終焉。

遂性同漁父，成名異魯連。篙師煩爾送，朱夏及寒泉。

（〈迴棹〉‧卷 23 頁 2085～2086）

杜甫從漂蕩的角度切入，說明自己也曾自私地希望安命，有一穩定之所。可是多年來流離沒有就其所思，一句「畏天」道盡杜甫對命運的無奈〔註 157〕。這時杜甫想起襄陽祖籍的一切，回憶中的清涼與眼前蒸池形成對比，杜甫不再關注眼前起居，擦拭烏几的巾拂廢而不用，喝過的酒瓶堆滿舟船，只有記憶讓杜甫不斷穿梭其中，想像著同漁父一樣的隱者生活。杜甫在漂蕩之中出現多次歸隱的想法，如：「結託老人星，羅浮展衰步」、「依止老宿亦未晚，富貴功名焉足圖」、「更討衡陽董練師，南浮早鼓瀟湘舵」、「飄泊南庭老，祗應學水仙」、「噞漱元和津，所思煙霞微。知名未足稱，局趣商山芝。五湖復浩蕩，歲暮有餘悲。」（〈幽人〉‧卷 23 頁 2026～2028）等，其中明確談到「知名」是他未走上隱者道路的關鍵，見證杜甫對於家族傳統的仕宦背景有著一定程度的執著與守護。此處再度指出這一道路，並立即回舟實踐，縱然最後杜甫仍沒有穿上隱者的外衣，這些思隱之作仍反映出一定程度對現實的不滿〔註 158〕。

　　決定回歸祖籍襄陽的杜甫對未來的路途有了美麗想像，「湖光與天遠，直

〔註 157〕浦起龍：「『安命』，本欲隨地自安也。『自私』者，貪安之謂。『畏天』，畏天之不與我安也。是何也？為『繫物』謀生之故，長此『勞生』耳。『為客費年』，即所為『勞生』者。此四句，泛言久客之不得已。」見浦起龍：《讀杜心解》，頁 595。

〔註 158〕廖美玉言：「由此來看歸田與隱逸的不同，隱逸顯然太沈重，包括對現實的批判、生活的困窘，甚至以生命為代價；隱逸又是一種退避，既避世也避人，由主流社會退處深山峻谷，放棄人類文明的成就，忍耐物質上的匱乏與精神上的孤寂，卻仍存在著政治性或道德性的堅持。」見廖美玉：〈「歸田」意識的形成與虛擬書寫的至樂取向〉，《成大中文學報》（臺南：國立成功大學中文系，2003 年 11 月），頁 73。朱熹亦言：「隱者多是帶性負氣之人為之。」見〔宋〕朱熹：《朱熹詩話》，引自吳文治主編：《宋詩話全編》（南京：鳳凰出版社，2006 年 10 月），頁 6112。

欲泛仙槎」（〈過洞庭湖〉〔註159〕・卷23頁2087），洞庭湖還未到，杜甫早已將自己比擬爲上天之舟，襄陽與京華不遠，杜甫的心情也有著雀躍。途經潭州，這裡是杜甫兩湖時期最安定的地方，不少人曾與他有所互動，詩人停留外〔註160〕，也在離開前寫了〈暮秋將歸秦留別湖南幕府親友〉給予眾人：

> 水闊蒼梧野，天高白帝秋。途窮那免哭，身老不禁愁。
>
> 大府才能會，諸公德業優。北歸衝雨雪，誰憫敝貂裘。
>
> （卷23頁2089）

回到潭州時已秋天，容易感傷的季節裡，縱然有著前述北歸的高興，仍不免爲自己再度遷徙憂愁。據王嗣奭言：「觀『敝貂裘』語，知其尚缺歸資，所以

〔註159〕此詩編年考證頗多，大致可分爲三種：1.認爲在大曆四年由岳陽至衡州中所作，如黃去非：「此詩當作於大曆四年春由岳至衡途中。因爲大曆五年秋天杜甫仍在長沙，有〈長沙送李十一銜〉可證，怎麼會在夏天沿湘流而下到達洞庭湖呢？……又詩中有『蛟室圍青草，龍堆隱白沙』的句子，亦可證是將枉青草湖、白沙戍之作。」見黃去非：〈杜甫入湘早期行蹤及詩作編年〉，頁53。2.認爲在大曆五年北上歸襄陽途中所作，如王嗣奭：「起語仍以青草湖，白沙驛作對。舟乘南風，又云『回檣』，是湖南別親友而北上之作也。此詩當是公絕筆。」見〔明〕王嗣奭著，曹樹銘增校：《杜臆增校》，頁656。浦起龍：「此詩得於洞庭石刻，不著姓名，論者疑信相半。然據微之誌『旋殯岳陽』之文，則五年夏秋間，當有向北入湖之事。」見浦起龍：《讀杜心解》，頁595。聞一多：「言南風畏日，又云回檣。則非四年所作甚明：當是是年（筆者按：大曆五年），自衡州歸襄陽，經洞庭詩也。元微之〈誌〉云：『扁舟下荊楚，竟以寓卒，旅殯岳陽。其後嗣業啓柩，箷祔事於偃師，途次於荊，拜余爲志。』呂汲公亦云：『夏還襄陽，卒於岳陽。』魯譜云：『其卒當在衡岳之間，秋冬之交。』但衡在潭之上流，與岳不相鄰，舟行必經潭，然後至岳，當云在潭岳之間」見聞一多：《唐詩雜論》，頁94。3.定爲僞作，如龔嘉英：「南風是五月的季節風，畏日是指夏日。查大曆四年春，杜甫由岳陽乘舟過洞庭入湘江後，夏天在長沙。大曆五年四月，因臧玠之亂，由長沙至衡陽避難，夏天又由衡陽上水至耒陽。折返長沙時，已是夏末秋初。所以就時間而言，杜甫不可能於五月趁南風泛舟洞庭湖。此詩得之於江心小石刻，既未具名，不知是何人所作。我認爲杜甫一生，祇過洞庭湖一次，故不採錄。」見龔嘉英：《詩聖杜甫——以詩作傳以史證詩》，頁284。丘良任：「五年秋季公尚在長沙，何能夏季過洞庭？……公於舟中伏枕，病勢沉重，何得有此高興？」，丘良任更引他文（《湖陰圖志》之〈唐杜甫過洞庭湖石刻〉）論斷此詩爲僞作，見丘良任：〈杜甫湘江詩月譜（下）〉，頁87。筆者此處暫以第二種說法爲主，但解釋並不同前者，而依劉開揚之說，將「過」解釋爲往，詩中內容則成爲想像之詞。見劉開揚：《唐詩論文集》，頁210～212。

〔註160〕從〈江閣對雨有懷行營裴二端公〉（卷23頁2077～2078）一詩可知杜甫在江閣一帶做了停留。

竟卒於潭、岳之間。」〔註161〕可知杜甫此詩的意義在籌措旅資，畢竟兩湖的杜甫已沒有土地，不能像過去一樣進行農業經營〔註162〕，居官者的幫助自是最直接而有力。另筆者以爲此處也可爲杜甫因缺乏旅資再度停舟的見證。

　　杜甫北歸前遇到過去一起避居同谷的友人李銜，寫下〈長沙送李十一〉一詩：

　　　　與子避地西康州，洞庭相逢十二秋。

　　　　遠愧尚方曾賜履，竟非吾土倦登樓。

　　　　久存膠漆應難並，一辱泥塗遂晚收。

　　　　李杜齊名眞忝竊，朔雲寒菊倍離憂。（卷 23 頁 2090）

詩中提到杜甫此時還掛有郎官一職，故對未能回朝抱有慚愧，可見杜甫回到京華實有政治上的想法。他鄉異地遇到患難與共的友人，心情自是十分激動，只是杜甫心意已決，這場見面也就成爲詩中最後一次和友人的相處。杜甫終於踏上歸途之路，寫下最後一首詩：

　　　　軒轅休製律，虞舜罷彈琴。尚錯雄鳴管，猶傷半死心。

　　　　聖賢名古邈，羈旅病年侵。舟泊常依震，湖平早見參。

　　　　如聞馬融笛，若倚仲宣襟。故國悲寒望，羣雲慘歲陰。

　　　　水鄉霾白屋，楓岸疊青岑。鬱鬱冬炎瘴，濛濛雨滯淫。

　　　　鼓迎非祭鬼，彈落似鴞禽。興盡纔無悶，愁來遽不禁。

　　　　生涯相汨沒，時物正蕭森。疑惑樽中弩，淹留冠上簪。

　　　　牽裾驚魏帝，投閣爲劉歆。狂走終奚適，微才謝所欽。

　　　　吾安藜不糝，汝貴玉爲琛。烏几重重縛，鶉衣寸寸針。

　　　　哀傷同庾信，述作異陳琳。十暑岷山葛，三霜楚戶砧。

　　　　叨陪錦帳坐，久放白頭吟。反樸時難遇，忘機陸易沈。

　　　　應過數粒食，得近四知金。春草封歸恨，源花費獨尋。

　　　　轉蓬憂悄悄，行藥病涔涔。瘞天追潘岳，持危覓鄧林。

　　　　蹉跎翻學步，感激在知音。卻假蘇張舌，高誇周宋鐔。

　　　　納流迷浩汗，峻趾得欹崟。城府開清旭，松筠起碧潯。

　　　　披顏爭倩倩，逸足競駸駸。朗鑒存愚直，皇天實照臨。

〔註161〕見〔明〕王嗣奭著，曹樹銘增校：《杜臆增校》，頁 656。

〔註162〕江閣若眞有種植行爲，亦只是小規模。

公孫仍恃險，侯景未生擒。書信中原闊，干戈北斗深。

畏人千里井，問俗九州箴。戰血流依舊，軍聲動至今。

葛洪尸定解，許靖力難任。家事丹砂訣，無成涕作霖。

（〈風疾舟中伏枕書懷三十六韻奉呈湖南親友〉·卷 23 頁 2091～
2096）

詩中描寫多天舟中所見，一片死寂，這時杜甫帶著疾病上路，一會兒高興
看著外面景色，一會兒又感到惆悵，誠爲複雜。筆者觀察杜甫詩中所言，
發現這樣猶疑不定的原因可能有二：一、「生涯相汨沒，時物正蕭森」一聯
裡指出漂蕩舟中的悲哀和舟外景物的蕭森，推測此時情緒不穩應與此有
關，畢竟情景交融，很容易勾出心中沉鬱。二、杜甫在「疑惑樽中弩，淹
留冠上簪」一聯裡不僅具體寫出自己疑慮多病的問題，還附帶提到自己沒
有回到京華的遺憾，可知回到朝中任官仍是心心念念之事。這首詩中除了
感謝湖南親友的幫忙外，反映的還有舟中生活的難言之處〔註163〕與對國事
的關心，古有蓋棺論定之說，杜甫雖未死去，舟中伏枕之言亦應是杜甫最
眞實的表達。杜甫的一生就在舟上劃下句點，跨越兩湖的漂蕩，杜甫至死
都在此流離，使得洞庭湖的上天想像成爲記憶裡最後一首開朗之作，爲後
世留下數不盡的遺憾。「十暑岷山葛，三霜楚戶砧」是杜甫人生流離的總述，
「生涯相汨沒，時物正蕭森」則是漂蕩舟中的自我見證；然則杜甫終究以
自己的力量努力，遂在「戰血流依舊，軍聲動至今」的悲慟裡，猶然喊出
「朗鑒存愚直，皇天實照臨」的肯認〔註164〕。若非仁心在體內的朗朗照耀，
伏枕舟中，病逝前的絕望都足以讓人喑啞，遑論創作這樣一首長詩，可見
詩人生命厚度之一斑。

〔註163〕「『汝貴玉爲琛』，用蘇秦『食玉炊桂』語，蓋諷之也。『得近四知金』，謂親
友之饋，無愧於天地人我者也。『持危覓鄧林』，夸父之杖也。『納流』、『峻址』
一聯，一則廣而難周，一則峻而少通，交遊中有此二等，皆無濟於我者：下
言諸公不然。」見〔明〕王嗣奭著，曹樹銘增校：《杜臆增校》，頁 645。

〔註164〕諸家註解多將兩句放置在對幕府親友的美稱，如仇注所引：「朗鑒二句，感親
友待己之厚」（卷23頁2095）、楊倫：「得親友大度包容」，見〔清〕楊倫：《杜
詩鏡詮》，頁 1033。凡此皆指向應酬式的文字。惟浦起龍以杜甫之心爲經，
云：「此上十句，正是告親友之詞。謂我方仰賴其力，無奈扳援眾多，恩施易
竭。扁在等夷之列，難邀破格之惠也。接下云，於儔人之中，『愚直』如我，
乃若『朗鑒』相存。此恩此德，『皇天實照臨』之。忽然出以誓詞，要是不平
所激。」見〔清〕浦起龍：《讀杜心解》，頁 817。

　　杜甫過去對於所居之地多有記載，如何兩湖時期較少，或許正是生命漂蕩的表現。緒論曾引：

> 如果沒有家屋，人就如同失根浮萍。家屋為人抵禦天上的風暴和人生的風暴。它既是身體，又是靈魂。是人類存在的最初世界。〔註165〕

過去生活都還能有一定居所，因為這一最初的世界還存於杜甫的生活與內心；如今漂蕩與生活結合，使得詩人無力再對居所進行大量描述，畢竟移動太多，自己更如失根的浮萍，疲於奔命的杜甫自然無法著力於此。這時杜甫陸地的記載，多是為了治病、應酬、賣藥，除第一次在潭州的短暫停留外，比較缺乏對生活的品味；反倒舟中有較多風景描繪和人生思考，比起草堂與夔舟時期誠為不同，見舟居生活雖辛苦，但在取得較多生活空間的同時，也與詩人一起建構大部分的詩歌內容與畫面。前人曾云：「杜子美甫詩如書成天泣，血漬石上。」〔註166〕即是對杜甫詩歌內容的一種感佩，還有對其中血漬人生的哀憐。整理杜甫此時漂蕩之跡如下：

> 抵達江陵→江陵漂蕩→公安陸居→公安往岳州的漂蕩→岳州短暫登臨→往衡州的漂蕩→潭州短暫停留→往衡州的漂蕩→衡州的緣慳一面→衡州往潭州的漂蕩→潭州因病暫時的陸居→欲歸襄陽未能成行，再度舟居漂蕩→因臧玠之亂逃難至衡州的漂蕩→往郴州陸居的漂蕩與受困→陸居希望破滅再度北歸的漂蕩→潭州留別→死於漂蕩。

筆者簡單將兩節文字的行跡列出，重以所述，確實血淚斑斑，語成天泣，畢竟杜甫離開夔州安定生活後，就再沒有穩定的生活。惟杜甫的漂蕩生涯是在每一次的選擇與命運間鋪路而出，每一步都有他的思考和意義，「認命通常會耗盡一個人的力量和他的創造性」〔註167〕，杜甫從不認命，就算偶有失志之時，總能憑著心中熱情繼續向前，才能在偶而的失志與衰颯中重新爬起。張謙宜云：

> 古之人，如杜子美之雄渾博大，其在山林與朝廷無以異，其在樂土與兵戈險厄無以異，所不同者山川風土之變，而不改者忠厚直諒之

〔註165〕見加斯東・巴舍拉著，龔卓軍、王靜慧譯：《空間詩學》（臺北：張老師文化事業股份有限公司，2008年5月），頁68。

〔註166〕見〔清〕牟願相：《小瀾草堂雜論詩》，引自郭紹虞編：《清詩話續編》，頁913。

〔註167〕見 Rollo May，龔卓軍・石世明譯：《自由與命運》，頁179。

志。〔註168〕

杜甫兩湖時期可謂踏盡千山萬水，而在舟陸間來來去去，不同生活下，忠厚直諒之志未必真無不改，至少詩中起起落落，就有不少變化。筆者以為與其說不改，不如說舟陸兩難下的體驗成就杜甫多元的思考模式，開拓了廣大的視域，故此志實非不改，而是在數次的辯證裡，粹出最本質的一面。杜甫這樣的開拓還反應在對舟船意義的改造，以下便論述杜甫與舟船的關係。

第四節　從工具之舟到生活之舟的傾斜

杜甫一生漂蕩，人生最後幾年的漫漫道路中，舟船這一工具確實陪伴他無數歲月。然杜甫未棄官前，舟船也曾是詩人集中出現頗多的字眼，可見舟在杜甫生涯中並非僅是飄泊時期裡的專有詞彙。綜觀杜甫一生，兩湖飄泊與舟船的關係遠比前期密切，不論是長安中的日子，還是成都、夔州等，皆不若這個時期。尤其兩湖歲月中更以舟為家，使得舟船成為詩人生命立足之地，如此關係，舟與詩人的結合究竟到何種程度？與其他時期又有何不同？此則需吾人仔細探究。

舟船的使用除了生計、戰爭外，大致上是別於陸上交通的一種工具，如王子今所言：

> 所謂「行水」或者「船行」，是有別於陸路行旅的通行於江河湖海水
> 域的水陸行旅。〔註169〕

作為別於陸路交通的工具，杜甫在使用上有頗多記載，以下便依用途做一論述。

一、杜甫詩中的工具之舟

（一）交通工具

出現在杜甫兩湖詩以前最多的是作為交通工具使用的舟船，這些詩歌中，舟船的出現常只是工具用途，較少詩人情感的轉移。由於作品甚多，筆者只舉幾首作為代表，其餘作品則以附錄呈現，以使版面能更集中在論述核心。作品如下：

〔註168〕見〔清〕張謙宜：《絸齋詩談》，引自郭紹虞編：《清詩話續編》，頁 809。
〔註169〕見王子今：《中國古代行旅生活》，頁 74。

穢濁殊未清，風濤怒猶蓄。何時通舟車，陰氣不黲黷。

（〈三川觀水漲二十韻〉‧節‧卷 4 頁 306）（筆者按：此詩以舟車借代為交通的修復。）

長淮浪高蛟龍怒，十年不見來何時。

扁舟欲往箭滿眼，杳杳南國多旌旗。

（〈乾元中寓居同谷縣作歌七首〉‧節‧卷 8 頁 696）

春知催柳別，江與放船清。（〈移居夔州郭〉‧節‧卷 15 頁 1265）

泛舟登瀼西，回首望兩崖。（〈柴門〉‧節‧卷 19 頁 1643）

舟楫因人動，形骸用杖扶。

（〈續得觀書迎就當陽居止正月中旬定出三峽〉‧節‧卷 21 頁 1852
～1853）

遲日深江水，輕舟送別筵。

（〈泛江送魏十八倉曹還京因寄岑中允參范郎中季明〉‧節‧卷 12
頁 984）

從第一首作品中交通的恢復，二至五首中詩人的空間移動，乃至最後一首裡送別的舟船，杜甫兩湖生活之前的舟船多半作為交通工具使用。工具傾向的使用強調的是舟船本身的運輸功能，在詩中的位置偏附屬之用，本身的意義較少，遑論詩人與舟船之間的生命連結。

（二）謀生之用

除了交通使用外，不乏兼有其他作用者，如作為謀求生計與休閒活動之用者，如：

新添水檻供垂釣，故著浮槎替入舟。

（〈江上值水如海勢聊短述〉‧節‧卷 10 頁 810）

村鼓時時急，漁舟個個輕。

（〈屏跡三首‧其二〉‧節‧卷 10 頁 882～883）

漁人漾舟沉大網，截江一擁數百鱗。（〈觀打魚歌〉‧節‧卷 11 頁 918）

看弄漁舟移白日，老農何有罄交歡。

（〈嚴公仲夏枉駕草堂兼攜酒饌〉‧節‧卷 11 頁 903～904）

駐馬問漁舟，躊躇慰羈束。

（〈南池〉‧節‧卷 13 頁 1096）（筆者按：此詩指杜甫駐馬面向漁舟。）

　　釣艇收緡盡，昏鴉接翅稀。（〈復愁十二首〉‧節‧卷 20 頁 1741）

這些作品中的舟船，除了與詩人的生活感受一同出現外，也多兼有釣魚、漁業等意義在，尤其第一首還是杜甫的親身體驗，展現閑逸之情。然這些作品中的舟船與詩人的生命仍是兩個不同的存在，作爲詩歌裡出現的詞彙，功用只在說明所用所見，其中的工具意義仍十分明顯。

（三）戰爭之用

　　上述例子中，尚可見一些悠閒情致，此或與古代漁舟象徵的隱逸情懷有關；然在這樣的情調中，舟船與詩人的生命間仍是以工具一類的形象顯現，遑論以下指稱戰爭作用的舟船了：

　　無復雲臺仗，虛修水戰船。

　　（〈寄岳州賈司馬六丈巴州嚴八使君兩閣老五十韻〉‧節‧卷 8 頁 646）

　　衛青開幕府，楊僕將樓船。

　　（〈廣州段功曹到得楊五長史譚書功曹卻歸聊寄此詩〉‧節‧卷 10 頁 927～928）

　　四瀆樓船汎，中原鼓角悲。

　　（〈夔府書懷四十韻〉‧節‧卷 16 頁 1420～1426）

詩人言及戰爭用的舟船時，多帶著自己對戰爭的批判；這些作爲戰爭用的工具之舟，仍只是單純名詞，僅爲杜甫戰爭譴責下的一種工具舉例。

（四）文學之用

　　除上述幾類具體的工具之舟，筆者尚要補充一類非單純工具之用的舟船使用，是結合典故而成，如以下幾類：

1. 莊子

　　春山無伴獨相求，伐木丁丁山更幽。

　　澗道餘寒歷冰雪，石門斜日到林丘。

　　不貪夜識金銀氣，遠害朝看麋鹿遊。

　　乘興杳然迷出處，對君疑是泛虛舟 [註170]。

―――――――――――――――――

〔註170〕《莊子》：「方舟而濟於河，有虛船來觸舟，雖褊心之人不怒。」虛舟，謂空無所繫。（卷 1 頁 9）

（〈題張氏隱居二首‧其二〉‧卷 1 頁 8）

2. **范蠡**

詩罷聞吳詠，扁舟意不忘〔註171〕。（〈夜宴左氏莊〉‧節‧卷 1 頁 22）

方丈渾連水，天台總映雲。人間長見畫，老去恨空聞。
范蠡舟偏小，王喬鶴不群。此生隨萬物，何路出塵氛。

（〈觀李固請司馬弟山水圖三首‧其二〉‧卷 14 頁 1197）

3. **張翰**

扁舟〔註172〕不獨如張翰〔註173〕，皂帽還應似管寧。

（〈嚴中丞枉駕見過〉‧節‧卷 11 頁 889）

4. **張孝廉**

鄉關胡騎滿，宇宙蜀城偏。忽得炎州信，遙從月峽傳。
雲深驃騎幕，夜隔孝廉船。卻寄雙愁眼，相思淚點懸。

（〈得廣州張判官叔卿書使還以詩代意〉‧卷 10 頁 871）

解龜瑜臥轍，遣騎覓扁舟〔註174〕。徐榻不知倦，潁川何以酬。

（〈奉送王信州崟北歸〉‧節‧卷 19 頁 1664）

這些作品使用的典故與舟船本身的工具意涵結合，在描述事實同時，也將典故本身的歷史與哲學意義賦予其中，可說是文學創作上常見技巧；然舟船本身無太多作者的身影，與生活的結合亦不太足夠，雖使典而多了更多思考，呈現較多的是文學使用的一面。

　　舟船在杜甫的使用上還有船夫一類，筆者將在後文談到。在〈送高司直尋封閬州〉一詩裡，則將「泛舟人」指為高司直，如：「借問泛舟人，胡為入雲霧。」（〈送高司直尋封閬州〉‧節‧卷 21 頁 1828）觀察上述所列諸詩，兩湖以前舟船一詞確實多工具之用，這些作品裡，不僅較無與杜甫生命合一的例子，更少賦予深刻意義，而為一工具表示。

〔註171〕《史記》：「范蠡乘扁舟，游五湖。」（卷 1 頁 22）

〔註172〕考慮詩歌的對偶性，故將此舟視為杜甫自己的象徵，然而此詩之舟還兼有交通工具的意義。

〔註173〕《晉書》：「張翰，字季鷹。賀循入洛，經吳閶門，於船中彈琴。翰就循言談，相欽悅曰：『吾亦有事北京。』便同載而去。」（卷 11 頁 890）

〔註174〕《世說》：「張憑嘗謁丹陽尹劉惔，惔留宿，明日乃還船。須臾，惔遣傳教覓張孝廉船，召與同載，時人榮之。」（卷 10 頁 871）

二、生活之舟的一種開端──幽逸與舟船意涵的結合

在工具意義的運用上，前文已提到休閒之用者。這類遊賞的舟船詩歌群十分值得注意，與上述謀生之用的漁舟有某種程度情調上的一致，雖然也是工具之用，卻因遊賞的主題，賦予作品更多情趣。這類詩歌大致可分爲五個時期：

（一）讀書與漫遊時期

秋水通溝洫，城隅進小船。

（〈與任城許主簿遊南池〉・節・卷 1 頁 14）

（二）困居長安時期

刺船思郢客，解水乞吳兒。

（〈陪鄭廣文遊何將軍山林十首・其八〉・節・卷 2 頁 153）

綴席茱萸好，浮舟菡萏衰。（〈九日曲江〉・節・卷 2 頁 162）

落日放船好，輕風生浪遲。

（〈陪諸貴公子丈八溝攜妓納涼晚際遇雨二首・其一〉・節・卷 3 頁 172）

雨來霑席上，風急打船頭。

（〈陪諸貴公子丈八溝攜妓納涼晚際遇雨二首・其二〉・節・卷 3 頁 172）

青蛾皓齒在樓船，橫笛短簫悲遠天。
春風自信牙檣動，遲日徐看錦纜牽。
魚吹細浪搖歌扇，燕蹴飛花落舞筵。
不有小舟能蕩槳，百壺那送酒如泉。（〈城西陂泛舟〉・卷 3 頁 177）

琉璃汗漫泛舟入，事殊興極憂思集。

（〈渼陂行〉・節・卷 3 頁 179～180）（筆者按：描寫乘舟遊賞時，哀樂無常的感慨。）

身退豈待官，老來苦便靜。況資菱芡足，庶結茅茨迥。
從此具扁舟，彌年逐清景。

（〈渼陂西南臺〉・節・卷 3 頁 184）（筆者按：以歸隱之情準備輕舟，然而在追逐清景的預期下，仍是遊賞之用。）

無計迴船下，空愁避酒難。

（〈與鄠縣源大少府宴渼陂〉・節・卷 3 頁 185）

（三）從鄜州到長安

棋局動隨幽澗竹，裟裳憶上泛湖船。

（〈因許八奉寄江寧旻上人〉‧節‧卷 6 頁 458）

（四）秦州

船人近相報，但恐失桃花。〔註175〕

（〈秦州雜詩二十首‧其十三〉‧節‧卷 7 頁 583）

龍舟移櫂晚，獸錦奪袍新。

（〈寄李十二白二十韻〉‧節‧卷 8 頁 661）（筆者按：此詩爲追憶李白境遇）

密竹復冬筍，清池可方舟。雖傷旅寓遠，庶遂平生遊。

（〈發秦州〉‧節‧卷 8 頁 672～673）

（五）草堂時期

把燭成橋夜，迴舟客坐時。

（〈觀作橋成月夜舟中有述還呈李司馬〉‧節‧卷 10 頁 866）

清江白日落欲盡，復攜美人登綵舟。

（〈陪王侍御同登東山最高頂宴姚通泉晚攜酒泛江〉‧節‧卷 11 頁 964）

上客迴空騎，佳人滿近船。

（〈數陪李梓州泛江有女樂在諸舫戲爲豔曲二首贈李‧其一〉‧節‧卷 12 頁 995～996）

立馬千山暮，迴舟一水香。

（〈數陪李梓州泛江有女樂在諸舫戲爲豔曲二首贈李‧其二〉‧節‧卷 12 頁 997）

舟楫諸侯餞〔註176〕，車輿使者歸。

（〈送何侍御歸朝〉‧節‧卷 12 頁 998）

〔註175〕仇注：「東柯佳勝如此，故囑舟人相近即報，唯恐失卻桃源也。」（卷 7 頁 583）
〔註176〕作者原注：「李梓州泛舟筵上作。」（卷 12 頁 998）可知此詩本是承〈數陪李梓州泛江有女樂在諸舫戲爲豔曲二首贈李〉而來，故爲遊賞之作。又詩中言：「舟楫諸侯餞，車輿使者歸」，可知是在舟上餞行，如仇注所言：「舟楫水餞，車輿路行。」（卷 12 頁 998）

關庭分未到，舟楫有光輝。

（〈陪王漢州留杜綿州泛房公西湖〉‧節‧卷 12 頁 1006～1007）

悶到房公池水頭，坐逢楊子鎮東州。

卻向青溪不相見，迴船應載阿戎遊。（〈答楊梓州〉‧卷 12 頁 1008）

鵝兒黃似酒，對酒愛新鵝。引頸嗔船逼，無行亂眼多。

（〈舟前小鵝兒〉‧節‧卷 12 頁 1009）

謝安舟楫風還起，梁苑池臺雪欲飛。

杳杳東山攜妓去，泠泠修竹待王歸。

（〈戲作寄上漢中王二首‧其二〉‧卷 12 頁 1029）

山豁何時斷，江平不肯流。稍知花改岸，始驗鳥隨舟。

（〈陪王使君晦日泛江就黃家亭子二首〉‧節‧卷 13 頁 1076）

方舟不用楫，極目總無波。（〈泛江〉‧節‧卷 13 頁 1077）

湍駛風醒酒，船回霧起堤。

（〈晚秋陪嚴鄭公摩訶池泛舟〉‧節‧卷 14 頁 1184～1185）〔註 177〕

浣花溪水水西頭，主人為卜林塘幽。

已知出郭少塵事，更有澄江銷客愁。

無數蜻蜓齊上下，一雙鸂鶒對沈浮。

東行萬里堪乘興，須向山陰入小舟。（〈卜居〉‧卷 9 頁 729）

落景下高堂，進舟泛回溪。誰謂築居小，未盡喬木西。

（〈泛溪〉‧節‧卷 9 頁 769）

芳菲緣岸圃，樵爨倚灘舟。啅雀爭枝墜，飛蟲滿院遊。

濁醪誰造汝，一酌散千愁。（〈落日〉‧節‧卷 10 頁 802～803）

南京久客耕南畝，北望傷神坐北窗。

晝引老妻乘小艇，晴看稚子浴清江。（〈進艇〉‧節‧卷 10 頁 819）

白水魚竿客，清秋鶴髮翁。胡為來幕下，祇合在舟中。

（〈遣悶奉呈嚴公二十韻〉‧節‧卷 14 頁 1179）

以上五類中，一到三類可概稱為杜甫飄泊以前時期，時詩人活動地點多在京華一帶，故作品多是陪同遊賞、應酬之作，舟船展現的遊賞之樂有著明顯的

〔註 177〕以上為草堂時期應酬之作。

京城士人品味，舟船意義亦只是遊賞時的搭乘工具。四、五兩類則可概稱為
飄泊時期，首先秦州時期的三首作品，除了描寫李白之詩談到的「龍舟」指
白蓮池之召外，其餘兩首皆展現了詩人對幽逸生活的追求。惟「船人近相報，
但恐失桃花」一聯中的船人雖指船夫，舟船從乘載的工具延伸成工作者的身
分，在這意義下，舟船本身仍是一工具內涵，使人得以因舟船產生與此工具
相關的身分。倒是「清池可方舟」與「庶遂平生遊」兩句形成的語言關係頗
耐人尋味，詩云杜甫眷戀東柯之勝，似乎只是遊賞之趣的表達；然將平生所
遊方向與「清池可方舟」一句聯結，便產生幽逸選擇的聯想，雖然這與杜甫
道路的京華指向有所不同，卻是詩人飄泊生涯中常有的另一種情懷〔註178〕。

　　杜甫出走京華後，生活的遊賞有了應酬以外的表述，「方舟」一詞雖仍有
著工具意義存在，其中賦予的詩人情感與思考卻昭然若見，可見詩人筆下的
舟船內涵隨著飄泊生活的奏起，內容已有了部份傾斜。這樣的傾斜在杜甫草
堂時期有較大突破，但草堂中的遊賞之樂仍可分為詩人幽逸生活與應酬兩
類。筆者發現飄泊前後期的遊賞創作中多與應酬相關，可見士人文化下，舟
船做為行旅工具外，所具有的遊賞之用。這些遊賞之舟雖多與應酬相關，描
寫景色處卻著墨頗深，如：「清江白日落欲盡，復攜美人登綵舟」、「立馬千山
暮，迴舟一水香」、「舟楫諸侯餞，車輿使者歸。山花相映發，水鳥自孤飛。
春日垂霜鬢，天隅把繡衣」等句，除了清江、白日、山花、水鳥的自然美景，
也可有美人相隨散發的清香，既滿足視覺效果，美人身上的香味更與水色相
融，足見遊賞本身的審美價值。惟景色描寫雖深，卻是所遊之地呈現的風光，
舟船作為工具還是事實，與詩人本身的生活並未真實合一。這時草堂中的幽
逸遊賞卻跨越工具之用與應酬之舉，繼承了「清池可方舟」、「庶遂平生遊」
兩句展現的精神，所引後面五首作品即是草堂時期中非應酬的舟船之作，不
論「東行萬里堪乘興，須向山陰入小舟」一句所引出的詩人興致，還是杜甫
泛舟浣花溪時，表達的遊賞感受，杜甫在舟船的遊賞中展現了「千愁」盡散
的歡樂，實是生活中難能可貴的情事。杜甫草堂時期中的遊賞之作，倘若能
夠離開應酬目的，往往能夠展現出更自得的風味，甚至徹底表現出與生活的
完美合一。如「晝引老妻乘小艇，晴看稚子浴清江」，舟船與詩人的生活有了
真實結合，草堂依溪水而築已見家居和水文化的融入，詩人全家在詩中與舟
船的結合更成為尋常生活場景，表現遊賞情味外，還體貼出杜甫的生活情調。

〔註178〕詳見封野：〈論杜甫荊湘時期的生存危機與自我衝突〉，頁21。

與生活的結合在「胡爲來幕下，祇合在舟中」一聯中有著更深刻表述，詩人以官場與舟船對比，儼然賦予舟船幽逸意涵，此刻幽逸從「清池可方舟」、「庶遂平生遊」兩句共構而成的意義，轉爲「舟船」單一詞表述，內容一致，卻讓詞與義之間更爲緊密，誠如仇注所言：「言致悶之由，蓋不樂居幕府而欲遂其幽閒也。」（卷14頁1179）與官場形成一種對立，開出另一詮釋空間。

　　杜甫詩中的舟船意涵透過飄泊的人生歷程，從工具意義的舟船慢慢傾斜到與詩人生活緊密的結合，雖然生活之舟的完成仍有待兩湖時期的詩歌來建構，卻已顯露一些開端〔註179〕。

三、生活之舟的另一端倪──漂蕩與舟船意涵的關係

　　杜甫詩中舟船從工具意義往生活傾斜，在一些作品裡還有著散亂的表現。別於前者，這些作品的創作時間較不一致，但多集中在出走京華以後，其中某部份反應的現象還造成生活之舟的形成，成爲幽逸特質外的另一內涵。散落的作品中，首先表現的是〈夢李白二首·其二〉：

　　　　江湖多風波，舟楫恐失墜。（〈夢李白二首·其二〉·節·卷7頁558）

舟象徵著李白及其人生，江湖則是充滿未知的命運之流。在風波不斷的長流裡，杜甫表現出對摯友的關心，更指出人生漂蕩的一種命題。這一命題於此是在夢中呈現，未來卻複製在杜甫爾後的人生，如以下兩首作品所言：

　　　　路經灩澦雙蓬鬢，天入滄浪一釣舟。

　　　　戎馬相逢更何日，春風迴首仲宣樓。

　　　　（〈將赴荊南寄別李劍州〉·卷12頁1097）

　　　　扁舟繫纜沙邊久，南國浮雲水上多。

　　　　（〈奉寄別馬巴州〉·節·卷13頁1098）

「雙蓬鬢」／「一釣舟」、「灩澦」／「滄浪」的組合已將舟船的內涵提升至詩人自己的化身。在舟與詩人結合的表述裡，與道路相對的「天」字就顯出孤

〔註179〕杜甫夔州生活與草堂並稱杜甫飄泊生涯裡最安適的兩個時期，然而在舟船內涵裡卻比較沒有草堂這樣的表現，此實爲一特殊現象。筆者以爲或許有幾點可尋覓：一、杜甫夔州時期以養病與旅費籌措爲主，舟船作爲出峽的功用意義甚爲明顯，故與生活的結合比較不密切。二、草堂時期的杜甫除了到江陵之念外，舟船本身時常兼有遊賞的意義，故在與詩人生活的結合上有了較多機會。而夔州時期杜甫以舟船遊覽的次數不多，多是來往在各地，而當時旅遊則以陸行爲主，所以舟船在旅遊的機會便大大減少。

舟漂蕩背後的廣大背景，對照著自己的「一」渺微，同「扁舟繫纜沙邊久」，盡是詩人自己的人生寫照。漂蕩之感出現在寓居巴州時，此或與杜甫因戰亂離開草堂所生之感受相關；另這兩首詩皆寫出欲赴荊州的宣言〔註180〕，可以想見荊州應是詩人當時的中程目的，故當因病在夔州駐足時，漂蕩之感自然又生。

　　杜甫在夔州的情況已如前面兩章所述，此處僅指出漂蕩與舟船的結合情況。杜甫夔州時期有比較明確的住宿地點，舟船的使用有許多是工具性質的，此可參閱筆者整理的圖表，與草堂時期頗近。然而這些作品卻也有一些詩歌表述出詩人自己的生命情態，首先是滯留夔州的現況：

　　　　顏回竟短折，貫誼徒忠貞。飛旐出江漢，孤舟轉荊衡。
　　（〈八哀詩・贈左僕射鄭國公嚴公武〉・節・卷16頁1389）

　　　　子孫存如綫，舊客舟凝滯。
　　（〈八哀詩・贈秘書監江夏李公邕〉・節・卷16頁1393）

嚴武死後，杜甫便感覺此生如孤舟般，此時凝滯的並非舟船，而是杜甫自己，誠如「磨滅餘篇翰，平生一釣舟」（〈秋日寄題鄭監湖上亭三首・其一〉・卷20頁1729）所言，不僅消磨了歲月，更使杜甫集中地注意到自己生命如舟的轉變。隨著時間不斷拉長，在故鄉景色的呼喚下，空間就會藉由舟船的凝滯產生一條與故鄉甚遙的萬里長河，如下：

　　　　繫舟身萬里，伏枕淚雙痕。
　　（〈九日五首・其四〉・節・卷20頁1765～1766）

繫舟與凝滯實際上是相同指涉，當舟與人的命運結合一起時，繫舟便等同於繫人。此刻出走的彼端與繫住的此端間漫出萬里時空，對映的卻只有詩人雙眼的淚眼闌干，孤舟雙眼與萬里歸路，竟成一種對比，這在〈秋興八首〉中有更明確表述：

　　　　叢菊兩開他日淚，孤舟一繫故園心。
　　（〈秋興八首・其一〉・節・卷17頁1484）

孤舟與故園在萬里之繫中，以「一」條漫長的道路連結，不論淚下多少，詩人化身而成的孤舟始終以孤獨形象出現，既是萬里行旅之中的孤舟，也是詩人自己漫漫人生裡的孤愁。如此愁味往異地偏向時，即是孤舟的表示；若偏

─────────────────

〔註180〕如：「春風迴首仲宣樓」、「南國浮雲水上多」。詩人後來因為嚴武重回成都的關係，暫時取消了念頭，因此有杜工部之官位，更有了回京補官的可能性，可見京華對杜甫的吸引力。

向了故園，就變成歸舟的樣貌，如下列兩首作品：

> 絕域歸舟遠，荒城繫馬頻。如何對搖落，況乃久風塵。
>
> （〈謁先主廟〉‧節‧卷 15 頁 1353）

> 眼前今古意，江漢一歸舟。（〈懷灞上游〉‧節‧卷 18 頁 1606）

「絕域」與「江漢」共同組織成浩瀚的天地形象，面對這般現況，杜甫決意將眼光放在未來的歸向，此時孤舟隨著詩人的眼光抽離了孤獨的自身，一變為詩人心中終點的導航器，歸去的念頭和舟船有了緊密結合。上述結合後，夔州時期仍有許多工具意義的舟船表達，但於即將出峽一刻，就算舟船顯現出工具傾向，也有了不同意義，如下：

> 具舟將出峽，巡圃念攜鋤。正月喧鶯末，茲辰放鷁初。
>
> 雪籬梅可折，風榭柳微舒。託贈卿家有，因歌野興疏。
>
> 殘生逗江漢，何處狎樵漁。
>
> （〈將別巫峽贈南卿兄瀼西果園四十畝〉‧節‧卷 21 頁 1862）

準備舟船一語，工具目的已出現；然觀察杜甫「殘生逗江漢，何處狎樵漁」一聯，人既不可能飄泊於江漢之上，則杜甫心中似乎也意識到己身與舟船的關係，在殘生中有著難已劃分的結合。

從上述工具之舟到生活之舟的傾斜，可見隨著飄泊的時間越來越長，舟船的形象與內涵也逐漸轉變，除與詩人自身的身影，如「孤」、「歸」等詞彙結合外，更在意涵裡融合了自己的生命。

四、生活之舟的實際境況

杜甫出峽後，已如前文所論，有許多舟居歲月，故與舟船在生活上的結合勢必遠勝從前。這並非說此時杜甫詩歌中的舟船便沒有工具意義，舟船本身畢竟是交通工具，故作品中仍有一些例子如下：

> 一失不足傷，念子孰自珍。泊舟楚宮岸，戀闕浩酸辛。
>
> （〈敬寄族弟唐十八使君〉‧節‧卷 21 頁 1865）

> 玉樽移晚興，桂楫帶酣歌。
>
> （〈暮春陪李尚書李中丞過鄭監湖亭泛舟〉‧節‧卷 21 頁 1883）

> 錦席淹留還出浦，葛巾敧側未迴船。
>
> （〈宇文晁崔彧重泛鄭監前湖〉‧節‧21 頁 1883）

憶昔北尋小有洞，洪河怒濤過輕舸。

……更討衡陽董練師，南浮早鼓瀟湘舵。

（〈憶昔行〉．節．卷 21 頁 1888～1889）

結纜排魚網，連檣並米船。（〈舟中〉．節．卷 21 頁 1901）

南渡桂水闕舟楫，北歸秦川多鼓鞞。

年過半百不稱意，明日看雲還杖藜。（〈暮歸〉．節．卷 22 頁 1915）

逍遙公後世多賢，送爾維舟惜此筵。

（〈公安送韋二少府匡贊〉．節．卷 22 頁 1929）

維舟倚前浦，長嘯一含情。（〈公安縣懷古〉．節．卷 22 頁 1930）

數問舟航留製作，長開篋笥擬心神。

（〈留別公安太易沙門〉．節．卷 22 頁 1934～1935）

窮冬急風水，逆浪開帆難。……別我舟檝去，覺君衣裳單。

（〈別董頲〉．節．卷 22 頁 1939～1940）

斧鉞下青冥，樓船過洞庭。

（〈衡州送李大夫七丈勉赴廣州〉．節．卷 22 頁 1941～1942）

繫舟盤藤輪，杖策古樵路。（〈宿花石戍〉．節．卷 22 頁 1965～1966）

朝來新火起新烟，湖色春光淨客船。

（〈清明二首．其一〉．節．卷 22 頁 1968～1970）

喬口橘洲風浪促，繫帆何惜片時程。

（〈酬郭十五受判官〉．節．卷 22 頁 1982）

北驅漢陽傳，南汎上瀧舡。……洞主降接武，海胡舶千艘。

（〈送重表姪王砅評事使南海〉．節．卷 23 頁 2042～2047）

金鐙下山紅日晚，牙檣捩柁青樓遠。

（〈清明〉．節．卷 23 頁 2048～2049）

往別郇瑕地，於今四十年。來簪御府筆，故泊洞庭船。

（〈奉酬寇十侍御錫見寄四韻復寄寇〉．節．卷 23 頁 2066）

這些詩中出現的舟船大多是工具之用，或者單純的交通工具，或者杜甫自己
乘坐的工具，或者遊賞類的，也有謀生用的商業船隻，乃至戰爭用的樓船等

等〔註181〕，皆是工具之舟，可見舟船做爲工具之使用目的，惟在兩湖詩中比例不高。由於兩湖生活與舟船產生密切連結，故詩中帶有部分工具性質的舟船，恆在詩篇結構與詩人生活的意義聯結下產生些微變化：

> 鄂渚分雲樹，衡山引舳艫。翠牙穿裛蔣，碧節吐寒蒲。
> 病渴身何去，春生力更無。
> （〈過南嶽入洞庭湖〉・節・卷22頁1951～1952）

> 泊吾臨世網，行邁越瀟湘。渴日絕壁出，漾舟清光旁。
> （〈望嶽〉・節・卷22頁1983～1985）

> 洪濤隱笑語，鼓枻蓬萊池。崔嵬扶桑日，照耀珊瑚枝。
> 風帆倚翠蓋，暮把東皇衣。噘漱元和津，所思烟霞微。
> 知名未足稱，局趣商山芝。五湖復浩蕩，歲暮有餘悲。
> （〈幽人〉・節・卷23頁2026～2028）

> 山雉迎舟檝，江花報邑人。論交翻恨晚，臥病卻愁春。
> 惠愛南翁悦，餘波及老身。（〈送趙十七明府之縣〉・節・卷23頁2057）

這些作品裡的工具意義仍然明顯，卻與詩人生活結合在一起，如到衡州是詩人自己的念頭，卻寫成「衡山引舳艫」，將引領方向的自己付與舟船本身，可見與舟船貼合的程度。而「臨世網」的是杜甫，「越瀟湘」的則是舟船，兩句構成一單位，讓舟行的飄泊與詩人結合外，也使停舟於風光中的單純行爲，因詩人的流離散發出苦痛中難得的舒爽。在〈幽人〉一詩中，「鼓枻蓬萊池」本是仙人之舉，爲杜甫企慕的想像；可當與「五湖復浩蕩」的處境碰撞時，仙者氣息的舟船意境反而增強生活中苦痛的滋味。甚至在歡迎他人的舟檝時，杜甫也可以加上「餘波及老身」之句，把自己需要救助的請求化成對餘波的渴望，顯然是舟又是人了。

交通工具與生活結合之時，使得詞語本身的內涵也產生改變，上文已見生活對交通工具的影響，那麼詩人此刻的舟船到底有何表現異於工具之舟外？又與詩人緊密到何種程度？以下便分幾類論述，期能對杜甫生活之舟有更清晰的了解。

〔註181〕也有一些典故的使用，如〈贈韋七贊善〉：「洞庭春色悲公子，蝦菜忘歸范蠡船。」（卷23頁2064～2065）〈哭李尚書〉：「漳濱與萬里，逝水竟同年。欲挂留徐劍，猶迴憶戴船。相知成白首，此別間黃泉。」（卷22頁1916～1918）

（一）舟船乘載與居住環境

因爲長期漂蕩，杜甫便容易與舟中人物發生生活上的關係。杜甫出峽後所行皆是自己所欲之處，根據筆者整理之表〔註182〕，杜甫從草堂時期便開始有舟，生活中還有不少乘舟出遊之作，特別「應須理舟楫，長嘯下荊門」（〈春日梓州登樓二首‧其二〉‧卷11頁970）一聯，整理舟船者，必是自己擁有之物，可知杜甫隨行之舟乃是自己所有〔註183〕。今據〈遭遇〉、〈解憂〉兩詩裡「舟子廢寢食，飄風爭所操。我行匪利涉，謝爾從者勞」、「減米散同舟，路難恩共濟。向來雲濤盤，眾力亦不細」所示，可知舟船上除了杜甫一家人外，尚有舟師，那麼所謂的「從者」、「同舟」、「眾力」必另有所指。或以爲指〈北風〉、〈詠懷二首‧其二〉裡的「僕夫」、「僮僕」；然而〈宿鑿石浦〉云：「早宿賓從勞，仲春江山麗。飄風過無時，舟楫敢不繫」（卷22頁1961～1962），則稱僕爲賓從亦不甚合理。施鴻保言：

> 下〈宿鑿石浦〉詩：「早宿賓從勞」，注但云賓從皆助力行舟〔註184〕，
> 不言賓從何謂；然云助力，則非舟人可知。蓋是附舟之人，〈解憂〉
> 詩云：「減米散同舟」，即散與諸人也，亦可見非富商大賈，故能助
> 力。〔註185〕

筆者同意施鴻保之說，惟附舟之人非富人可由杜甫散米之舉見之，但云「非富商大賈，故能助力」則不然，舟中危急攸關生死，雖有階級地位觀念甚深之輩，卻不必作如此決絕之說。

由杜甫之舟有同行之人（家人、舟師、僮僕以外者）來看，此或許可以提供兩個不同的思考點，一、杜甫仁心普遍，故順路可同行者亦給予幫助。二、不知同行者是否有支付船資？雖杜甫有減米之舉，但共濟之餘，是否也有考量收資的問題。杜甫博愛之心已是定論，雖以其人性格推敲，第一點較符合其人特質，這與「路難恩共濟」吻合。但兩個思考點沒有資料可以佐證孰

〔註182〕見附錄二。
〔註183〕樊維綱亦云：「他出川時，自己是有一條船的，就是乘著這條船下三峽，到江陵，又經公安到岳陽，現在從岳陽赴南嶽『飄飄桂水游』（〈詠懷二首〉，桂水即湘水），也還是靠這條船，這以後，船就成了他的家。」見樊維綱：〈南客瀟湘外　江湖行路難──杜甫在湖南的行踪、境遇〉，頁29。
〔註184〕此指仇注（卷22頁1961），而王嗣奭亦言：「浦在湘潭。飄風不敢繫舟，則舟子固須操舟，而舟中之人俱須助力，故云『賓從勞』。」見〔明〕王嗣奭著，曹樹銘增校：《杜臆增校》，頁610。
〔註185〕見〔清〕施鴻保：《讀杜詩說》，頁218。

是孰非，且同舟之人未必皆是貧困者，減米之舉亦可以只是舟行發生問題的必要之爲，不一定是常態，更何況共濟者，是指大家一同齊心協力，故暫置於此。

杜甫對一同居住在舟船上的家人沒有什麼描述，只在偶然一提，如：「妻孥復隨我」（〈逃難〉·卷 23 頁 2073）、「遠歸兒侍側，猶乳女在旁」（〈入衡州〉·卷 23 頁 2067～2072），時杜甫之子或在陸地工作，故云遠歸，而此女可能夭折，方云：「瘵夭追潘岳」（〈風疾舟中伏枕書懷三十六韻奉呈湖南親友〉·卷 23 頁 2091～2096）。杜甫對舟中的家人描寫甚少，但與杜甫同船之人卻有一角色頗爲鮮明——舟師。杜甫對他的辛勞有多次記載：

舟子廢寢食，飄風爭所操。我行匪利涉，謝爾從者勞。

（〈遣遇〉·節·卷 22 頁 1959～1960）

早行篙師怠，席掛風不正。（〈早發〉·節·卷 22 頁 1967）

兩段文字中的舟師都以辛苦的形象出現，何況舟行爲了時間與氣候等因素常有早行之舉[註186]，長期奔波，更是一種考驗。杜甫對舟師的技巧十分讚嘆，詩云：「篙工密逞巧，氣若酣杯酒。歌謳互激越，回幹明受授。善知應觸類，各藉穎脫手。古來經濟才，何事獨罕有。」（〈上水遣懷〉·卷 22 頁 1957～1959）將舟師駕船之巧比爲經濟之術，或如王嗣奭所說：「篙工之不畏險，習也，非巧也，公乍見以爲逞巧耳。然經濟者亦須習。」[註187]也可看出杜甫對舟師的佩服。杜甫對於舟師的態度頗爲禮貌，如〈北風〉中：「再宿煩舟子，衰容問僕夫。今晨非盛怒，便道卻長驅。」（卷 22 頁 1976）因風勢過大與自己身上之病，杜甫舟行之路常有所停留[註188]，對此杜甫似也感到抱歉，故有客氣之句；甚至決定北歸時，杜甫在〈迴棹〉一詩裡也十分客氣地說：「篙師煩爾送，朱夏及寒泉。」（卷 23 頁 2085～2086）不過不是每一次的禮貌都能讓彼此的關係保持友善，如〈詠懷二首·其二〉：「摭滯僮僕慵，稽留篙師怒。」（卷 22 頁 1978～1981）隨著杜甫因生計到處奔波，多次且長期的停留不僅讓僮僕慵懶，舟師也發起脾氣了。面對這些，杜甫只以文字作下紀錄，沒有不悅之念，可見杜甫雖然失了陸地，仍是仁心展現，與夔舟時期對待僕人的態度相同。

〔註186〕見王子今：《中國古代行旅生活》，頁 119。
〔註187〕見〔明〕王嗣奭著，曹樹銘增校：《杜臆增校》，頁 608。
〔註188〕〈次空靈岸〉亦提到：「幸有舟楫遲，得盡所歷妙。」（卷 22 頁 1964～1965）可見杜甫的舟行之路常有停留。

　　杜甫因舟居之故，對船上環境和生活也有一些記錄，雖不如草堂、夔舟時期那樣鉅細靡遺，亦可見出端倪。首先兩湖地區溼氣頗重，舟中更因直接面對水氣之蒸，常有溼熱的困擾，如：「衰年正苦病侵凌，首夏何須氣鬱蒸。大水淼茫炎海接，奇峰碑兀火雲升」（〈多病執熱奉懷李尚書〉‧卷 21 頁 1893～1894）、「澤國雖勤雨，炎天竟淺泥」（〈水宿遣興奉呈群公〉‧卷 21 頁 1894～1897）、「地蒸南風盛，春熱西日暮」（〈宿花石戍〉‧卷 22 頁 1965～1966）、「未辭炎瘴毒，擺落跋涉懼」（〈詠懷二首‧其二〉‧卷 22 頁 1978～1981）、「衡岳江湖大，蒸池疫癘偏」、「火雲滋垢膩，凍雨裹沈綿」（〈迴棹〉‧卷 23 頁 2085～2086）。這些詩中描寫的季節多在春夏間，尚可理解；但如「鬱鬱冬炎瘴，濛濛雨滯淫。」（〈風疾舟中伏枕書懷三十六韻奉呈湖南親友〉‧卷 23 頁 2091～2096）連冬天都溼熱，若非杜甫怕熱，那就是兩湖地區偶遇異常了。如此炎熱有時可以藉由江風緩和，如「暑雨留蒸溼，江風借夕涼」（〈遣悶〉‧卷 21 頁 1897～1898），江風可以帶來涼快，阻擾船行的強風在拋下對行程的影響下，也可以讓詩人感到舒爽，而有「春生南國瘴，氣待北風蘇。向晚霾殘日，初宵鼓大鑪。爽攜卑濕地，聲拔洞庭湖」（〈北風〉‧卷 22 頁 1976）的生命復甦。

　　因為舟船提供的庇護不如陸地上的房屋，不只溼熱的情況嚴重，與外界的接觸也很密切，如：「高枕翻星月，嚴城疊鼓鼙。風號聞虎豹，水宿伴鳧鷖」（〈水宿遣興奉呈群公〉‧卷 21 頁 1894～1897）、「行雲星隱見，疊浪月光芒」（〈遣悶〉‧卷 21 頁 1897～1898）、「舟中無日不沙塵，岸上空村盡豺虎」（〈發劉郎浦〉‧卷 22 頁 1939）等。夜晚睡覺時，江上波動不只翻攪舟船，也讓詩人看了一夜隨波移動的星月，比起陸上所見，帶有更鮮明的漂蕩之色；而舟外的響籟更是聲聲敲入杜甫之舟，與杜甫的舟居生活一同經營出時代的不安。上述所引呈現風景走向詩人的一面，可見舟中生活風景常常可以顛覆欣賞者的角度，轉動主客間的視角，以主動姿態走進詩人生活，如：「岸風翻夕浪，舟雪灑寒燈」（〈泊岳陽城下〉‧卷 22 頁 1945）、「漲沙霾草樹，舞雪渡江湖。吹帽時時落，維舟日日孤」（〈纜船苦風戲題四韻奉簡鄭十三判官〉‧卷 22 頁 1946）、「隱几看帆席，雲山湧坐隅」（〈北風〉‧卷 22 頁 1976）、「水鄉霾白屋，楓岸疊青岑」（〈風疾舟中伏枕書懷三十六韻奉呈湖南親友〉‧卷 23 頁 2091～2096）。這些詩句中，杜甫的舟船顯然處在被動狀態，且因外界強烈的動詞：翻、灑、霾、吹、湧，使得杜甫之舟在江湖中的漂蕩形象更為鮮明，較之杜甫主動的參與，如：「擺浪散帙妨，危沙折花當」（〈次晚洲〉‧卷 22 頁 1968），

有環境主導的意味，寫出舟中生活某種程度的被動性。當然杜甫也可以主動參與舟中風景，甚至轉移被動之姿，如：「春水船如天上坐，老年花似霧中看」（〈小寒食舟中作〉‧卷23頁2061～2062），這時縱然風濤人生中寫盡孤舟落寞與危險，杜甫也可以轉出悠閒的角度，做一天上之想。

據「舟航煩數具」（〈詠懷二首‧其二〉‧卷22頁1978～1981）一語，舟中生活簡單中也需要一些生活的用品，在「減米散同舟，路難恩共濟」（〈解憂〉‧卷22頁1960）裡，我們看到糧食的準備是非常重要的一項〔註189〕，而「魄奪鍼灸屢」（〈詠懷二首‧其二〉‧卷22頁1978～1981）也說明了一些基本的醫療設備、藥品不可缺，甚至可以成為杜甫「藥物楚老漁商市」的物品〔註190〕。杜甫留下許多詩作，舟船中必定也備有寫作的桌子，如：「哀箏猶憑几」（〈遣悶〉‧卷21頁1897～1898）、「烏几伴棲遲」（〈移居公安敬贈衛大郎〉‧卷22頁1928～1929）、「烏几重重縛」（〈風疾舟中伏枕書懷三十六韻奉呈湖南親友〉‧卷23頁2091～2096），這些作品中，杜甫說明自己隨身有一烏几，推敲這就是杜甫創作時的桌子，雖然不斷捆了又捆，卻是詩人生活中重要的陪伴，也是兩湖詩歌創作的一方。

杜甫舟中生活甚是潦倒，如：「螢鑒緣帷徹，蛛絲冒鬢長」〈遣悶〉‧卷21頁1897～1898）、「僕夫問盥櫛，暮顏覦青鏡。隨意簪葛巾，仰慚林花盛」（〈早發〉‧卷22頁1967）、「巾拂那關眼，瓶罍易滿船」（〈迴棹〉‧卷23頁2085～2086）、「疑惑樽中弩，淹留冠上簪」（〈風疾舟中伏枕書懷三十六韻奉呈湖南親友〉‧卷23頁2091～2096）、「烏几重重縛，鶉衣寸寸針」（〈風疾舟中伏枕書懷三十六韻奉呈湖南親友〉‧卷23頁2091～2096）。舟船的帷幕甚薄，螢火之光可以照透，船上更是結滿蜘蛛絲，與鬢爭長。擦拭桌子的巾拂不太使用了，喝完的酒瓶更堆滿舟中；酒杯自是有的，和一些整理儀容的東西構築出杜甫窮困的景象。杜甫生活貧困，基本的物品還算可以，不過據詩中所現，杜甫作為文人使用的東西似乎比較多，或許正是杜甫以文人之姿做出的汰

〔註189〕 王子今提到：「行旅之人一般攜帶乾燥、輕便、不易腐壞的食品已備旅途之用。」又說：「一般情況下，旅客都要自己動手煮茶做飯。」可見除了乾糧外，帶米也是常見的，而杜甫舟居其中，攜帶比較多的米食自是正常。另杜甫在耒陽受困舟上五天多，可見舟上還備有一些糧食，否則早已出狀況了。見王子今：《中國古代行旅生活》，頁85～90。

〔註190〕 觀〈登舟將適漢陽〉：「庭蔬尚在眼」（卷23頁2088）一句，也許杜甫在潭州陸居期間，也有過一些簡單的種植行為，其中或即有藥草。

選，如克蕾兒・馬可斯所說：

> 我們在生命中輪番選擇不同「場次」（亦即人生階段）的布景與道具，
> 以便展示自我的形象，以便反思周遭的環境進而學習。〔註191〕

草堂、夔州時期的杜甫還記錄出家中其他物品，縱然居所有其詩人特質、儒者之風，亦見文人身分外的不同面向。兩湖時期則因漂蕩失根，在飄萍如流的境遇中，杜甫喪失了土地的選擇權，只能在布景與道具中尋覓自身形象，使得詩歌內容有所選擇，否則舟中還有家人，生活器具不當只有如此。

杜甫舟中生活大致可以有一勾勒，所缺的僅是生活之資，觀其詩：「側聞夜來寇，幸喜囊中淨」（〈早發〉・卷22頁1967），與年輕時的幽默如出一轍〔註192〕，當然，窮困也是一致的，缺少的只是金錢。倘若真要深究，彼時還能留得一錢，如今僅剩一空囊，一錢之差不見得能說明差距，卻也可以掙得一些想像空間，道出此刻的困頓更甚往常。

（二）舟行逢亂的因應與感懷

杜甫經歷過許多戰亂，安史之亂造成的流離失所，更是詩人一生難以抹滅的記憶，因此詩中仍常出現對過往戰亂的回憶和現今局勢的書寫，如：〈遣悶〉（卷21頁1897～1898）、〈秋日荊南送石首薛明府辭滿告別奉寄薛尚書頌德敘懷斐然之作三十韻〉（卷21頁1909～1913）、〈別董頲〉（卷22頁1939～1940）、〈次空靈岸〉（卷22頁1964～1965）、〈詠懷二首・其一〉（卷22頁1978～1981）、〈惜別行送劉僕射判官〉（卷22頁2004～2005）、〈風疾舟中伏枕書懷三十六韻奉呈湖南親友〉（卷23頁2091～2096）等，這些作品或者回憶，或者論及現今情況，都直指戰爭對國家社會的傷害，對此，杜甫多年來都有著減兵的訴求：

> 上請減兵甲，下請安井田。
> （〈湘江宴餞裴二端公赴道州〉・節・卷22頁1990～1991）

當然這樣的訴求還須有人才出來幫忙、主持方可，故杜甫詩中也常有鼓勵他人之意：

> 聖朝尚飛戰鬥塵，濟世宜引英俊人。……
> 天下鼓角何時休，陣前部曲終日死。

〔註191〕見克蕾兒・馬可斯，徐詩思譯：《家屋，自我的一面鏡子》（臺北：張老師文化事業股份有限公司，2006年3月），頁10。
〔註192〕〈空囊〉：「囊空恐羞澀，留得一錢看」。（卷8頁620）

附書與裴因示蘇，此生已愧須人扶。

致君堯舜付公等，早據要路思捐軀。

（〈暮秋枉裴道州手札率爾遣興寄遞呈蘇渙侍御〉‧節‧卷 22 頁 2016

～2019）

衰老悲人世，驅馳厭甲兵。……

必見公侯復，終聞盜賊平。

（〈奉送二十三舅錄事之攝郴州〉‧節‧卷 23 頁 2054～2055）

無法完成的夢想，杜甫不以爲只有自己才能完成，寄託著他人的殷殷期待正
是杜甫無私的表現。如今因爲生活無奈，在舟陸的去住兩難中，杜甫不得已
依船而居，心中依舊有此想法。而在人煙稀少時，杜甫也將目光放在總是能
夠得歸卻因戰亂失家的鴻雁身上，普愛眾生之念猶存，茹芝的清平之時卻難
得〔註193〕；何況如今身處舟中，因爲生計艱難，對生活的敏感度也就提高，
所以常能將戰爭的覺察融入舟中所見，如：

高枕翻星月，嚴城疊鼓鼙。風號聞虎豹，水宿伴鳧鷖。

（〈水宿遣興奉呈群公〉‧節‧卷 21 頁 1894～1897）

舟中無日不沙塵，岸上空村盡豺虎。

十日北風風未迴，客行歲晚晚相催。

白頭厭伴漁人宿，黃帽青鞋歸去來。

（〈發劉郎浦〉‧節‧卷 22 頁 1939）

北雪犯長沙，胡雲冷萬家。（〈對雪〉‧節‧卷 23 頁 2032～2033）

這種因舟居而深刻感受的滋味是之前所少見的，於是在舟中體驗著不定人生
中的翻動外，也在舟上經驗無日不是沙塵的困擾和北雪胡雲的襲擊。而此處
沙塵、北雪、胡雲等若是借指戰爭所帶來的紛紛擾擾，那麼詩人在舟中其實
就等於曝露在最直截的碰觸裡，畢竟少了居家的庇護，隨波漂蕩的舟上人生
本就難有泥土上的安全感，擾了一身紅塵。

杜甫在舟中也常見到因戰亂而凋零的民生，寫有：〈歲晏行〉（卷 22 頁 1943
～1944）、〈遣遇〉（卷 22 頁 1959～1960）、〈宿花石戍〉（卷 22 頁 1965～1966）、
〈客從〉（卷 23 頁 2035～2036）。這些詩中，杜甫一如以往刻劃出社會的寫實

〔註193〕「北風破南極，朱鳳日威垂。洞庭秋欲雪，鴻雁將安歸。十年殺氣盛，六合
人煙稀。吾慕漢初老，時清猶茹芝。」（〈北風〉‧卷 23 頁 2025）

面，甚至以隱喻表達，指責因戰亂導致的征斂，寫出了「上之所斂，皆小民之血，今併血而無之矣。『珠中隱字』，喻民之隱情，欲辨而不得也」〔註194〕的心情。舟中的戰亂書寫，還以物情的隱喻出現：

> 歌哭俱在曉，行邁有期程。孤舟似昨日，聞見同一聲。
>
> 飛鳥數求食，潛魚何獨驚。前王作網罟，設法害生成。
>
> 碧藻非不茂，高帆終日征。干戈未揖讓，崩迫關其情。
>
> （〈早行〉・卷 22 頁 1962）
>
> 白魚困密網，黃鳥喧嘉音。物微限通塞，惻隱仁者心。
>
> （〈過津口〉・節・卷 22 頁 1963～1964）

網罟的設法是導致潛魚受驚的根源，顯然網罟乃指戰爭的設計，同於「白魚困密網」的控訴。此時杜甫彷彿脫下了儒者衣冠與視角，直接批判了制度的存在〔註195〕，與道家思維一致，顯然是不要制度了；然而杜甫仍以儒家思想為宗，一句「惻隱仁者心」，道盡此生的思想法則。

真正比較能凸顯舟中特色的是詩人將舟中生活與戰爭連結在一起，如以下二首作品：

> 夜聞觱篥滄江上，衰年側耳情所嚮。
>
> 鄰舟一聽多感傷，塞曲三更欻悲壯。
>
> 積雪飛霜此夜寒，孤燈急管復風湍。
>
> 君知天地干戈滿，不見江湖行路難。（〈夜聞觱篥〉・卷 22 頁 1941）
>
> 道路時通塞，江山日寂寥。偷生唯一老，伐叛已三朝。
>
> 雨急青楓暮，雲深黑水遙。夢魂歸未得，不用楚辭招。
>
> （〈歸夢〉・卷 22 頁 1950～1951）

無論是「江湖行路難」，還是雲深黑水下的夢魂難歸，都看出杜甫將戰亂下的生活辛酸與舟行的點點滴滴結合起來。直到讓自己如清濁之水相激一樣，「庶與達者論，吞聲混瑕垢」（〈上水遣懷〉・卷 22 頁 1957～1959），正是江湖中干戈所滿的通塞，使得詩人在面臨熊蛇羆虎下無處可逃，只好在「羸骸將何適？履險顏益厚」的情況下，承受「混瑕垢」的悲劇和妥協。當然這是杜甫的一

〔註194〕見〔明〕王嗣奭著，曹樹銘增校：《杜臆增校》，頁 631。

〔註195〕「鳥魚各愛其生，故追咎先王設網罟，此激於殺人而發：故至末始露『干戈』字。止動干戈，不知揖讓，因崩迫以開其情，所以致恨于前王也。」見〔明〕王嗣奭著，曹樹銘增校：《杜臆增校》，頁 610～611。

時之語，有著情緒宣洩的憤恨，詩人畢竟沒有與濁同混，也許所行之水在逆流上行之中被攪混了，杜甫也未必真會如此。惟心志可堅，情緒難免；干戈可知，道路難覓，漂蕩的杜甫，在舟中不只是戰爭的旁觀者，流離的生活更讓生活有著比戰亂更真切的困難，是夢魂都不可招的那種，相較李白尚可入夢的想像，自己是真的在舟中體會絕望了。

　　臧玠之亂是兩湖時期面對的最直接戰亂，此事與杜甫間的關係、影響等，鄧樂群有一文說明〔註196〕，可參。筆者著重的是杜甫如何以舟居角度看待這件事情以及自己的處境：

> 五十頭白翁，南北逃世難。疏布纏枯骨，奔走苦不暖。
> 已衰病方入，四海一塗炭。乾坤萬里內，莫見容身畔。
> 妻孥復隨我，回首共悲歎。故國莽丘墟，鄰里各分散。
> 歸路從此迷，涕盡湘江岸。（〈逃難〉・卷23頁2073）

> 白馬東北來，空鞍貫雙箭。可憐馬上郎，意氣今誰見。
> 近時主將戮，中夜傷於戰。喪亂死多門，嗚呼淚如霰。
> （〈白馬〉・卷23頁2073～2074）

> 嗟彼苦節士，素于圓鑿方。寡妻從爲郡，兀者安堵牆。
> 凋弊惜邦本，哀矜存事常。旌麾非其任，府庫實過防。
> 恕己獨在此，多憂增內傷。偏裨限酒肉，卒伍單衣裳。
> 元惡迷是似，聚謀泄康莊。竟流帳下血，大降湖南殃。
> 烈火發中夜，高煙燋上蒼。至今分粟帛，殺氣吹沅湘。
> 福善理顛倒，明徵天莽茫。銷魂避飛鏑，累足穿豺狼。
> 隱忍枳棘刺，遷延脈研瘡。遠歸兒侍側，猶乳女在旁。
> 久客幸脫免，暮年慚激昂。蕭條向水陸，汩沒隨漁商。
> 報主身已老，入朝病見妨。悠悠委薄俗，鬱鬱回剛腸。
> 參錯走洲渚，舂容轉林篁。片帆左郴岸，通郭前衡陽。
> （〈入衡州〉・節・卷23頁2067～2072）

〔註196〕此文將整件事情交代清楚，雖於杜甫的一些見解還須討論，例如作者認爲杜甫因爲病情加重，思念河南故鄉故才出峽，此實與杜甫詩歌所見不合。但此文對於讀者了解杜甫與臧玠之亂兩者間的關係仍是十分有用。見鄧樂群：〈杜甫與潭州臧玠之亂〉，《船山學刊》（長沙：船山學刊雜誌社，2002年第4期），頁115～119。

愧爲湖外客，看此戎馬亂。中夜混黎盯，脫身亦奔竄。
平生方寸心，反當帳下難。嗚呼殺賢良，不叱白刃散。
吾非丈夫特，沒齒埋冰炭。恥以風病辭，胡然泊湘岸。
入舟雖苦熱，垢膩可漑灌。痛彼道邊人，形骸改昏旦。
（〈舟中苦熱遣懷奉呈陽中丞通簡臺省諸公〉・節・卷 23 頁 2074～
2077）

三首詩中都有杜甫逃難的經過，「妻孥復隨我」寫出舉家逃難的無奈，尤其
「復」一字更見杜甫的自責之情，畢竟這一路奔波都是自己的選擇，無辜的
家屬只是不斷地在跟隨中受盡風霜。詩人此時「疏布纏枯骨，奔走苦不暖」，
衣服破舊外，長期窮困下亦只剩皮包骨，以此推知家人情況，恐怕也不會太
好。而「銷魂避飛鏑，累足穿豺狼。隱忍枳棘刺，遷延胝研瘡。遠歸兒侍側，
猶乳女在旁。久客幸脫免，暮年慚激昂。蕭條向水陸，汩沒隨漁商」一段最
能代表逃難的場景，此處卻有一問題是諸家與筆者前文未談的。前文曾說杜
甫在大曆四年秋天後又回到舟船，觀此詩中的逃難情況，不知杜甫是否因事
回到陸上？因前文談及杜甫繫舟之處與江閣頗近，逃難情況不應如此，有陸
上奔波的痕跡，何況還是「隱忍枳棘刺，遷延胝研瘡」一段頗長的距離。又
據「入舟雖苦熱，垢膩可漑灌。痛彼道邊人，形骸改昏旦」二聯，杜甫描寫
自己逃回舟中雖需面對炎熱，但比起死在路旁之人已是萬幸，則杜甫或許因
爲舟中生活太過炎熱而到遠處較涼爽之地休養，逃難時才有此路程，使得回
到水岸前，須冒險穿越危險的殺戮戰場。杜甫曾說「愧爲湖外客，看此戎馬
亂」，詩人顯然仍是舟居爲主，才能夠宣稱自己湖外客這一立場；以上因文
本還是不足，只能處理至此。總之，杜甫逃難的經過是躲避飛箭、穿越亂軍、
步過荊棘才到水邊；而杜甫到達船上與遠歸的兒子會合時，是藉由混在漁船
商船中方逃出，誠然危急。觀此處鉅細靡遺記錄奔走情形，可見這次戰爭對
杜甫的影響甚深。

　　此外，詩中對戰亂的情況也做了最寫實的記載，據「中夜混黎盯」、「烈火
發中夜」兩句，可知亂事發生在晚上，這時「烈火發中夜，高煙熺上蒼。至今
分粟帛，殺氣吹沅湘」，糧食與衣物散滿一地，火煙高可上天，戰伐殺生之氣更
四處流竄，讓人心驚。杜甫在這些詩中除了切身體驗外，也說明自己的情緒，
如：「涕盡湘江岸」、「嗚呼淚如霰」、「暮年慚激昂」、「愧爲湖外客」，這些句子
表現了杜甫對蒼生的淚水，更看出杜甫同理心的作用，故有慚愧之念，直到「悠

悠委薄俗」中，發出「鬱鬱回剛腸」的怒吼，不難想見其人激昂。杜甫也將目光放在馬匹上，甚至逃出戰區後，猶以舟中之身面對大局，未有一絲鬆懈。杜甫在「歸路從此迷」、「蕭條向水陸，汩沒隨漁商」、「脫身亦奔竄」、「中夜混黎甿，脫身亦奔竄」的困境中，猶能不忘關懷蒼生，如此，一部杜甫詩集不只如上一節引文所說的白虹碧血，更是詩人面對戰亂下的最大反抗。

（三）舟中交際──追憶的黯淡與逢友的光輝

杜甫一直與友人保持相當聯繫，但在舟中還能與朋友交，更顯珍貴。杜甫在舟中對友人的付出讓人感到驚喜，主要是因老年朋友漸至凋零，如：「童孺交遊盡，喧卑俗事牽」（〈哭韋大夫之晉〉‧卷22頁1992～1994）、「交遊颯向盡，宿昔浩茫然」（〈湘江宴餞裴二端公赴道州〉‧卷22頁1990～1991），看著生命走至盡頭，活著的人不只要面對生活顛沛，還需記錄每一筆死亡憾事。面對凋零的情緒在一次偶然的翻閱中升到最高，寫下〈追酬故高蜀州人日見寄并序〉（卷23頁2038～2040），杜甫在「老病懷舊，生意可知」的認知下，將友人概況做了一次仔細記憶；然而細數的過程中，杜甫意識到「東西南北更誰論，白首扁舟病獨存」的存在困境，不只是當年高適所贈之詩的內容〔註197〕，更是自己現在友人稀少的真實反應，如此情況下，只要一次小小的感動，自然能夠牽起杜甫深深謝意。

杜甫這些與朋友往來的作品中都有共同特色──極度的喜悅，如：

數問舟航留製作，長開篋笥擬心神。

沙村白雲仍含凍，江縣紅梅已放春。

（〈留別公安太易沙門〉‧節‧卷22頁1934～1935）

才微歲晚尚虛名，臥病江湖春復生。……

只同燕石能星隕，自得隋珠覺夜明。

（〈酬郭十五受判官〉‧節‧卷22頁1982）

久客多枉友朋書，素書一月凡一束。

虛名但蒙寒暄問，泛愛不救溝壑辱。

齒落未是無心人，舌存恥作窮途哭。

道州手札適復至，紙長要自三過讀。

盈把那須滄海珠，入懷本倚崑山玉。

〔註197〕高詩云：「愧爾東西南北人」，杜則云：「東西南北更堪論」。（卷23頁2041）

　　撥棄潭州百斛酒，蕪沒瀟岸千株菊。

　　使我晝立煩兒孫，令我夜坐費燈燭……

　　他日更僕語不淺，明公論兵氣益振。

　　傾壺簫管動白髮，儛劍霜雪吹青春。

　　（〈暮秋枉裴道州手札率爾遣興寄遞呈蘇渙侍御〉‧節‧卷 22 頁 2016
　　～2019）

友人的詩作可以凝聚久已漂蕩的心神，也可以是夜明珠，照亮臥病的日子。
朋友的書信更能一讀再讀，超越了泛泛之交的往來，使得杜甫丟棄手中最愛
的酒杯，忽視眼前千花綻放之景，直到讀累了，也要兒子攙扶站立，恭敬讀
完。這些描寫友人的作品讀來力量充沛外，也是兩湖時期裡少數的振奮之
作，故梅花也紅了，染上春色，重綻生命裡的春天與春意。杜甫面對朋友的
幫助是激動的，「高興激荊衡，知音爲回首」（〈奉贈李八丈曛判官〉‧卷 22
頁 2020～2021），喪家狗與窮轍鮒在瞬間就激昂起來。知音也可以讓杜甫忘
記老病之身，所以「說詩能累夜，醉酒或連朝。藻翰惟牽率，湖山合動搖」
（〈奉贈盧五丈參謀琚〉‧卷 22 頁 2001～2003）外，更願意爲朋友「黃帽侍
君偏」（〈奉酬寇十侍御錫見寄四韻復寄寇〉‧卷 23 頁 2066）、「強梳白髮提胡
盧，手把菊花路旁摘」〈惜別行送劉僕射判官〉‧卷 22 頁 2004～2005），絲毫
不在意自己的老況。只因爲朋友可以使杜甫的憔悴晚年「高義豁窮愁」（〈重
送劉十弟判官〉‧卷 22 頁 2005～2006），更在白髮蒼蒼之際，有了「今晨清
鏡中，白間生黑絲。余髮喜卻變，勝食齋房芝」（〈蘇大侍御訪江浦賦八韻記
異〉‧卷 22 頁 2014～2015）的神奇轉變。杜甫對朋友的回饋是激昂而振奮的，
不僅代表詩人內在對友情的金石之堅，更是漂蕩舟中時對友情的渴望。當
然，若此刻遭逢朋友死去的消息，情緒自然大受影響，如：「相知成白首，
此別間黃泉」（〈哭李尚書〉‧卷 22 頁 1916～1918）、「兒童相識盡，宇宙此生
浮」（〈重題〉‧卷 22 頁 1918）、「斯人不重見，將老失知音」（〈哭李常侍嶧二
首〉‧卷 22 頁 1919～1920），表現出此生無依之感，也添了許多老年涕淚。
朋友的死對杜甫還有另一種打擊，那就是國家人才的損失，如：「誰寄方隅
理，朝難將帥權」（〈哭韋大夫之晉〉‧卷 22 頁 1992～1994），表明後繼無人
的擔憂，可見杜甫的友情觀不只情深重義，還包含國家大義，與夔州駐足時
相同。

　　杜甫從工具之舟跨越到生活之舟，正因爲漂蕩生涯裡命運與生命的結

合，於是在陸地生活被迫取消時走向水路。工具之舟到生活之舟的轉變，不僅是杜甫漂蕩下的影響，也可見證杜甫從陸地走向水中生活時，與舟船結合的必然趨勢。杜甫在往夔州路上曾有〈旅夜書懷〉一詩：

> 細草微風岸，危檣獨夜舟。星垂平野闊，月湧大江流。
>
> 名豈文章著，官因老病休。飄飄何所似，天地一沙鷗。
>
> （卷 14 頁 1228～1229）

此詩亦是在舟中漂流時所作，除背景之外，無論詩中情調、乘舟之況，皆與漂蕩時期類似。然杜甫就算在廣闊天地中發現黑夜裡只有自己這艘船，他還是將個人比擬為天地中的沙鷗，可見生活還憑依陸地時，縱然飄飄之感加身，詩人仍舊不將自己比成舟船，而將飄然之情轉往他處。兩湖時期，杜甫已遍嚐漂蕩之苦，「沙帽隨鷗鳥，扁舟繫此亭」（〈泊松滋江亭〉‧卷 21 頁 1875）一聯即暗示詩人不再是飛翔振翅的鷗鳥，反是接受鳥兒引領方向的漂蕩之舟，故就算來到陸地、登上高樓，創作出形式一樣的五律〈登岳陽樓〉時：

> 昔聞洞庭水，今上岳陽樓。吳楚東南坼，乾坤日夜浮。
>
> 親朋無一字，老病有孤舟。戎馬關山北，憑軒涕泗流。
>
> （卷 22 頁 1946～1947）

詩中不因踏上陸地而生出土地或天空的譬喻，足見漂蕩中，在覽盡天下宇宙的同時，杜甫感受到的只是自己「老病有孤舟」的人生。而當在陸地的杜甫有意識地將自己生命和孤舟結合時，舟船才真正走進杜甫的生活，與生命合一，形成下面如此演變：

飄飄何所似，天地一沙鷗

↓

沙帽隨鷗鳥，扁舟繫此亭

↓

親朋無一字，老病有孤舟

第五節　杜甫生命中的舟船意涵

前文提到生活之舟，已見杜甫與舟船的結合，但筆者在文末還提到生命與孤舟的關係，則舟船與杜甫之間當還有較生活更深的結合，以下便進一步觀看杜甫生命之流中的舟船究竟如何呈現。

一、舟中風景與杜甫失意人生的結合

（一）風濤翻湧下的人生墜落

因水流關係，杜甫在舟船上常有翻動的描寫，如：「高枕翻星月」（〈水宿遣興奉呈群公〉・卷 21 頁 1894～1897），翻者可以解釋為杜甫展轉未眠，也可能是舟船因水流波動所映現的現象。水有自己的流動方向，故波動的情形可以想見；但水流也常受到風力影響，如：「楚岸朔風疾，天寒鶖鴰呼。漲沙霾草樹，舞雪渡江湖」（〈纜船苦風戲題四韻奉簡鄭十三判官〉・卷 22 頁 1946）、「岸風翻夕浪，舟雪灑寒燈」（〈泊岳陽城下〉・卷 22 頁 1945）、「秋晚嶽增翠，風高湖湧波」（〈湖中送敬十使君適廣陵〉・卷 23 頁 2007）。杜甫或許偶而可以「戲題」幽默一下，甚至在大風之中生起「艱危氣益增」（〈泊岳陽城下〉・卷 22 頁 1945）的豪氣；可整體而言大風對舟行仍是危險的，如〈銅官渚守風〉（卷 22 頁 1975）、〈北風〉（卷 22 頁 1976）裡皆有因為風勢過強而停舟的記載〔註198〕。然杜甫不把舟行的翻動之罪推托與風力，卻常將問題拋向江中的神祕生物，如：「舟楫無根蔕，蛟鼉好為祟。況兼水賊繁，特戒風颷駛」（〈送顧八分文學適洪吉州〉・卷 22 頁 1924～1927）、「濤翻黑蛟躍，日出黃霧映」（〈早發〉・卷 22 頁 1967），這些句子裡也有提到水賊和風力的問題，從語言順序來看，蛟鼉、黑蛟恐怕還是比較讓詩人頭痛的一類。實則水中蛟龍之說本不可信，杜甫此處以神祕生物代表的不過是當年寫給李白所言：「江湖多風波，無使蛟龍得」（〈夢李白〉・卷 7 頁 556），蛟龍實為人生危機概括中的一員，只因形象最為鮮明而為杜甫所用。

在這些足以翻動杜甫人生的設喻中，所乘之舟便顯得危機重重，不只人生如浮，同〈登岳陽樓〉所言：「吳楚東南坼，乾坤日夜浮」（卷 22 頁 1946～1947），也可能坼裂自己的人生和土地。而當杜甫在〈上水遣懷〉（卷 22 頁 1957～1959）裡注意到歷史人物亦被吞沒時：「冥冥九疑葬，聖者骨已朽」，生命便更混亂，「孤舟亂春華」之餘，還如「中風走」，肉體已可在波動人生中摧殘至此，精神自不用言，「中間屈賈輩，讒毀竟自取。鬱怏二悲魂，蕭條猶在否」，歷史人物至今猶受影響，那麼自己當然難以倖免，形成了強烈的精神干擾，如〈歸夢〉：

> 道路時通塞，江山日寂寥。偷生唯一老，伐叛已三朝。
>
> 雨急青楓暮，雲深黑水遙。夢魂歸未得，不用楚辭招。
>
> （卷 22 頁 1950～1951）

〔註198〕風向風力皆可以影響舟行，甚至使舟航成為不可能。見王子今：《中國古代行旅生活》，頁 117。

道路因為各種原因而通塞，危險的卻還是那無以名狀的深黑之水，隱藏上述風力、蛟龍等許多危機。各種比喻綜合下的黑水，不僅能夠阻撓杜甫之舟的航進，毀滅聖王和歷史中的賢者，更使杜甫的靈魂為之停擺，擺盪在寂寥中，徒留歸不得的遺憾。

杜甫在人生最終之時以「生涯相汩沒，時物正蕭森」（〈風疾舟中伏枕書懷三十六韻奉呈湖南親友〉·卷 23 頁 2091～2096）一聯形容自己，足見杜甫對此生如舟的表示。故當宴會時，「江湖墮清月」（〈宴王使君宅題二首〉·卷 22 頁 1932）的形象便不衝突了，人生既已汩沒黑水中，清月自不可脫逃，形成杜甫人生如舟中最強烈的墜落。

（二）孤寂、清絕的心靈色調

舟是靜態的，傳達一種既孤寂又明淨的情調。杜甫在孤舟漂蕩中，除面對黑水渾濁，路途中的停頓也換來澄淨的生命體驗，且常常表現在所見的風景色調中，如：「白屋花開裏，孤城麥秀邊」（〈行次古城店泛江作不揆鄙拙奉呈江陵幕府諸公〉·卷 21 頁 1874～1875）、「江湖更深白，松竹遠微青」（〈泊松滋江亭〉·卷 21 頁 1875）、「向卿將命寸心赤，青山落日江潮白」（〈惜別行送向卿進奉端午御衣之上都〉·卷 21 頁 1890～1891）。這些作品中，呈現的色調多是青白之染，顯現舟外風景的基本顏色，也照映詩人的內在情緒，對比杜甫眼中的向卿赤心，更顯孤寂。這樣的心情也延續在遊覽時，如：「郊扉俗遠長幽寂，野水春來更接連」（〈宇文晁崔彧重泛鄭監前湖〉·卷 21 頁 1883），連和官員遊覽所見也是幽寂，杜甫舟居的日子確實慢慢感染他的心境。

舟中風景往往隨著杜甫所之而有不同表現，細緻之景可有：「花葉惟天意，江溪共石根。早霞隨類影，寒水各依痕」（〈冬深〉·卷 22 頁 1936～1937）、「肅肅湘妃廟，空牆碧水春」（〈湘夫人祠〉·卷 22 頁 1955）等，一片清極冷極的畫面；壯闊之景則如：「片雲天共遠，永夜月同孤」（〈江漢〉·卷 23 頁 2029）、「雨洗平沙淨，天銜闊岸紆」（〈舟出江陵南浦奉寄鄭少尹審〉·卷 22 頁 1920～1921）、「水闊蒼梧野，天高白帝秋」（〈暮秋將歸秦留別湖南幕府親友〉·卷 23 頁 2089），顯現遼闊的視野，但無論景色如何，顏色卻都頗一致。實則這樣孤寂的色調常常觸起杜甫的心事，共畫出一片愁色：

魂斷航舸失，天寒沙水清。（〈送覃二判官〉·節·卷 22 頁 1933）

百丈牽江色，孤舟泛日斜。興來猶杖屨，目斷更雲沙。

山鬼迷春竹，湘娥倚暮花。湖南清絕地，萬古一長嗟。

（〈祠南夕望〉·卷 22 頁 1956）

秦城樓閣煙花裏，漢主山河錦繡中。

春水春來洞庭闊，白蘋愁殺白頭翁。

（〈清明二首・其二〉・節・卷 22 頁 1968～1970）

雲白山青萬餘里，愁看直北是長安。

（〈小寒食舟中作〉・節・卷 23 頁 2061～2062）

天寒冷清中，杜甫的舟也迷失了方向，極端的清絕，讓杜甫的心不禁發出長嗟。惟詩人可以在一片冷冷色系裡哀愁、迷失，心裡的方向卻還是清楚地遙指一道通往北方的微光，光線在杜甫舟船人生中是往北的，同樣的描繪下，「驛邊沙舊白，湖外草新青」（〈宿白沙驛〉・卷 22 頁 1954），無限月色隨同浩瀚江水將杜甫推往南方。其中「隨波無限月，的的近南溟」一聯值得注意，湘江之水往南是逆行的方向，「隨波」一詞並不合理，可見杜甫有意識在冷寂的畫面下，表達天地無情。畢竟逆水而往的無奈南行，除將原本合理的隨波往北衝散外，更塑造出假象的「隨波」舟行，至此，「萬象皆春氣」也褪掉，留下不帶春顏的青白舟色。

　　與波動江湖相比，只要水上不成縠文，杜甫就很容易產生清絕的感受。可孤寂之色所呈現的澄淨氛圍也可以有哲學的醒覺，如：「更深不假燭，月朗自明船。金剎青楓外，朱樓白水邊」（〈舟月對驛近寺〉・卷 21 頁 1900）、「天河元自白，江浦向來澄……餘光隱更漏，況乃露華凝」（〈江邊星月二首〉・卷 21 頁 1899），夜晚的凝聚，將原本簡單的青白色調以月色之潤抹出一片微量，使得詩人的心情在愁絕之際，凝住白澄的光輝，足見澄淨之色在杜甫漂蕩的日子中有著重要地位。上述現象並非沒有原因，詩人過去就常在不眠夜色中獨立，如今舟中生活雖無安定的環境，與滾滾紅塵相較，生活卻有另一番寧靜，故使詩人能夠凝住心神外，更在熙熙攘攘的人潮裡，看見生命的智慧，如：「朝來新火起新烟，湖色春光淨客船。……鐘鼎山林各天性，濁醪粗飯任吾年。」（〈清明二首・其一〉・卷 22 頁 1968～1970）較之第二首詩的悲傷，由於朝來之景的澄淨不亞於月色下凝聚，故讓杜甫飄泊之時，也生出各依天性的智慧，闡發對生命各種選擇的尊重，提供萬物一座平等、開放的基臺。如此「濁醪粗飯」的意義就如同道家的概念，因為剝掉了外在，才得以顯現內心的純粹。

　　這種體悟在〈曉發公安〉一詩裡最明顯：

北城擊柝復欲罷，東方明星亦不遲。

鄰雞野哭如昨日，物色生態能幾時。

舟楫眇然自此去，江湖遠適無前期。

出門轉眄已陳跡，藥餌扶吾隨所之。（卷 22 頁 1937～1938）

杜甫之舟帶來苦痛，故在與命運的奮戰中，開闢出一船的主體戰場。但詩人保留心底一塊澄澈，給予天地繪畫的機會，縱然色調多在青白間徘徊，卻帶來深度與超越的場景，此時縱然無有前期，也能夠萌生天地任行的哲學深度。而當北歸之行終於確定，那一塊沒有被人生戰場擾亂的部份便取得孤舟畫面的主軸，留下了〈過洞庭湖〉一詩：

蛟室圍青草，龍堆隱白沙。護堤盤古木，迎櫂舞神鴉。

破浪南風正，回檣畏日斜。湖光與天遠，直欲泛仙槎。

（卷 23 頁 2087）

杜甫雖未至此，創作中已將未來之景彩繪而出。惟杜甫不給予過往喜歡的春色，只簡單的青白基底與湖光天遠的暈染，可見杜甫最終決定北歸的考量並非衝動之舉，而是帶有思想性的決定，終於留下澄淨的畫筆，轉孤寂爲清極，爲自己經營出天上般的遙想，在顛簸的晚年舟路上，留下澄澈的心靈想像。

（三）江湖寥落中的漂蕩形象

舟本身即有蒼茫的荒遠感，與飄流常畫下等號。杜甫兩湖時期的生活以漂蕩爲主，此已如二、三節所述，可參。杜甫筆下的漂蕩舟船也常與空間、時間〔註 199〕等詞類做關聯，前者又分成道路〔註 200〕與廣闊空間〔註 201〕兩

〔註 199〕 如：「星霜玄鳥變，身世白駒催。伏枕因超忽，扁舟任往來。九鑽巴噀火，三蟄楚祠雷。……自古江湖客，冥心苦死灰。」（〈秋日荊南述懷三十韻〉，卷 21 頁 1904～1909）、「南征爲客久，西候別君初。……十年嬰藥餌，萬里狎樵漁。揚子淹投閣，鄒生惜曳裾。但驚飛熠燿，不記改蟾蜍。」（〈秋日荊南送石首薛明府辭滿告別奉寄薛尚書頌德敍懷斐然之作三十韻〉，卷 21 頁 1909～1913）等。

〔註 200〕 如：「老年常道路，遲日復山川」（〈行次古城店泛江作不揆鄙拙奉呈江陵幕府諸公〉，卷 21 頁 1874～1875）、「魯鈍仍多病，逢迎遠復迷。……歸路非關北，行舟卻向西。暮年漂泊恨，今夕亂離啼。……我行何到此，物理直難齊。」（〈水宿遣興奉呈群公〉，卷 21 頁 1894～1897）、「道路時通塞，江山日寂寥」（〈歸夢〉，卷 22 頁 1950～1951）、「漠漠舊京遠，遲遲歸路賒。」（〈入喬口〉，卷 22 頁 1974）等。

〔註 201〕 如：「飄泊南庭老，祗應學水仙」（〈舟中〉，卷 21 頁 1901）、「江漢思歸客，乾坤一腐儒」（〈江漢〉，卷 23 頁 2029）、「日月籠中鳥，乾坤水上萍」（〈衡州送李大夫七丈勉赴廣州〉，卷 22 頁 1941～1942）、「吳楚東南坼，乾日夜浮。親朋無一字，老病有孤舟」（〈登岳陽樓〉，卷 22 頁 1946～1947）、「隨波無限月，的的近南溟。」（〈宿白沙驛〉，卷 22 頁 1954）、「納納乾坤大，行行郡國遙。」（〈野望〉，卷 22 頁 1973）、「瀟湘水國傍黿鼉，鄂杜秋天失鵰鶚。東西南北更誰論，白首扁舟病獨存。」（〈追酬故高蜀州人日見寄并序〉，卷 23 頁 2038～2040）等。

種。這三種關係當然無法完全區分，因為漂蕩是杜甫主體的一種感受，人活天地中，自然難以強迫區分時空等觀念，筆者此處做一概略之分的目的在指出杜甫的漂蕩之感與舟船本身實密不可分，使得原本描述杜甫的時空與描述航程的時空常常重疊在一起，如注釋中：「伏枕因超忽，扁舟任往來」、「老年常道路，遲日復山川」、「日月籠中鳥，乾坤水上萍」等句，句子中實難分別是舟是人，可見漂蕩形象已將杜甫和舟船緊密結合在一起。

漂蕩與人間萬事是脫離不了關係的，一、人情的因素：「羈旅知交態，淹留見俗情」（〈久客〉・卷 22 頁 1936）、「風濤暮不穩，舍棹宿誰門」（〈冬深〉・卷 22 頁 1936～1937），使得杜甫難尋棲身之所。二、生計的因素：「偷生長避地，適遠更霑襟」（〈南征〉・卷 22 頁 1950）、「宿昔試安命，自私猶畏天。勞生繫一物，為客費多年」（〈迴棹〉・卷 23 頁 2085～2086）、「驅馳四海內，童稚日餬口。……窮迫挫囊懷，常如中風走」（〈上水遣懷〉・卷 22 頁 1957～1959）、「故畦遺穗已蕩盡，天寒歲暮波濤中。鱗介腥膻素不食，終日忍飢西復東。魯門鶢鶋亦蹭蹬，聞道于今猶避風」（〈白鳧行〉・卷 23 頁 2037），讓杜甫疲於奔命。三、疾病的影響：「病鶻孤飛俗眼醜，每夜江邊宿衰柳」（〈呀鶻行〉・卷 22 頁 1931）、「出門轉眄已陳跡，藥餌扶吾隨所之。」（〈曉發公安〉・卷 22 頁 1937～1938）、「此身飄泊苦西東，右臂偏枯半耳聾。寂寂繫舟雙下淚，悠悠伏枕左書空。」（〈清明二首・其二〉・卷 22 頁 1968～1970）、「先帝弓劍遠，小臣餘此生。蹉跎病江漢，不復謁承明」（〈送覃二判官〉・卷 22 頁 1933），使得杜甫為了療養而不斷中止行程。四、戰爭的因素：「君知天地干戈滿，不見江湖行路難」（〈夜聞觱篥〉・卷 22 頁 1941）、「羈離暫愉悅，羸老反惆悵。中原未解兵，吾得終疏放」（〈次晚洲〉・卷 22 頁 1968）、「南客瀟湘外，西戎鄠杜旁。衰年傾蓋晚，費日繫舟長」（〈湖中送敬十使君適廣陵〉・卷 23 頁 2033～2034）、「衰老悲人世，驅馳厭甲兵」（〈奉送二十三舅錄事之攝郴州〉・卷 23 頁 2054～2055）、「生理飄蕩拙，有心遲暮違。中原戎馬盛，遠道素書稀」（〈登舟將適漢陽〉・卷 23 頁 2088）、「萬國城頭吹畫角，此曲哀怨何時終」（〈歲晏行〉・卷 22 頁 1943～1944），此點杜甫描述最多，可見戰亂本身對杜甫的漂蕩有著關鍵性的地位。但從引文最後一句來看，杜甫特別指出戰爭的關鍵性作用恐怕還在戰爭本身影響的範圍，畢竟人情澆薄可以只是杜甫一身的挫折，可是戰爭造成的漂蕩範圍便很廣大，如〈地隅〉一詩所言：

江漢山重阻，風雲地一隅。年年非故物，處處是窮途。

喪亂秦公子，悲涼楚大夫。平生心已折，行路日荒蕪。

（卷 23 頁 2030）

戰爭造成處處窮途，超越了空間的局限，使得詩人不論遷徙何方，都與戰亂拉上關係。這種「泊吾臨世網，行邁越瀟湘」（〈望嶽〉‧卷 22 頁 1983～1985）的漂蕩，將困境比擬爲一道大網，使人無處可逃，難怪杜甫會有「日月籠中鳥，乾坤水上萍」的體會。本來天理循環，人間需要的是法網恢恢下的公平正義，如今正如〈舟出江陵南浦奉寄鄭少尹審〉一詩所言：

更欲投何處，飄然去此都。形骸元土木，舟楫復江湖。

社稷纏妖氣，干戈送老儒。百年同棄物，萬國盡窮途。

（節‧卷 22 頁 1920～1921）

不只杜甫不知該飄往何方，「萬國盡窮途」更是讓杜甫心痛，遂產生了漂蕩生涯裡的窮途比喻〔註202〕。畢竟到處皆是「歌哭俱在曉，行邁有期程。孤舟似昨日，聞見同一聲」（〈早行〉‧卷 22 頁 1962）的人間悲劇，孤舟如己亦不過是苦難眾生裡的一名。詩人乃有「萬國城頭吹畫角，此曲哀怨何時終」的感嘆，渴望災難終止、世網消失，因爲曲終代表的是人民不再辛苦，也是杜甫不用再漂蕩萬國的心願。

杜甫將上述因素概括爲萬事：「百年從萬事，故國耿難忘」（〈遣悶〉‧卷 21 頁 1897～1898），象徵諸事之擾，即爲筆者所言的世網。漂蕩中的杜甫非常孤獨，如：「白頭供宴語，烏几伴棲遲」（〈移居公安敬贈衛大郎〉‧卷 22 頁 1928～1929）、「吹帽時時落，維舟日日孤」（〈纜船苦風戲題四韻奉簡鄭十三判官〉‧卷 22 頁 1946）等，這時杜甫常與自然界的生物爲伴，如〈燕子來舟中作〉一詩。杜甫也常爲漂蕩的生活感到厭煩，如：「白頭厭伴漁人宿，黃帽青鞋歸去來」（〈發劉郎浦〉‧卷 22 頁 1939）；但都於事無補，因爲諸事所形成的世網不只如上述所說對蒼生造成災難，更將天理代表的法網驅逐盡散，使得杜甫發出「天高無消息，棄我忽若遺」（〈幽人〉‧卷 23 頁 2026～2028）的吶喊。杜甫對於天意到底是因此就失去了信仰，還是仍有期待？筆者將於下一章討論；但就漂蕩之舟的形象而言，杜甫對天意是極度失望的。這樣的杜

〔註202〕如「歸路從此迷，涕盡湘江岸」（〈逃難〉‧卷 23 頁 2073）、「孤舟增鬱鬱，僻路殊悄悄」（〈聶耒陽以僕阻水書致酒肉療饑荒江詩得代懷興盡本韻至縣呈聶令陸路去方田驛四十里舟行一日時屬江漲泊於方田〉‧卷 23 頁 2081～2083）、「途窮那免哭，身老不禁愁」（〈暮秋將歸秦留別湖南幕府親友〉‧卷 23 頁 2089）等。

甫也曾「憑將百錢卜，飄泊問君平」（〈公安送李二十九弟晉肅入蜀余下沔鄂〉‧
卷 22 頁 1934），然而問卜之事所求乃天，既然天意已放棄杜甫了，詩人當然
只有繼續「五湖復浩蕩」（〈幽人〉‧卷 23 頁 2026～2028），延續著漂蕩道路。
　　值得一提的是杜甫在漂蕩之中數度提到「烏」這種鳥：

　　　城烏啼眇眇，野鷺宿娟娟。皓首江湖客，鉤簾獨未眠。
　　　（〈舟月對驛近寺〉‧節‧卷 21 頁 1900）

　　　使塵來驛道，城日避烏檣。（〈遣悶〉‧節‧卷 21 頁 1897～1898）

　　　霜黃碧梧白鶴樓，城上擊柝復烏啼。（〈暮歸〉‧節‧卷 22 頁 1915）

　　　檣烏相背發，塞雁一行鳴。
　　　（〈公安送李二十九弟晉肅入蜀余下沔鄂〉‧節‧卷 22 頁 1934）

　　　莫怪啼痕數，危檣逐夜烏。
　　　（〈過南嶽入洞庭湖〉‧節‧卷 22 頁 1951～1952）

　　　塞雁與時集，檣烏終歲飛。（〈登舟將適漢陽〉‧節‧卷 23 頁 2088）

詩句裡多以夜烏的形象出現，可見杜甫仍舊延續失眠的問題，而夜烏也正如
王嗣奭所言：「『檣逐夜烏』，非其志也，故悲。夜烏用『烏鵲南飛』語」〔註
203〕，代表著自己的失志。但若與漂蕩人生結合，恐怕「寒雁有春秋之期，檣
烏乃終歲不息，其所感深矣」〔註 204〕才是眞正原因，終歲不息者，正與此時
常出現的燕子、歸雁形成對比，成爲杜甫的陪伴者外，更是孤舟漂蕩的另一
種象徵。

二、人與舟的相依爲命

　　這個議題其實已經反覆在各處提及，此處筆者乃將之做一收束，反應孤
舟漂蕩下特殊的生命表現。杜甫與舟船的結合首先可從詩人以舟代替自己所
行方向爲證，如：

　　　歸路非關北，行舟卻向西。
　　　（〈水宿遣興奉呈群公〉‧節‧卷 21 頁 1894～1897）

　　　伏枕因超忽，扁舟任往來。
　　　（〈秋日荊南述懷三十韻〉‧節‧卷 21 頁 1904～1909）

〔註 203〕見〔明〕王嗣奭著，曹樹銘增校：《杜臆增校》，頁 607。
〔註 204〕見〔清〕楊倫：《杜詩鏡詮》，頁 989。

更欲投何處，飄然去此都。形骸元土木，舟楫復江湖。

（〈舟出江陵南浦奉寄鄭少尹審〉・節・卷 22 頁 1920～1921）

橘井舊地宅，仙山引舟航。（〈入衡州〉・節・卷 23 頁 2067～2072）

人類步履的選擇是由自己決定，兩湖時期中卻有許多難處，使得生命必須不斷漂蕩。杜甫此時的交通工具以舟船爲主，但在長期舟居生活下，杜甫詩中已經出現以舟代己的行走方式，詩人的行蹤即是舟船的行蹤。既然詩人的方向已由舟船表述，那麼漂蕩中發生不知所向的失路之悲時，自然也以舟船爲述：

魂斷航舸失，天寒沙水清。（〈送覃二判官〉・節・卷 22 頁 1933）

風濤暮不穩，舍棹宿誰門。（〈冬深〉・節・卷 22 頁 1936～1937）

舟楫眇然自此去，江湖遠適無前期。

出門轉眄已陳跡，藥餌扶吾隨所之。

（〈曉發公安〉・節・卷 22 頁 1937～1938）

失路之悲與舟船的迷路結合，可見杜甫之舟即是個人命運的代表，捨棄此便無從而往。而舟可以是動態的，如李白「輕舟已過萬重山」〔註205〕般長驅直入的輕快；然杜甫的舟因爲長期處在漂蕩中，缺少這樣的動態之感，只在〈聞官軍收河南河北〉（卷 11 頁 968）中，有過一次稍縱即逝的飛快。惟那一次的飛快並未成行，最終成爲杜甫詩歌中的想像，而後當杜甫受困於世網中，舟船便常常有失路的危機，不僅無家可歸，也不知下一步在哪裡。

杜甫也常以舟說明自己兩湖時期的形象，首先是孤舟：

百丈牽江色，孤舟泛日斜。（〈祠南夕望〉・節・卷 22 頁 1956）

吹帽時時落，維舟日日孤。

（〈纜船苦風戲題四韻奉簡鄭十三判官〉・節・卷 22 頁 1946）

孤舟亂春華，暮齒依蒲柳。（〈上水遣懷〉・節・卷 22 頁 1957～1959）

孤舟似昨日，聞見同一聲。（〈早行〉・節・卷 22 頁 1962）

孤舟增鬱鬱，僻路殊悄悄。

（〈聶耒陽以僕阻水書致酒肉療饑荒江詩得代懷興盡本韻至縣呈聶令陸路去方田驛四十里舟行一日時屬江漲泊於方田〉・節・卷 23 頁 2081～2083）

〔註205〕〈早發白帝城〉見安旗主編：《李白全集編年注釋》（成都：巴蜀書社，2004 年 4 月），頁 1310。

孤舟形象並不特別，因為此詞的使用在詩歌很普遍。但杜甫的孤舟形象常與其他元素結合，說明了自己的孤獨何來，比如落日黃昏照射下的孤獨，日日、昨日代表的日復一日，凡此都是杜甫孤字之因，可參考上面所談漂蕩的因素。或許正因為杜甫大量強調孤舟一詞，後人亦以此看待，如貫休所云：

> 甫也道亦喪，孤舟出蜀城。彩毫終不擬，白雪更能輕。

> 命薄相如命，名齊李白名。不知耒陽令，何以葬先生？〔註206〕

道路之喪正是水路開啟的一刻，貫休以孤舟代替杜甫之出，不正說明兩者之間的關聯性。

杜甫也寫老：

> 扁舟空老去，無補聖明朝。（〈野望〉‧節‧卷 22 頁 1973）

> 瀟湘水國傍黿鼉，鄂杜秋天失鵰鶚。

> 東西南北更誰論，白首扁舟病獨存。

> （〈追酬故高蜀州人日見寄并序〉‧節‧卷 23 頁 2038～2040）

扁舟空老，實則舟不會老；白首扁舟，船亦不會白首。比起兩湖時期以前，杜甫更多地將自己的狀況與舟船結合，使人感傷詩人的窘迫。杜甫出走京華是切斷了政治的宰割，兩湖之行則是切斷安定生活下的決定，可見心裡本有很大的決心和期待。切斷政治的關係還可以有生活上的追求〔註207〕，生活的切斷卻如割除小孩與母體的臍帶，痛苦非常外，更是生活的冒險。如今孤舟、白首扁舟等詞語成為杜甫描寫自己的表示，這一切斷必然讓詩人有著相當程度的後悔，否則也不會這麼感傷。

雖然杜甫在「親朋無一字，老病有孤舟」（〈登岳陽樓〉‧卷 22 頁 1946～1947）裡，表示了生活的清貧，而舟船又如「地闊平沙岸，舟虛小洞房」（〈遣悶〉‧卷 21 頁 1897～1898）所言，與廣大空間對比出生活的虛欠。但舟虛一詞之「虛」也可以有莊子「虛室生白」〔註208〕的意義，如同陶淵明：「虛室有餘閑」〔註209〕之謂，既指出貧困，也暗示著自己虛室生白的生命境界。這時

〔註206〕陸永峰：《禪月集校注》（成都：四川出版集團巴蜀書社，2006 年 8 月），頁 153。

〔註207〕雖然杜甫只切掉外在的關係，精神層次的連結依舊緊密非常。

〔註208〕見〔清〕王夫之：《莊子通‧莊子解》（臺北：里仁書局，1984 年 9 月），頁 39。

〔註209〕見〔晉〕陶淵明著，逯欽立校注：《陶淵明集》（臺北：里仁書局，1981 年 11 月），頁 41。

杜甫雖然切斷了與政治、安定的臍帶，實際上他卻離不開政治的投入、家人的牽絆，這是杜甫放不下的責任，更是他淑世的儒家視角。舟船的世界適時提供杜甫另一種視角，不僅提出虛的概念，也代表著自己至少有選擇的自由，此刻生活的困苦反而促使自己提升生命的層次，在割斷臍帶後，因著冒險所得，開闢出道家境界與儒家責任的會通：

> 佳辰強飲食猶寒，隱几蕭條帶鶡冠。
>
> 春水船如天上坐，老年花似霧中看。
>
> 娟娟戲蝶過閒慢，片片輕鷗下急湍。
>
> 雲白山青萬餘里，愁看直北是長安。
>
> （〈小寒食舟中作〉·卷 23 頁 2061～2062）

邊緣者所受之眼光必然不愉快，如廖美玉所言〔註 210〕，舟船則是一種選擇，讓詩人選擇自己的人生之路，尋找重生的機會，因為兩湖漂蕩的生活，也是杜甫選擇乘舟東下的意志所決定。此刻生活確實不如意，那就讓自己帶一點隱者的身分（隱几蕭條帶鶡冠），至少還有一些安慰，並在舟虛的過程中，藉由漂蕩生活對物質的逐漸剝去，「損之又損，以至於無為」〔註 211〕，剝出更深處的內在，則漂蕩反是杜甫對生命境界提升的關鍵，如 Rollo May 所言：

> 我們在與命運拉扯徐行，以掙得自由之際，我們的創造力和文明於
>
> 焉誕生。〔註 212〕

孤舟因京華而駛，因生活而迷，復因京華而有一目標。此時京華既遠，生活又苦，只剩杜甫仍能做一轉移，那麼就在「愁看直北是長安」中，以一主體來實踐，使得困住自己的江水變成一種體驗；此時正似杜甫乘舟之感，或許春水不帶來歸家的方向，天上坐亦可成為拉扯後水漲船高的境界。歸隱之姿是一種批判命運的狀態，卻藉由水漲船高的道家義理化解人生挫折，重新駛向回京之路，融合了儒道視角的穿梭與超越。一趟舟船漂蕩，讓生命照出更深刻的關懷，也讓杜甫與舟船做了最密切的結合，體驗命運最嚴苛的考驗；這時就算杜甫沒有土地可以「暫借上天迴」（〈雙楓浦〉·卷 22 頁 1977），也可在昇華後的視角裡，享受飛躍天上的舟船人生。

〔註 210〕詳見廖美玉：《中古詩人的生命印記》（臺北：里仁書局，2007 年 2 月），頁252～253。

〔註 211〕見陳鼓應：《老子今註今譯及評介》（臺北：臺灣商務印書館股份有限公司，1998 年 8 月），頁 426。

〔註 212〕見 Rollo May，龔卓軍、石世明譯：《自由與命運》，頁 28。

小　結

　　本文從杜甫出夔的原因談起，發現詩人對來到江陵有很大期待，常以春天意象表達這種心情；但在實際放船後，迎接杜甫的卻是艱困的舟陸去住兩難，可見預期往往趕不上變化，亦見人生道路的行路之難。舟船是生命抉擇的轉折點（離鄉與返鄉），杜甫雖早有預言，對漂蕩生活仍有不解。於是整部兩湖生活，不僅在舟陸之中選擇居所，更在舟陸之中辯證自己的人生態度，全程如筆者所論，充滿了矛盾與超脫。惟杜甫最後仍堅持自己的人生理想，同朱鶴齡所言：

> 子美之詩，惟得性情之至正而出之，故其發於君父、友朋、家人、
> 婦子之際者，莫不有敦篤倫理、纏綿莞結之意。極之，侶荊棘，漂
> 江湖，困頓顛躓，而拳拳忠愛不少衰。自古詩人，變不失貞，窮不
> 隕節，未有如子美者，非徒學爲之，其性情爲之也。〔註213〕

此言說得甚好，尤其「得性情之至正而出之」一句，指出杜甫心地之純這一特質，正是詩人能在漫長漂蕩下，粹洗出本性純正、堅持此生選擇之因。惟杜甫「拳拳忠愛不少衰」一句，筆者以爲仍不夠完滿，因爲杜甫兩湖漂蕩的生涯裡，確實也有不少次放棄之念，足見忠愛之情在過程並非不少衰，而是不斷增減、改變。所幸詩人持續於陌生體驗中成長，不僅在與命運的對峙中，揭露生命深層的樣態，還在搏鬥的過程裡，保留熱情，因此成就了盛唐良心，使後人得以不斷藉由他的故事，做爲此生勵志的碑石。

　　杜甫在兩湖漂蕩中面臨了人情與命運的挑戰，而兩者正是現實本來面目，使得杜甫常在隱者與妥協兩邊徘徊。惟詩人總能在衝突後體悟自己更深刻的命運，並在數次漂蕩與回歸中認同自己；杜甫兩湖漂蕩的命運也讓詩人與舟船的關係產生改變，在工具之舟到生活之舟的傾斜裡，憑一舟如己的渺小對抗著天地，締結出生命之舟的諾言。Rollo May 對人生有一宣言：

> 只有在一個人能夠用自己的肌肉、用自己的心、自己的冒險、自己
> 的「躍進」感受時，他們才算得到存在的自由，他們也才算得到眞
> 實自由經驗所必要的尊嚴感。〔註214〕

人類的可貴就在勇敢面對命運，方能悠游於充滿變動的滾滾黑水，探索新的生命型態，統一新舊而成更高的視角。杜甫因責任感甚重，所以有了選擇的

〔註213〕見〔清〕朱鶴齡：《杜工部詩集輯注》，頁 4。
〔註214〕見 Rollo May，龔卓軍、石世明譯：《自由與命運》，頁 110。

自由，更有了選擇後的包袱；但杜甫的包袱與痛苦卻造就了自己的生存動力，使得自己依著理想與現實這一交錯、纏繞、崎嶇的道路邁進，至死方休。

生活穩定時的杜甫沒有放下責任，困於舟中亦是。杜甫既努力適應社會，可在良心與理想的選擇下，也常有他反動的一面，如舟船即是杜甫迴向對自我認識和理想肯認的選擇，代表著對命運的終極反抗。杜甫在人生最後的選擇是積極採取行動，超越環境和人生之上，孤舟此時便立在人生汨没的漂流中，乘風破浪。雖然，象徵青春、生命的花朵已如霧般模糊，杜甫仍將雙眼勇敢地望出，指向最初理想，一種「葵藿傾太陽，物性固難奪」（〈自京赴奉先縣詠懷五百字〉‧卷 4 頁 265）的姿態，「愁看直北是長安」是前句，「性情之至正」是後者，同舟船在兩難裡，昇華成人生最後的不盡春水，一路向北。

第五章 孤舟物理
——杜甫兩湖飄泊中的人生困境與疏解

前 言

　　我們疏解書本，寫出自己的見解；疏解人生，提出自己的體悟。前者是人與文字間的互動，為一種靜態呈現，無論生活處境如何，案上之間，總是一方天地；後者是人與生活的對話，在動態中隨著人生境遇而差異，有不同生命表現。杜甫善於在人生疏解所見所聞，或者對物，而有「隨風潛入夜，潤物細無聲」(〈春夜喜雨〉‧卷 10 頁 799) 中，細緻表現「造化發生之機」(卷 10 頁 799) 的體貼。或者對人，如〈又呈吳郎〉(卷 20 頁 1762～1763) 裡，「藹然仁者痌瘝一體之心」，為時空裡容易被忽略的小人物，留下一頁歷史和慈悲。由上述二者，可見杜甫面對人生實有許多體認和疏解，故而發出內在的反省與思辨。上一章已談到杜甫兩湖時期的困苦，如此，這樣的疏解在孤舟漂蕩中是否還能延續呢？尤其生命已與舟船結合，失了土地的杜甫，要如何繼續以詩筆書寫對世間萬事的體會？

　　廖美玉曾言：「在唐詩中，自然是引發情感的重要媒介，詩中隨時展現感覺敏銳的抒情性」，可見唐詩的創作特質是從自然引發內在情感，又言：「整體而言，唐詩中單純從格物的角度切入，進而發揮物理的詩歌作品，仍屬偶然」、「由悲物興感的抒情性，到物理行樂的寫意、理趣，在宋詩中呈現大幅度進程」，則唐詩中發揮物理仍屬偶然，須到宋朝才大盛其道，可見唐宋詩間的差異。然而廖美玉曾舉出杜甫的特殊性，以其能在抒情氛圍中，藉由「物

理」自拔〔註1〕，可知杜甫在由唐至宋的文學發展裡，扮演了解構詩歌抒情性的關鍵身分〔註2〕，值得我們注意。惟廖美玉之文著重在物理所引發的生命樂境，亦即宋詩特色：詩代表的是一種內在美感經驗或體道心靈的外示〔註3〕，倘若抽離宋詩的特質與討論〔註4〕，單純從物理一詞來看，反省與思辨本身未必只有樂境的顯現，亦可能是未體道時的發言，何況杜甫在兩湖時即言：「我行何到此，物理直難齊」（〈水宿遣興奉呈群公〉‧卷21頁1894～1897），絕非樂境之語。本文即從這個角度切入，嘗試討論杜甫在孤舟之中如何以物理一詞描寫所遭所遇，是失意發言？還是體道樂境？或兩者皆有？將決定杜甫在兩湖舟中的詩歌特色。

　　事實上，朱熹即說：「杜子美晚年詩都不可曉」，更言：「其晚年詩都啞了。」〔註5〕「詩都不可曉」，是言其詩中情緒的模糊不明，尚為理性的論述；「詩都啞了」，則顯出朱熹情緒的指責了！那麼是杜甫晚年飄泊的苦痛導致生命光采消逝，因而有朱熹這樣強烈的批評？還是朱熹所說不夠全面，而有如斯直陳？簡錦松言杜甫此時放棄了回鄉的念頭〔註6〕，然杜甫「漂泊西南天地間」（〈詠

〔註1〕　以上引文詳見廖美玉：〈物理與人情──宋詩中所映現的生命樂境〉，《中古詩人的生命印記》（臺北：里仁書局，2007年2月），頁352～353。

〔註2〕　王夫之即如此認為，認為杜甫有三點頑鄙，一、言志。二、為風雅罪魁。三、詩史。但王夫之也有認同杜甫之處，一、以意為主。二、情景交融。三、情語能以轉折為含蓄。可參見簡恩定：〈船山論杜雜義〉，《古典文學第六集》（臺北：臺灣學生書局，1984年12月），頁225～235。另據〈王夫之評杜甫論〉一文，其中提到王夫之在《唐詩選評》一書裡選了杜甫兩湖時期十首作品如下：〈短歌行贈王郎司直〉、〈行次古城店泛江作不揆鄙拙奉呈江陵幕府諸公〉、〈風雨看舟前落花戲為新句〉、〈小寒食舟中作〉、〈燕子來舟中作〉、〈千秋節有感二首〉、〈次晚洲〉、〈過津口〉、〈祠南夕望〉、〈登岳陽樓〉。文中以王夫之重視杜甫入蜀前與出峽後之作，並指出這是由於王夫之喜歡平美，而嫻雅溫婉有神行之妙的作品，此說立論頗有據；然而杜甫兩湖時期作品並非只有這些，而特色亦不止於此，可見王夫之僅是選出他心中所選，希望藉由杜甫重新扭轉詩風，實則並沒有掌握到杜甫此刻的特色。詳見鄔國平、葉佳聲：〈王夫之評杜甫論〉，《杜甫研究學刊》（成都：杜甫研究學刊編輯部，2001年），第1期，頁55～61。

〔註3〕　見龔鵬程：《詩史本色與妙悟》（臺北：臺灣學生書局，1993年2月），頁246。

〔註4〕　廖美玉之作的重點在討論宋詩樂境，本文則不從此角度切入。

〔註5〕　兩詩話皆出自朱熹所言，見〔宋〕朱熹：《朱熹詩話》，引自吳文治主編：《宋詩話全編》（南京：鳳凰出版社，2006年10月），頁6117。

〔註6〕　杜甫出峽以後，在湖湘間飄泊，才真正因老病放棄了回鄉之念，他在〈入衡州〉一詩曾說：「報主身已老，入朝見病妨」，又在〈逃難〉中說：「五十白頭翁，南北逃世難。疏布纏枯骨，奔走苦不暖。已衰病方入，四海一塗炭。乾坤萬里內，莫見容身畔。妻孥復隨我，回首共悲歎。故國莽丘墟，鄰里各分

懷古跡五首〉・卷 17 頁 1499），皆以京華爲歸路，則簡錦松之言已暗指杜甫對人生的放棄，但杜甫眞的放棄了嗎？對照前面杜甫所陳述的人生懷疑，以及朱熹的話，是不是兩湖時期的杜甫已大不如前？許總曾說此時的杜甫從消極中轉爲積極的反抗〔註7〕，這段話與前面所言又要如何分說？

　　本章嘗試解決上面問題，尤其集中在杜甫兩湖時期中與孤舟有關的部分，畢竟杜甫人生最後階段有許多時間是在舟上度過〔註8〕，其死亦是如此，是故從舟中所寫看待此刻的人生疏解，實更接近杜甫人生最後階段的處境，也更能抓住杜甫此時的心靈。

第一節　杜詩中「物理」一詞的內涵

　　杜甫「物理」一詞的使用既非偶然，不僅從作品考察的結果是如此，後人在閱讀上也有這樣的發現，宋人陳知柔便說：

> 杜詩識物理：杜子美詩有「冷蕊踈枝半不禁」，語固佳矣，而不若「山意衝寒欲放梅」爲尤妙。又「荷葉荷花淨如拭」，此有得於佛書，以清淨荷華喻人性之意。故梅之高放，荷之清淨，獨子美識之。〔註9〕

從作者與讀者雙向的證據中，可知杜甫物理一詞的運用早被注意。陳知柔認

散。歸路從此迷，涕盡湘江岸」，詩中深深感覺到自己衰老已極，作官既無體力，故鄉的殘破又比預想中嚴重，終於知道回洛陽和回長安都不可能了。見簡錦松：〈杜甫夔州生活新證〉，《唐代學術研討會論文集》（臺北：里仁書局，2008 年 11 月），頁 140。

〔註7〕　杜甫居夔州時期的生活畢竟比流離失所的飄泊途中安定得多，因此，他在這一時期對朝廷的態度只是停留於失望之極的絕望，對自己一生的總結也只是在絕望之中對往事的苦澀的回味。而當他於大曆三年正月離開夔州，放船出峽，開始自江陵而公安而岳州而潭州而耒陽的一生中最後三個年頭的第三次飄泊時……社會更爲動亂，人民生活更爲悽慘，正由於詩人的飄泊與社會的動亂、詩人的窘迫與人民的悽慘息息相通，構成一曲時代的和聲，因而激起了詩人絕望心境中的波瀾，使詩人夔州以後的心態又發生一次極大的變化……因而，他對統治階級的態度，從消極的絕望驟然轉變爲徹底的決裂並表現出積極的反抗。見許總：〈艱難詩萬首　夔州至今名──杜甫夔州詩評價之我見〉，《杜詩學發微》（南京：南京出版社，1989 年 5 月），頁 297～298。

〔註8〕　杜甫言：「親朋無一字，老病有孤舟」（〈登岳陽樓〉・卷 22 頁 1946～1947），可見兩湖時期，舟船不僅是他生活中的大半，更成爲他生命中相依的一處天地。而無論這是不是詩人想要的，杜甫卻不能逃避親朋無蹤、孤舟相伴這樣的事實。

〔註9〕　見〔宋〕陳知柔：《陳知柔詩話》，引自吳文治主編：《宋詩話全編》，頁 4363。

為杜甫善識物理，並舉詩句為證；然觀「以清淨荷華喻人性之意」句意，杜甫所識須先經由清淨荷華的引渡方能得出，則物理之得當有一媒介才是。黃生注解杜詩時即言：「說物理物情，即從人事世法勘入。學到筆到，心到眼到。惟其無所不到，所以無所不盡也。」〔註10〕將物情與物理並置，可見其中存有相當關聯。蓋理者，人類內在反省、思辨後所得道理，必先有一媒介，方可進行如此過程，不至落空。依此，物情——所謂世事萬物所顯之情態，便成為第一個必須釐清的重點。

一、「物情」一詞所映現的自適自得樂境

「物情」一詞的內涵可藉杜詩中的呈現得知，如下列作品：

生雖滅眾雛，死亦垂千年。物情有報復，快意貴目前。

（〈義鶻行〉・節・卷6頁476）

故人何寂寞，今我獨淒涼。老去才雖盡，秋來興甚長。

物情尤可見，詞客未能忘。海內知名士，雲端各異方。

（〈寄彭州高三十五使君適虢州岑二十七長史參三十韻〉・節・卷8頁639）

用拙存吾道，幽居近物情。桑麻深雨露，燕雀半生成。

村鼓時時急，漁舟個個輕。杖藜從白首，心跡喜雙清。

（〈屏跡三首・其二〉・卷10頁883）

英雄割據非天意，霸主并吞在物情。

（〈夔州歌十絕句・其二〉・節・卷15頁1303）

這四首詩皆提到「物情」一詞，第一首言白蛇雖能殺盡眾雛，自己也在萬物報復的常情中毀滅，物情指的是物受侮必有所反的情態。第二首言自己可以將物情看透，卻難以忘懷詩友，對比詩意，物情指的是自然生滅的常情。第三首言自己放棄機巧，以愚拙為人生道理與方向，在隱居絕交中了解物情〔註11〕，所以才能看見桑麻茁壯、燕雀成長、村中鼓樂、漁船蕩漾；這時雖白首杖藜，卻

〔註10〕 見〔清〕黃生：《杜工部詩說》（京都：中文出版社，1946年6月），頁288。
〔註11〕 「〈屏跡二首〉：『用拙存吾道』，若用巧，則吾道不存矣。心跡雙清，從白首而不厭也。子美用意如此，豈特詩人而已哉？『桑麻深雨露，燕雀半生成』，此子美觀物之句也。若非幽居，豈能近此物情乎？妙哉，造化春工，盡于此矣！」見〔宋〕張戒：《張戒詩話》，引自吳文治主編：《宋詩話全編》，頁3253。

也爲這樣的心靈與行跡感到高興，此處物情指的是萬物各得其所、各遂所生的情態。第四首言割據本非天意，而要統一則須順應民情，此處物情與第三首同〔註12〕。四詩合觀之，杜甫詩中物情當是萬物存在的自己而然，有其自然生滅、受力反抗等特質。綜合上述物情觀，或可以杜甫一聯總結：「物情無巨細，自適固其常」（〈夏夜嘆〉・卷 7 頁 542），杜甫對生命的態度是一種精神的掌握，打破大小形觀，因此物情無大無小，自適自得才是箇中常道。而所謂自適自得必須建立在沒有壓迫的環境下，否則物情受到壓抑，勢必也會有所反擊，哪怕自己沒有力量，亦可藉由他者的幫助，做出正義的伸張〔註13〕。

明白杜詩物情的定義，既然物理是經過反省物情而得，那麼杜甫面對物情當下的反省是什麼呢？筆者以爲有二詩值得我們注意：

> 小奴縛雞向市賣，雞被縛急相喧爭。
>
> 家中厭雞食蟲蟻，不知雞賣還遭烹。
>
> 蟲雞與人何厚薄，吾叱奴人解其縛。
>
> 雞蟲得失無了時，注目寒江倚山閣。（〈縛雞行〉・卷 18 頁 1566）
>
> 歌哭俱在曉，行邁有期程。孤舟似昨日，聞見同一聲。
>
> 飛鳥數求食，潛魚何獨驚。前王作網罟，設法害生成。
>
> 碧藻非不茂，高帆終日征。干戈未揖讓，崩迫關其情。
>
> （〈早行〉・卷 22 頁 1962）

第一首寫於夔州時期，杜甫體悟雞、蟲都有追求生存自在自適的權力，遂在難以取得平衡點的難處下拋出問題，讓詩歌結尾形成開放性視角。第二首寫於兩湖時期，主題與前詩一樣，只是角色換成飛鳥與潛魚。飛鳥可爲生存振翅求食，潛魚卻因人類的捕捉，處在驚恐，在「物情無巨細」的綱領下，難怪乎杜甫會如此傷心。從這兩首詩裡，我們看見杜甫確實在生活中實踐自己的哲學，所識之物情絕非一時之興而已，故而在其他作品也常常可以看到這些對生命的感觸〔註14〕，是詩人一生的堅持。

〔註12〕讓人民安適生存，才能有統一的可能。此處筆者是以歐麗娟所說的樂園意識推論，歐麗娟認爲杜甫心中樂土的構成除了物質經濟的穩定外，還須和平帶來的生命安全的確切保障，是一處安居樂業、重視人性尊嚴的社會。詳見歐麗娟：《唐詩的樂園意識》（臺北：里仁書局，2000 年 2 月），頁 324。

〔註13〕杜甫詩中常以鷹一類生物做爲正義的化身即是，可參筆者第二章所論，

〔註14〕如：〈觀打魚歌〉（卷 1 頁 918）、〈催宗文樹雞柵〉（卷 15 頁 1311）、〈白小〉（卷 17 頁 1536）等。

二、「物理」一詞的豐富內涵

杜甫描述「物理」的詩歌有六首〔註15〕，以下逐詩說之。一、〈曲江二首〉：「一片花飛減卻春，風飄萬點正愁人。且看欲盡花經眼，莫厭傷多酒入唇。江上小堂巢翡翠，苑邊高塚臥麒麟。細推物理須行樂，何用浮名絆此身。」（卷6頁446～447）據仇注所言：「物理變遷如此，尤須借花酒以行樂，何必戀戀於浮名哉。」（卷6頁447）此處物理在藉由花謝的必然性指出人生變易的常態，所以直須行樂當前，而非戀棧名利。二、〈鹽井〉：「自公斗三百，轉致斛六千。君子慎止足，小人苦喧闐。我何良歎嗟，物理固自然。」（卷8頁679）仇注以為：「君子，謹自公。小人，指轉致。物情爭利，不足嗟嘆，亦慨時之。」（卷8頁679）蓋從賣鹽過程中的暴利行為，指涉人性中「厚利」〔註16〕的普遍流行，同王嗣奭所說：

> 「君子止足」，不為之少，「小人喧闐」，不為之多，此物理之自然，
> 人亦何苦不為君子而甘為小人，此吾所以興嗟也。蓋天下之亂皆起
> 於爭，爭皆起於無止足。公之嘆，觸類於鹽井之外也。〔註17〕

從引文中，我們除了知道杜甫興嗟之由，也看到詩人在觀物中觸起的物理。三、〈述古三首‧其一〉：「赤驥頓長纓，非無萬里姿。悲鳴淚至地，為問馭者誰。鳳凰從東來，何意復高飛。竹花不結實，念子忍朝饑。古來君臣合，可以物理推。賢人識定分，進退固其宜。」（卷12頁1021）藉由物情不得其所，發揮「傷賢士不遇也」的君臣相遇。四、〈贈鄭十八賁〉：「細人尚姑息，吾子

〔註15〕廖美玉在〈物理與人情──宋詩中所映現的生命樂境〉一文裡，以「物理」一詞深究宋詩映現的生命特質，其中在第三節處便有論述杜甫詩中的物理：雖因此文論述重點在宋詩，討論杜甫處並不多，卻慧眼獨到指出杜甫運用物理一詞的自覺性，啟示筆者良多。詳見廖美玉：〈物理與人情──宋詩中所映現的生命樂境〉，《中古詩人的生命印記》（臺北：里仁書局，2007年2月），頁351～353、384。又葉文舉針對杜甫使用物理的六個例子撰有〈「物理固自然」──杜甫詩歌中的「物理觀」〉，其中對六首詩歌有頗詳細的論述。然而此文在題目的表達上沒有扣合杜甫六個物理的內涵，且物理雖是一個詞彙，卻有內容的底蘊，以形式考察杜甫所寫的物理數量終究只是詞彙上的分類，難以深入杜甫其他作品中所彰顯的物理蘊含。見葉文舉：〈「物理固自然」──杜甫詩歌中的「物理觀」〉，《中國韻文學刊》（南京：南京大學中文系，2006年3月），頁48～51。

〔註16〕楊倫：「言厚利所在，民必爭趨，無足怪也。」見〔清〕楊倫：《杜詩鏡詮》（臺北：華正書局有限公司，1981年6月），頁290。

〔註17〕見〔明〕王嗣奭著，曹樹銘增校：《杜臆增校》（臺北：藝文印書館，1971年10月），頁161。

色愈謹。高懷見物理，識者安肯哂。」（卷 14 頁 1256～1258）從不屈身求仕之舉見出人格高懷〔註18〕，知鄭賁了解的物理乃一社會人文意義，言其不折節從政也。然若解釋成杜甫透過鄭賁的高懷識見物理，此處物理所言便是人格的高潔，有著人性內涵的指向。五、〈秋日寄題鄭監湖上亭三首之三〉：「暫阻蓬萊閣，終爲江海人。揮金應物理，拖玉豈吾身。」（卷 20 頁 1731）邊連寶言此處物理表達的是金錢物理〔註19〕；但據仇注所說，「揮金」一詞應是辭官之舉〔註20〕，則物理所指應是歸於自然的人生常道。筆者以爲由詩歌對偶的關係觀之，當以仇注之說較切。六、〈水宿遣興奉呈群公〉：「我行何到此，物理直難齊。」（卷 21 頁 1894～1897）從自身漂蕩難定中，質疑物理之齊的可能性。仇注以爲此句出自莊子〈齊物論〉，未嘗不可；然莊子之文在求物論之齊，還須了解莊子用意，方可證明杜甫是否有所引用。齊物之說是自然的齊頭，於情於理皆不合；而物論一說，亦即所謂各家之言，本由不同價值觀與意識形態塑成，故莊子之言當是求世人打開胸懷、開拓生命境界，避免在意識形態的挑起下，攻擊不同於己的觀點〔註21〕。如此，杜甫所指當不是莊子之意，而是世情世理之不平，與社會制度較接近，甚至包含自己對此行結果的不諒解。由上述六種物理，可見杜甫對人生疏解所得的物理涉及廣大，橫跨物質、制度、精神三種層面。

杜甫對物理涉及的廣度雖夠，但若無細膩分析，恐怕仍有所缺憾。唐君毅對「理」的內涵有精闢分析，並分爲六義：文理之理、名理之理、空理之理、性理之理、事理之理、物理之理。這六種內涵分別爲：文理，乃人倫人文之理，即人與人相互活動或相互表現其精神，而合成之社會或客觀精神中之理。名理，是由思想名言所顯之意理，而或通於哲學之本體論上之理者。空理之理，是一種由思想言說以超越思想言說所顯之理。性理之理，是人生行爲內在的當然之理，而有形而上之意義並通於天理者。事理之理，是歷史

〔註18〕浦起龍：「言『姑息』者，或勸之屈身求仕，而鄭色愈謹，由其高懷見理也。故『細人』或哂之，『識者』實重之也。」見〔清〕浦起龍：《讀杜心解》（臺北：九思出版有限公司，1979 年 3 月），頁 123。

〔註19〕「金之爲物，喜動不喜靜，故揮之乃合物理。」見〔清〕邊連寶：《杜律啓蒙》（濟南：齊魯書社，2005 年 6 月），頁 336。

〔註20〕「疏廣爲太傅歸鄉里，數問其家所賜金餘尚有幾，趣賣以具酒食，請族人故舊與妓娛樂。」（卷 20 頁 1731）。後即以「退傅揮金」作致仕歸鄉之典。

〔註21〕此說據王邦雄之觀點。詳見王邦雄：《中國哲學論集》（臺北：臺灣學生書局，1990 年 2 月），頁 72、211～212。

事件之理。物理之理，是作為客觀對象看的存在事物之理。〔註22〕唐君毅的分類不僅細膩，且深度掌握中國哲學「理」的意義與內涵，筆者援引此處分類，再次分析杜甫詩中物理內涵可得如下所示：

杜甫詩句	理的類別	理的內涵
細推物理須行樂，何用浮名絆此身。	物理	藉由落花引起的必然性指出人生變易的常態。
我何良歎嗟，物理固自然。	物理	藉由人類愛利的行為觀察，得出人性愛利的一面。
古來君臣合，可以物理推。	物理	藉由物情之不得其所，發揮君臣相遇之理。
高懷見物理，識者安肯哂。	文理、性理	從不屈身求仕之舉見出人格的高懷，知鄭賁了解之物理乃一社會人文意義；然若解釋成杜甫透過鄭賁的高懷識見物理，則此處物理所言便是人格的高潔，指性理。
揮金應物理，拖玉豈吾身。	性理	歸於自然、樸素的人生常理，指人類行為內在之理。
我行何到此，物理直難齊。	文理、事理	世情世理之不平，與社會制度較接近。也可指杜甫對自己走到這般地步的質問，如此則是事理。

由上表中所論，可知杜甫物理一詞的內涵，誠謂豐富。但這些物理中，是否如物情一詞般，有中心、共同的深層概念呢？

三、「物理」一詞與杜甫人生的關係

杜甫「物理」一詞內涵如此豐富，可見詩人觀察的角度甚為細膩。物情有一統整性的概念，物理──做為杜甫有意識使用的詞彙，關此，張戒曾云：

「易識浮生理，難教一物違。水深魚極樂，林茂鳥知歸。」夫生理有何難識，觀魚鳥則可知矣。魚不厭深，鳥不厭高，人豈厭山林乎？故云：「吾老甘貧病，榮華有是非。秋風吹几杖，不厭北山薇。」此子美悟理之句也。杜子美作詩悟理，韓退之學文知道，精于此故爾。〔註23〕

〔註22〕詳見唐君毅：《中國哲學原論導論篇》（臺北：臺灣學生書局，1993年2月），頁24。

〔註23〕見〔宋〕張戒：《張戒詩話》，引自吳文治主編：《宋詩話全編》，頁3256。

從物情談到物理，「易識浮生理，難教一物違」（〈秋野五首〉・卷 20 頁 1733）一聯正可幫我們解決上述問題。文中第二句即上文物情裡的結論，是杜甫無法忍受任何一物違離在生命自適自在外的物情綱領。那前一句呢？筆者以爲吉川幸次郎對此的體會值得我們參考：

> 浮生，即飄浮不定的人生：而這種不安定的人生的道理不是難以認識的事物，正是易於認識的。可以這樣解釋，一物，即使只是一個存在物，離開了它應處的位置，也是難以忍受的：如果這種事態發生了，就要感到抵忤。而這就是浮生的道理。讓所有的存在物都幸福地和諧地存在，這樣的世界就是杜甫所理想的。爲迎接這個理想的實現而不倦地呼吁，對妨礙它的實現的種種因素不倦地抗議，這就是存在於杜甫所有言論骨子裡的內容。〔註 24〕

由於先掌握了物情，認識浮生理便很容易，此處浮生理即所謂物理，指天下之道即在自適自在。這是否與杜甫詩中的物理符合？首先以「細推物理須行樂，何用浮名絆此身」一聯觀之，生物自在於人間的行樂形象本是杜甫心中所想，與杜甫物情物理的綱領皆合。「我何良歎嗟，物理固自然」一聯裡是諷刺人類求利的本性，然杜甫的語氣，當是由此譴責人性的負面，既有立場，杜甫本來的想法當是不求利之觀，而自在於生活中。「古來君臣合，可以物理推」一聯談到君臣的關係，實則自古即有如魚得水之喻，魚之得水本是生命自適的一種表現，如莊子所謂「不如相忘於江湖」〔註 25〕者，自然與綱領相同。「高懷見物理，識者安肯哂」、「揮金應物理，拖玉豈吾身」都指涉政治，無論是人格的挺立，還是走向自然的歸眞，皆是生命自在的指導原則。而最後「我行何到此，物理直難齊」一聯，則由杜甫的角度吐露對人生多舛的質疑，可見背後所持正是生命自得的觀點。如此，「易識浮生理，難教一物違」一聯實爲杜甫物情物理觀的凝聚無誤，而物理一詞亦有著內在統一，只是由於物情表現的方式不同，有第一義外的他義，然殊途同歸也。

　　杜甫談到「易識」一詞，對物情物理的體認應當非常容易，實則杜甫便是由自己爲出發點，洞燭物情物理，擴及生活周遭。此心上工夫與程明道所言頗爲類似：

〔註 24〕見吉川幸次郎著，孫昌武譯：〈杜甫的詩論與詩——在京都大學文學部的最後一課〉，《唐代文學論叢》（西安：陝西人民出版社，1986 年 1 月），總第七輯，頁 57。

〔註 25〕見〔清〕王夫之：《莊子通・莊子解》（臺北：里仁書局，1984 年 9 月），頁 61。

> 學者須先識仁。仁者，渾然與物同體，義、禮、智、信皆仁也。識
> 得此理，以誠敬存之而已，不須防檢，不須窮索。若心懈，則有防；
> 心苟不懈，何防之有！理有未得，故須窮索；存久自明，安待窮索！
> 此道與物無對，「大」不足以明之。〔註26〕

心存誠敬，則能識物，與物渾為一體，如此，浮生之理本就易識，眾人不識
者，乃內在未能誠敬也。杜甫是儒家信仰的實踐者，有此認識並不意外，程
明道又言：「吾學雖有所授受，『天理』二字卻是自家體貼出來。」〔註27〕此
更看出內在修養的重要。筆者以為杜甫正是因內在的修持，方能有此體貼，
則物理一詞的真意並不僅是對外的觀察而已，還應有詩人內在修養，故能以
一心之理貫徹生活所遇之物情，寫出自己的物理之作。如此，凡是談到道理
之作，皆可視為杜甫闡發物理的體會，不必拘泥是否有物理一詞，如翁方綱
體會杜甫作品亦是從這一理字〔註28〕，可見詩人之理確實有其意義並流貫在
作品中。

　　以下便從上文概念，既以物情物理的統一性看杜甫孤舟中面對所遇的所
得，也以面對不同事物所得的第二義觀看杜甫此時的不同面貌，期能在統一
與多元中，揭示杜甫孤舟物理的真實展現。最後關於杜甫的物理既如上文分
析有諸多內涵，理應用更細膩的詞彙分之；但因杜甫既以「物理」一詞表示
自己的用語習慣，後文的討論便依杜甫的用法，除必要之時，盡量以物理一
詞表示。

第二節　物理難齊的人生困境

　　杜甫所以有兩湖飄泊的生活，來自他京華歸路的人生抉擇，杜甫出夔的
原因上一章已有詳細討論，可參。然人生不稱意，兩湖中的生活並不如當初
所想，杜甫在〈大曆三年春白帝城放船出瞿塘峽久居夔府將適江陵漂泊有詩
凡四十韻〉中曾提過：「山林託疲苶，未必免崎嶇」（卷21 頁1872），可知詩

〔註26〕見黃宗羲：《宋元學案》（臺北：河洛圖書出版社，1975 年3 月），卷13，頁6。
〔註27〕見黃宗羲：《宋元學案》，卷13，頁31。
〔註28〕翁方綱認為杜詩之所以偉大，之所以有價值，就是因為杜詩「貫徹上下，無
　　　　所不該」，繼承六經而體現了「理」的存在與美感。關於翁方綱對杜詩的批評
　　　　與認識，詳見徐國能：〈翁方綱肌理說的杜詩批評——兼論厲鶚之杜詩學〉，《清
　　　　代詩論與杜詩批評》（臺北：里仁書局，2009 年9 月），頁239。

人對未來亦多不肯定。果不其然，杜甫兩湖時期確實面臨許多困境，那麼詩人是如何以物理解釋這些所遭所遇？以下便逐項討論。

一、冷暖人間的體會

（一）兩湖涸魚的人情體會

杜甫來到江陵前即有〈行次古城店泛江作不揆鄙拙奉呈江陵幕府諸公〉一詩代為試探之作：

> 老年常道路，遲日復山川。白屋花開裏，孤城麥秀邊。
>
> 濟江元自闊，下水不勞牽。風蝶勤依槳，春鷗懶避船。
>
> 王門高德業，幕府盛才賢。行色兼多病，蒼茫泛愛前。
>
> （卷 21 頁 1874～1875）

老來多舛，道路蹣跚中更有山窮水複的遲日漫漫，而蕭索景象裡，花自逐開，麥秀無邊復對映孤城的單一，心境已投射在眼前所見。杜甫本意有所求，然觀詩中接近自己的卻是蝶、鷗之屬，高德、盛才的諸公們在杜甫蒼茫的感嘆中，似乎冷漠多了。作為開端的招呼之作已顯杜甫於兩湖地區的交遊情況不太理想，未來的生活更是處處遭挫，茲舉幾例為證：

> 交態遭輕薄，今朝豁所思。（〈移居公安敬贈衛大郎〉・節・卷 22 頁 1928～1929）
>
> 病鶻孤飛俗眼醜，每夜江邊宿衰柳。（〈呀鶻行〉・節・卷 22 頁 1931）
>
> 風濤暮不穩，舍棹宿誰門。（〈冬深〉・節・卷 22 頁 1936～1937）
>
> 百年歌自苦，未見有知音。（〈南征〉・節・卷 22 頁 1950）
>
> 驅馳四海內，童稚日餬口。但遇新少年，少逢舊親友。
>
> 低顏下邑地，故人知善誘。後生血氣豪，舉動見老醜。
>
> （〈上水遣懷〉・節・卷 22 頁 1957～1959）

人生「到處潛悲辛」（〈奉贈韋左丞丈二十二韻〉・卷 1 頁 75），彷彿複製長安時期。惟當時身居京華，尚可以有「萬里誰能馴」（〈奉贈韋左丞丈二十二韻〉・卷 1 頁 77）的想像遠離，如今困頓舟中，正似〈水宿遣興奉呈群公〉一詩所指：

> 魯鈍仍多病，逢迎遠復迷。耳聾須畫字，髮短不勝篦。
>
> 澤國雖勤雨，炎天竟淺泥。小江還積浪，弱纜且長堤。

歸路非關北，行舟卻向西。暮年漂泊恨，今夕亂離啼。
童稚頻書札，盤餐詎糝藜。我行何到此，物理直難齊。
高枕翻星月，嚴城疊鼓鼙。風號聞虎豹，水宿伴鳧鷖。
異縣驚慮往，同人惜解攜。蹉跎長泛鷁，展轉屢鳴雞。
嶷嶷瑚璉器，陰陰桃李蹊。餘波期救涸，費日苦輕齎。
杖策門闌邃，肩輿羽翮低。自傷甘賤役，誰愍強幽棲。
巨海能無釣，浮雲亦有梯。勳庸思樹立，語默可端倪。
贈粟囷應指，登橋柱必題。丹心老未折，時訪武陵溪。

（卷 21 頁 1894〜1897）

「竟淺泥」證明的不僅是萬里飛翔的隕落，相對於左思所謂「朱輪竟長衢」〔註29〕的京華權力遊戲，更是杜甫江湖中寸步難行的人生體會。杜甫此刻除魯鈍、多病、耳聾、髮短，尚有到處求助卻仍食不給的問題。面對「我行何到此」的不解，杜甫發出了「物理直難齊」的質疑，卻沒有放棄尋求一絲可能的努力。於是縱然「地險身孤」（卷 21 頁 1895），星月翻湧，乃至如「杖策門闌邃，肩輿羽翮低」的無奈，杜甫自傷外，仍以「甘」一字撐持，繼續在細微言語中寄託人生的巨海想像。只是曾幾何時，壯志竟只能在細語端倪中透露〔註30〕，壯志細語，杜甫的心事顯然易見。須注意的是杜甫雖以巨海為喻，卻是在「餘波期救涸」的對比裡展開，大小之中，壯志與現實的相亢仍然造成杜甫心裡一定程度的傷害。

巨海中最受杜甫注意的莫過於鯨魚，歐麗娟便曾指出杜甫的鯨魚意象一貫是「對『才雄勢大』之一種大生命的充分體現」〔註31〕，如今杜甫從才雄勢大的生命情調一落為涸魚之窮，兩湖飄泊的生活在遠離京華的不安定裡，實有更多杜甫在挫折中的改變。其中最讓我們注目的就是詩人開始用魚比擬受困的自己，恰似生活在水上的形象，如以下引文：

苦搖求食尾，常曝報恩腮。

（〈秋日荊南述懷三十韻〉・節・卷 21 頁 1904〜1909）

〔註29〕 出自左思〈詠史八首之三〉。見逯欽立輯校：《先秦漢魏晉南北朝詩》（臺北：木鐸出版社，1988 年 7 月），頁 733。

〔註30〕 〈別唐十五誡因寄禮部賈侍郎〉：「衰老強高歌」（卷 14 頁 1193）、〈題衡山縣文宣王廟新學堂呈陸宰〉：「高歌激宇宙」（卷 23 頁 2081）。由此，可知杜甫對於理想是喜歡以高歌的形式說出的，則此處語默確實表達出當時處境的艱辛。

〔註31〕 見歐麗娟：《杜詩意象論》（臺北：里仁書局，1997 年 12 月），頁 131。

> 棲託難高臥，飢寒迫向隅。寂寥相呴沫，浩蕩報恩珠。
>
> （〈舟出江陵南浦奉寄鄭少尹審〉‧節‧卷 22 頁 1920～1921）
>
> 監河受貸粟，一起轍中鱗。
>
> （〈奉贈蕭十二使君〉‧節‧卷 23 頁 2052～2054）
>
> 山雉迎舟楫，江花報邑人。論交翻恨晚，臥病卻愁春。
>
> 惠愛南翁悅，餘波及老身。
>
> （〈送趙十七明府之縣〉‧節‧卷 23 頁 2057）

這些詩句把詩人受困的形象生動地表達出來，可與孤舟生活裡的水文特質結合。其實杜甫早期便有一作可與此相參：

> 我來入蜀門，歲月亦已久。豈惟長兒童，自覺成老醜。
>
> 常恐性坦率，失身爲杯酒。近辭痛飲徒，折節萬夫後。
>
> 昔如縱壑魚，今如喪家狗。既無遊方戀，行止復何有。
>
> 相逢半新故，取別隨薄厚。不意青草湖，扁舟落吾手。
>
> （〈將適吳楚留別章使君留後兼幕府諸公〉‧節‧卷 12 頁 1064～1066）

草堂時期的杜甫自比以前爲縱壑之魚，意指人生得意順遂；而今「成老醜」，竟淪落爲喪家狗，可知杜甫失意的人生並非從兩湖開始。這首詩還有一個值得我們注意的地方，此詩名爲〈將適吳楚留別章使君留後兼幕府諸公〉，可見杜甫無論在草堂或者夔州都一心一意想要到吳楚地區；當詩人再度提起此事時，將魚／狗作一並列，透過「昔如縱壑魚，今如喪家狗」一句作出優劣分判，可見江陵一帶的水文條件與交通習慣確實讓杜甫相信未來必能再如昔日之縱壑魚，悠遊人生的理想大海。作者如此有意識的安排，引領我們相信江陵的生活充滿希望，只是耐人尋味的是杜甫在草堂的居住生活乃是陸地，那麼比喻此時失意的自己爲喪家之狗便可得到依據。如今杜甫已到江陵，甚至是更廣泛的吳楚地區，卻失意地將自己比喻成過往的縱壑魚，兩湖一地的生活必然嚴重影響杜甫的心態，使得縱壑的想望一落爲泥淖中的涸魚。事實上，杜甫對於這裡的人情便有一處結論如下：

> 羈旅知交態，淹留見俗情。衰顏聊自哂，小吏最相輕。
>
> 去國哀王粲，傷時哭賈生。狐狸何足道，豺虎正縱橫。
>
> （〈久客〉‧卷 22 頁 1936）

兩湖地區的情狀筆者已有交代，此處僅在藉由「羈旅知交態，淹留見俗情」一聯說明杜甫此刻所得的「物理」。杜甫到江陵一帶本是爲求一處較好的環境安置

全家，再踏上陸路回歸京華。如今旅途的中繼站失了補給的意義，小吏只是旅途中最輕視杜甫的一群分子，依著比較的級數遞升，在沒有設定限制的情況下，輕視杜甫的人數將是充滿想像空間而讓人心驚。此詩以引發戰亂為喻的豺虎對比小吏一群人的狐狸形象，實則在杜甫眼前生活中，狐狸的影響絕對是最急迫的一環，如同「君知天地干戈滿，不見江湖行路難」（〈夜聞觱篥〉‧卷 22 頁 1941）所指，也許可將之理解為見大事而小事不足為驚，又何嘗不可以視為對眼前生活的一種直指，凸顯干戈痛恨下，行路難的直接影響。

不管杜甫對來到江陵一地有何期待，澆薄的人情必與心中所想不同，遑論符應心中價值觀，「上貴見肝膽，下貴不相疑」（〈奉送魏六丈佑少府之交廣〉‧卷 22 頁 2022～2025），在不斷的旅程中，雖然決定仍是自己所做，可大部分旅程都是因外在環境、時勢影響，詩人才云「羈旅」、「淹留」，顯現行蹤所履，存在著不自由。杜甫透過行旅體會了人情世故，則此處「物理」所示乃是一社會人生的觀察，與杜甫心目中的人際原則有著極大差異外，更是對社會制度的一種指責，實為不堪之體會。

（二）旅情中親友的溫暖

杜甫兩湖生活誠然不順，無怪乎趙翼云：

> 迨至湖南，則更流徙丐貸，朝不謀夕，遂以牛肉白酒，一醉飽而歿。
> 天以千秋萬歲名榮之於身後，而斗粟尺縑，偏靳之於生前，此理真
> 不可解也。〔註32〕

不可解的不只杜甫自己〔註33〕，連後人都有此感受，可見兩湖辛苦之一斑。杜甫在〈登岳陽樓〉中說道：「親朋無一字，老病有孤舟。」（卷 22 頁 1946）登臨望遠，湖上照映的乾坤不僅是自己沉浮多年的人生寫照〔註34〕，也是冷漠人情裡，杜甫孤獨舟行的對比。然而外界影響固是沉重，倘若身旁猶有親友陪伴，生命至少還能存在一些溫暖。無奈親朋凋零是詩中記載的真實，那麼如〈上水遣懷〉裡「驅馳四海內，童稚日糊口。但遇新少年，少逢舊親友」（卷 22 頁 1957）的新舊差異，便成為杜甫心裡更為深沉的打擊。惟故舊已逝，

〔註32〕見〔清〕趙翼：《甌北詩話》，引自郭紹虞編：《清詩話續編》（臺北：木鐸出版社，1983 年 12 月），頁 1160～1161。另關於吃牛肉致死之說，可參前文所引陳文華之著作。

〔註33〕可參前文所說：「我行何到此，物理直難齊。」

〔註34〕「乾坤日月浮」者，不只是描寫洞庭湖之大，更在「浮」一字上暗喻了自己飄泊之感與沉浮的人生道路，寫出了兩湖舟船人生中的感受。

孤舟境遇中，亦可有新交的可能，也許大多數兩湖的交往都如杜甫自己所說：
「羈旅知交態，淹留見俗情。衰顏聊自哂，小吏最相輕。」（〈久客〉‧卷 22
頁 1957）「新人不如故」確實讓人心酸，人海芸芸，卻也並非都無溫情。如上
一章筆者所言即有不少舟中認識的朋友，此處筆者強調的是友情所帶來的溫
暖，如〈舟出江陵南浦奉寄鄭少尹審〉：

> 更欲投何處，飄然去此都。形骸元土木，舟楫復江湖。
>
> 社稷纏妖氣，干戈送老儒。百年同棄物，萬國盡窮途。
>
> 雨洗平沙淨，天銜闊岸紆。鳴螿隨泛梗，別燕起秋菰。
>
> 棲託難高臥，飢寒迫向隅。寂寥相呴沫，浩蕩報恩珠。
>
> 溟漲鯨波動，衡陽雁影徂。南征問懸榻，東逝想乘桴。
>
> 濫竊商歌聽，時憂下泣誅。經過憶鄭驛，斟酌旅情孤。
>
> （卷 22 頁 1920～1921）

開頭「更欲」寫出無窮悲痛，乘舟而來的結果竟是如此，詩人滿懷希望，卻
在冷暖中轉為絕望，那麼人生到底何處是歸途？復來復往的舟楫江湖，戰亂
滿天地的時局，杜甫在不堪中，心灰意冷地將自己比為「棄物」。歷史洪濤所
棄置的生命，面目已不需修飾〔註35〕，如同屈原行吟澤畔的形象：「顏色憔悴，
形容枯槁」〔註36〕，無怪乎杜甫有了飄然之感和「磊落衣冠地，蒼茫土木身」
（〈奉贈蕭二十使君〉‧卷 23 頁 2053）之嘆。曾是士宦之族的衣冠出身，如今
蒼茫裡，只有土木身這樣環境摧殘下不復衣冠的現實身影，離開了對土地與
身分的肯認，在「敗則歸土」與「未知所止息」〔註37〕的預想中，同舟中蒼
茫之味飄轉。然而杜甫並非只有傾訴困境而已，仇注：「每有經過，便思鄭尹，
為其能酌酒以慰旅情。」（卷 22 頁 1922）足見冷漠人情裡，仍有讓杜甫安慰
的情誼存在，哪怕只是一壺酒，都可以溫暖杜甫旅情上的孤獨。浦起龍更言：

〔註35〕《世說新語‧容止》：「康長七尺八寸，偉容色，土木形骸，不加飾屬，而龍章
　　　　鳳姿，天質自然。」又：「劉伶身長六尺，貌甚醜頓，而悠悠忽忽，土木形骸。」
　　　　形骸：指人的形體。形體像土木一樣。比喻人的本來面目，不加修飾。見徐震
　　　　堮：《世說新語校箋》（臺北：文史哲出版社，1989 年 9 月），頁 335、337。
〔註36〕出自〈漁父〉一篇。見崔富章、李大明主編：《楚辭集校集釋》（湖北：湖北
　　　　教育出版社，2002 年 10 月），頁 2020。
〔註37〕《史記‧孟嘗君列傳》：「蘇代謂（孟嘗君）曰：『今旦代從外來，見木偶人與
　　　　土偶人相與語。木偶人曰：『天雨，子將敗矣。』土偶人曰：『我生於土，敗
　　　　則歸土。今天雨，流子而行，未知所止息也。』」見〔漢〕司馬遷著‧瀧川龜
　　　　太郎考證：《史記會注考證》，頁 2354。

「去江陵之故，為相呴無人，報恩無所，是以舍然去此耳」〔註38〕，則杜甫除了傷心澆薄、感念人情外，想到的還有自己的報恩無所，無論生活顛沛，杜甫的心腸總是如此自省。龔自珍曾有詩云：

> 陶潛磊落性情溫，冥報因他一飯恩。

> 頗覺少陵詩吻薄，但言朝叩富兒門。〔註39〕

以杜甫詩吻薄對比陶淵明的性情溫，若只是創作上一時玩笑，指長安時期的干請奔波，或猶可接受；若從整體生命來看，龔自珍未免錯看杜甫，畢竟兩湖飄泊的歲月，苦悶的書寫外，也有杜甫對人性始終的細膩與體貼。

除了上述贈酒的溫暖，生活裡也有贈詩的溫情，如〈酬郭十五受判官〉〔註40〕所述便是這樣的感動。但在兩湖詩中，溫暖恆常只是一瞬而逝的存在，辛苦仍是不變，所以偶而也見杜甫對生活的自我解嘲，如〈纜船苦風戲題四韻奉簡鄭十三判官〉：

> 楚岸朔風疾，天寒鶬鴰呼。漲沙霾草樹，舞雪渡江湖。

> 吹帽時時落，維舟日日孤。因聲置驛外，為覓酒家壚。

> （卷22頁1946）

沙霾與雪渡，人生狂風不只吹起自然的反撲，也吹走杜甫身上的溫暖。杜甫卻將帽子時時被吹落的自我衰頹，以一瀟灑豁達的典故表出〔註41〕，雖然在「維舟日日孤」的相對下，幽默中仍然暗露詩人受盡折磨的辛酸，但與年輕時創作的詩歌相較〔註42〕，仍可見杜甫的胸襟與器度〔註43〕。雖然索酒禦寒的請託中，杜甫或

〔註38〕 見〔清〕浦起龍：《讀杜心解》，頁800。

〔註39〕 見〔清〕龔自珍：《定盦詩集》，出自《龔定盦全集》（臺北：新文豐出版股份有限公司，1975年3月），頁20。

〔註40〕 「才微歲晚尚虛名，臥病江湖春復生。藥裹關心詩總廢，花枝照眼句還成。只同燕石能星隕，自得隋珠覺夜明。喬口橘洲風浪促，繫帆何惜片時程。」（卷22頁1982）

〔註41〕 《世說新語·識鑒》：「君字萬年……後為征西桓溫參軍。九月九日，溫遊龍山，參僚畢集。時佐史並著戎服，風吹嘉帽墮落，溫戒左右勿言，以觀其舉止。嘉初不覺，良久如廁。命取還之，令孫盛作文嘲之，成，著嘉坐。嘉還，即答，四坐嗟歎。」詳見徐震堮：《世說新語校箋》，頁220～221。

〔註42〕 〈九日藍田崔氏莊〉：「老去悲秋強自寬，興來今日盡君歡。羞將短髮還吹帽，笑倩旁人為正冠。藍水遠從千澗落，玉山高並兩峰寒。明年此會知誰健，醉把茱萸子細看。」（卷6頁490）

〔註43〕 孟嘉落帽，前世以為勝絕。杜子美《九日詩》云：「羞將短髮還吹帽，笑倩旁人為正冠。」其文雅曠達，不減昔人。故謂詩非力學可致，正須胸肚中洩爾。見〔宋〕陳師道：《陳師道詩話》，引自吳文治主編：《宋詩話全編》，頁1016。

者也感到羞赧，故「頗以『覓酒』爲面覥，故題曰『戲』」〔註44〕。不論羞赧也好，戲題也罷，我們總能看見杜甫努力以幽默在人生疏解中增添一點釋懷，就算效果不是很大，自我解嘲中，也可看見詩人的努力。

解嘲之中除了看見杜甫的幽默，也可知杜甫性格中曠達的一面，故當飄泊之中遇到相似性格的朋友，心情自然雀躍歡欣，如〈蘇大侍御訪江浦賦八韻記異〉：

> 蘇大侍御渙，靜者也，旅於江側。不交州府之客，人事都絕久矣。
> 肩輿江浦，忽訪老夫舟楫，已而茶酒內。余請誦近詩，肯吟數首，
> 才力素壯，辭句動人。接對明日，憶其湧思雷出，書籠几杖之外殷
> 殷留金石聲，賦八韻記異，亦見老夫傾倒於蘇至矣。
>
> 龐公不浪出，蘇氏今有之。再聞誦新作，突過黃初詩。
> 乾坤幾反覆，揚馬宜同時。今晨清鏡中，白間生黑絲。
> 余髮喜卻變，勝食齋房芝。昨夜舟火滅，湘娥簾外悲。
> 百靈未敢散，風破寒江遲。（卷22頁2014～2015）

「旅於江側」與「人事絕久」的靜者姿態和杜甫兩湖情境頗有相似之處；然而吟誦之中，如金石雷出的才力素壯才是讓杜甫更加傾倒的原因。彷彿舊時與李白的相遇，又或者與鄭虔共飲的場景，當生命以一種同質的狀態相撞，喜悅之外，更多的便是知音難覓的珍惜。此刻疊唱著年輕時的壯烈高歌，從「但覺高歌有鬼神」（〈醉時歌〉・卷3頁176）的醉飲，到「詩成泣鬼神」（〈寄李十二白二十韻〉・卷8頁661）的記憶，以及當下「百靈未敢散」的變怪百出，杜甫面對知交時的生命展現往往可以干動冥界，營造出苦澀現實裡的回春現象〔註45〕。王嗣奭云：「從來文人多忌，而公樂道人善，不當口出。遇此其人，遂發其興，如此詩亦從來所少，未嘗不受賢友之益也。」〔註46〕樂道人之善是杜甫的長處，在飄泊的生涯中遇到一位極具特色的朋友，其中所發之興或許更是杜甫創作這首詩的關鍵，紀念著一位友人帶來的激動和安慰，以及舟中生涯裡的相見恨晚〔註47〕。

〔註44〕見〔清〕浦起龍：《讀杜心解》，頁583。
〔註45〕「今晨清鏡中，白間生黑絲。余髮喜卻變，勝食齋房芝。」白髮轉黑，正似生命從冬天到春天的生機再現。
〔註46〕見〔明〕王嗣奭著，曹樹銘增校：《杜臆增校》，頁638。
〔註47〕相見恨晚之感在杜甫此時的詩中確實是存在的，如：「論交翻恨晚，臥病卻愁春。」（〈送趙十七明府之縣〉・卷23頁2057）。

　　上述事件照亮了杜甫飄泊中的生命，然兩人雖時有來往，朋友仍有聚散如萍的一天。據《杜甫親眷交遊行年考》所記〔註 48〕，蘇煥後來入陽濟幕，甚至在平定潭州之亂後，轉至廣州投奔嶺南節度使李勉，不論朋友帶給杜甫的感動有多少，真正與杜甫關係最深且相伴左右的仍是一同流離的家人。這段日子，不僅孩子只能餬口，甚至也有了生死的惆悵〔註 49〕，處境實不堪想像；且如緒論所引趙翼之言，流寓與居住間的關係確實重要，故趙翼方有累人之說〔註 50〕。此說究竟符不符合杜甫自己所想，仍須回到文本討論，筆者統計杜甫兩湖時期的詩歌，描寫家人之作並不多；但從集中片段的提及，仍可做一些捕捉。杜甫在〈遣遇〉寫道：

　　磬折辭主人，開帆駕洪濤。春水滿南國，朱崖雲日高。
　　舟子廢寢食，飄風爭所操。我行匪利涉，謝爾從者勞。
　　石間采蕨女，鬻市輸官曹。丈夫死百役，暮返空村號。
　　聞見事略同，刻剝及錐刀。貴人豈不仁，視汝如莠蒿。
　　索錢多門戶，喪亂紛嗷嗷。奈何點吏徒，漁奪成逋逃。
　　自喜遂生理，花時甘縕袍。（卷 22 頁 1959～1960）

詩歌表現出對民困的慨歎，揭露剝削與勞役等問題外，我們發現杜甫對於家庭破碎的問題亦有所指涉。倘若以詩歌尾處杜甫對自己目前尚能一遂生理的情況來看，除了官宦世家「生常免租稅，名不隸征伐」（〈自京赴奉先縣詠懷五百字〉‧卷 4 頁 273）的保障外，杜甫喜悅的另一原因恐怕就是家庭的完整。〈送盧十四弟侍御護韋尚書靈櫬歸上都二十四韻〉中亦云：「眼冷看征蓋，兒扶立釣磯」（卷 23 頁 2014），送別之時，兒子扶著自己立磯遙望，雖與友人相見機會渺茫，詩歌因而充滿悲傷；但小孩牽扶在側，體貼的表現裡，也可見證杜甫與家人的關係不錯，尤其冷眼寂寞裡，有一雙手攙扶，確實為冷肅的環境帶來一些溫暖。

　　這樣的家庭支持在顛沛流離中更顯珍貴，故舟中生活多苦，只要家人還在身邊，生活便可擁有「自喜遂生理」的感動，如〈入衡州〉一詩：

〔註 48〕 詳見陳冠明、孫愫婷：《杜甫親眷交遊行年考》（上海：上海古籍出版社，2006
　　　　　年 12 月），頁 236～237。
〔註 49〕 「瘞夭追潘岳，持危覓鄧林。」（〈風疾舟中伏枕書懷三十六韻奉呈湖南親友〉‧
　　　　　卷 23 頁 2094）
〔註 50〕 「少陵則偃師、杜曲尚有家可歸，且身是郎官，赴京尚可補選，乃不作歸計，
　　　　　處處卜居，想以攜家不能遠涉之故。甚矣妻子之累人也！」見〔清〕趙翼：《甌
　　　　　北詩話》，引自郭紹虞編：《清詩話續編》，頁 1157～1158。

> 遠歸兒侍側，猶乳女在旁。久客幸脫免，暮年慚激昂。
>
> （節・卷 23 頁 2069）

面對困厄，杜甫不自激昂，雖然帶著家人逃難確實辛苦，「侍側」與「在旁」仍可見杜甫對家人猶在身邊的感動。〈逃難〉一詩也寫著：

> 乾坤萬里內，莫見容身畔。妻孥復隨我，回首共悲歎。
>
> （節・卷 23 頁 2073）

共悲歎是舉家一同在亂世流離的深沉表述，但乾坤底下莫可容身的自己還有家人在旁，亦不能不說是大幸。何況前文已提及杜甫到兩湖地區有一部分原因就是為了與弟弟相見，雖然杜甫沒有說明與弟弟相聚後仍然飄泊的原因〔註51〕，可與家人同在確實是他生命裡一件重要的事情與支持〔註52〕，縱然「十年蹜蹜將雛遠」是人生至悲，家人與共卻也是一種幸福。

（三）人情冷暖中的兩極共存

一些感動與溫暖是重要的，亦可看出杜甫心中對於「浮生理」的渴望；外在的打擊卻不曾間斷，南征中，杜甫嘗試為兩湖的困境作出解釋，提到了：「老病南征日，君恩北望心。百年歌自苦，未見有知音。」（卷 22 頁 1950）可見杜甫一直將北歸視為人生最終目標；然而反省中，杜甫似乎也明瞭知音難覓是他一生痛苦的原因，不論是君臣間，還是朋友間。在這樣的體悟下，杜甫於〈發白馬潭〉裡，寫出了更多感受：

> 水生春纜沒，日出野船開。宿鳥行猶去，叢花笑不來。
>
> 人人傷白首，處處接金杯。莫道新知要，南征且未迴。
>
> （卷 22 頁 1972～1973）

〔註51〕 施鴻保：「此時杜位在衛伯玉幕，為行軍司馬，觀亦在幕，已授官否，雖不可知，然自藍田遠取妻子而來，似非不能兼顧其兄者。位是從弟，且李林甫之婿，人本勢利，前守歲詩注已言之，則尚可不計；觀是公最小弟，公詩屢及之，親愛甚於豐、穎、占三人，且公因其書相邀而來，何亦漠然不顧，與位相同耶？惟既寄書邀公，似非薄於親愛者，或所娶之妻不賢故也。公前多憶觀詩，自此以後，遂無一詩相及，當知其薄於待兄，而心亦冷耳。世俗澆薄，此等人甚多，亦可嘆已。」關於杜甫到兩湖後與弟弟之間關係的推敲，雖無一定原因，然施鴻保所說亦不無可能，或可暫為一說。見〔清〕施鴻保：《讀杜詩說》（臺北：臺灣中華書局，1986 年 11 月），頁 216。

〔註52〕 歐麗娟即言：「一起同甘共苦的人倫親常乃是杜甫衷心的情感依歸。」見歐麗娟：《唐代詩歌與性別研究——以杜甫為中心》（臺北：里仁書局，2008 年 9 月），頁 30。

浦起龍言：「當由客途情面不可倚恃而發」﹝註53﹞，指杜甫面對客途中的人情冷暖，有一層不可倚恃的體會，所以才有「『宿鳥』之成『行』者，猶背我而去；『叢花』之含『笑』者，不隨我而來。物情且然，而況世情乎」﹝註54﹞的描寫，畢竟當物情都選擇冷漠以對時，舟中的杜甫實難有寬慰之感，而在「冷眼孤情，閒中閱破」﹝註55﹞的嗟嘆下，一向待人溫厚的杜甫，竟也有了「莫道新知要」的表述，物情對比下，物理的體認也帶出悲傷。

悲傷的道路是不止息的，「年年非故物，處處是窮途」（〈地隅〉‧卷23頁2030），遂使得心情更加沮喪，於是在「平生心已折，行路日荒蕪」（〈地隅〉‧卷23頁2030）中，杜甫以〈早發〉一詩為複雜的人生寫下兩難的感受：

> 有求常百慮，斯文亦吾病。以茲朋故多，窮老驅馳併。
> 早行篙師怠，席掛風不正。昔人戒垂堂，今則奚奔命。
> 濤翻黑蛟躍，日出黃霧映。煩促瘴豈侵，頹倚睡未醒。
> 僕夫問盥櫛，暮顏覷青鏡。隨意簪葛巾，仰慚林花盛。
> 側聞夜來寇，幸喜囊中淨。艱危作遠客，干請傷直性。
> 薇蕨餓首陽，粟馬資歷聘。賤子欲適從，疑誤此二柄。
> （卷22頁1967）

此詩展現了兩極共存的視角與物理，首先是針對應酬與文學間的兩極。應酬是杜甫飄泊中無法避免的求生方法之一，然而「有求常百慮，斯文亦吾病。以茲朋故多，窮老驅馳併」，詩歌的書寫本有「詩是吾家事」（〈宗武生日〉‧卷17頁1477）的意義存在，如今卻成了應酬用，一則理想，一則生活，這是詩人面對的第一種兩極。第二種兩極來自生活的方式，「艱危作遠客，干請傷直性」，危難中難以遠行，因此作客便成必然；但客居途中須低聲求人，干請又傷害本性，於是面對生活的兩極，杜甫又是一陣苦楚。以上兩種情況或可約化為一種，即理想與現實的衝突，無論是詩歌與遠行，都是杜甫的初衷；而應酬與干請則是生活無奈下的必然，以此瞭解這首詩，「薇蕨餓首陽，粟馬資歷聘。賤子欲適從，疑誤此二柄」便可以得到比較清楚的認識。仇注對此云：「言不能抗節高隱，如夷齊之窮餓；又不屑屈己逢人，如儀秦之歷聘。進退兩無所適，幾疑誤於此二途矣。」（卷22頁1967）可見杜甫在高隱與歷聘

﹝註53﹞見〔清〕浦起龍：《讀杜心解》，頁584。
﹝註54﹞見〔清〕浦起龍：《讀杜心解》，頁584。
﹝註55﹞見〔清〕浦起龍：《讀杜心解》，頁584。

這兩種生命情調中的徘徊。然前面已指出杜甫的兩極乃在理想與現實的衝突，那麼不論高隱或歷聘〔註56〕，都不算是杜甫真正的選擇，畢竟杜甫既以「致君堯舜上」（〈奉贈韋左丞丈二十二韻〉‧卷1頁74）為念，二柄不過是舉之以表處境艱難，高隱是理想難行的獨善之道，歷聘則指現實無奈下的奔波。

如上所述，杜甫面對人生的選擇並非表面高隱／歷聘二者，而是生命中理想與現實的衝突，這樣的想法在兩湖中不斷出現，在〈詠懷二首〉中以深沉的物理表達而出：

> 人生貴是男，丈夫重天機。未達善一身，得志行所為。
> 嗟余竟轗軻，將老逢艱危。胡雛逼神器，逆節同所歸。
> 河洛化為血，公侯草間啼。西京復陷沒，翠蓋蒙塵飛。
> 萬姓悲赤子，兩宮棄紫微。倏忽向二紀，奸雄多是非。
> 本朝再樹立，未及貞觀時。日給在軍儲，上官督有司。
> 高賢迫形勢，豈暇相扶持。疲苶苟懷策，棲屑無所施。
> 先王實罪己，愁痛正為茲。歲月不我與，蹉跎病于斯。
> 夜看酆城氣，回首蛟龍池。齒髮已自料，意深陳苦詞。
>
> 邦危壞法則，聖遠益愁慕。飄颻桂水遊，悵望蒼梧暮。
> 潛魚不銜鈎，走鹿無反顧。皦皦幽曠心，拳拳異平素。
> 衣食相拘閡，朋知限流寓。風濤上春沙，千里侵江樹。
> 逆行值吉日，時節空復度。井竈任塵埃，舟航煩數具。
> 牽纏加老病，瑣細隘俗務。萬古一死生，胡為足名數。
> 多憂汗桃源，拙計泥銅柱。未辭炎瘴毒，擺落跋涉懼。
> 虎狼窺中原，焉得所歷住。葛洪及許靖，避世常此路。
> 賢愚誠等差，自合受馳騖。羸瘵且如何，魄奪鍼灸屢。
> 擁滯僮僕慍，稽留篙師怒。終當掛帆席，天意難告訴。
> 南為祝融客，勉強親杖屨。結託老人星，羅浮展衰步。
>
> （卷22頁1978～1981）

〔註56〕方瑜曾提到：「他（杜甫）的理想是在『復見陶唐理』的條件下，才『甘為汗漫遊』。亦即重睹太平之日，始能甘隱而無憾。」見方瑜：《杜甫夔州詩析論》，頁126。筆者十分認同此處文字，杜甫的歸隱從來都是有條件的，可知杜甫心心念念仍在天下。又杜甫曾言：「不做河西尉，淒涼為折腰」（〈官定後戲贈〉‧卷3頁245），可知杜甫亦非為權貴低頭之人，故筆者乃認為二柄作為結尾，並非杜甫心中真正的矛盾，理想與現實的衝突，才是他心中真正憂鬱所在。

詩的開端即是一串體悟的物理,「人生貴是男,丈夫重天機。未達善一身,得志行所爲」,如此觀念來自儒家兼善與獨善的傳統,實則若能選擇,兼善仍是多數文人的目標,這是中國文人常見的價值擇取。然環境過於惡劣,使得杜甫未能如此,故言:「萬古一死生,胡爲足名數」,誠爲憤言〔註 57〕。如此體認是「我行何到此,物理直難齊」的深化,杜甫本就對名數有一定在乎,觀杜甫對京華的遙望與家族傳統的欣賞即知,「素髮乾垂領,銀章破在腰」(〈奉贈盧五丈參謀琚〉‧卷 22 頁 2001~2003)一聯更生動地以佩戴之物說明杜甫這種堅持,與屈原佩帶香草的執著有著如出一轍的複製。如今表示爲憤言,仍見杜甫心中的積極面,到了第二首詩結尾:「結託老人星,羅浮展衰步」,便顯得消極了。

杜甫最後的選擇當是積極的,如〈暮秋將歸秦留別湖南幕府親友〉一詩中所云:

> 水闊蒼梧野,天高白帝秋。途窮那免哭,身老不禁愁。
>
> 大府才能會,諸公德業優。北歸衝雨雪,誰憫敝貂裘。
>
> (卷 23 頁 2089)

一片蒼茫中,杜甫決定面對雨雪的衝擊北歸,亦即面對人生冬雪的挑戰,可見詩人並非沒有放棄;然據王嗣奭言:「觀『敝貂裘』語,知其尚缺歸資,所以竟卒於潭、岳之間」〔註58〕,知杜甫仍十分窮困,在物資猶然匱乏的時刻,到底是什麼原因讓杜甫毅然走上這路?或許人情冷暖中的認清是其一,而涸魚猶存壯志亦是可能。但若觀上述兩極中的衝突,也許杜甫選擇坦然面對自己心中所想,正是他對生命的最後選擇,在選擇中,堅持了一生的信念〔註59〕。如此,說杜甫情緒因衝突而模糊尚可,其聲卻不曾暗啞,而有生命的力道存在;只是這決定已是大曆五年(770)的事了,這段時間裡,杜甫面對的不只自己選擇的兩極共存,還有生活上的兩難相交。

二、孤舟生涯的兩難人生

前面談到杜甫對人情冷暖的物理體認,如此人生打擊勢必對滿懷希望而來的杜甫造成傷害,也違背自適自在的物情觀。可杜甫除了人情的挫折外,

---

〔註57〕見〔清〕浦起龍:《讀杜心解》,頁 203。
〔註58〕見〔明〕王嗣奭著,曹樹銘增校:《杜臆增校》,頁 656。
〔註59〕此點筆者在天地孤舟中的生命展現一節裡,將會以更多文獻證明。

尚須面對運會下的艱辛，尤其舟中不可安居，更無法長住，重以回京之路艱難，去住兩難下，杜甫到底表達了什麼樣的物理觀？

（一）物色變遷中的歸路無期

孤舟生活在水上，來來去去，對時間也多少有些感觸，如〈曉發公安〉：

北城擊柝復欲罷，東方明星亦不遲。

鄰雞野哭如昨日，物色生態能幾時。

舟楫眇然自此去，江湖遠適無前期。

出門轉眄已陳跡，藥餌扶吾隨所之。（卷22 頁 1937～1938）

猶在昨日印象裡的擊柝、明星、鄰雞、野哭等，如今已在今朝，然如此日復一日又能有多久？倘若舟楫一盪，眇然中又是不同天地，物色生態到底能以何面目存在？杜甫在飄泊的舟中，或因人情冷暖的感觸而難過，可舟中生活裡的流去不息也為他帶來許多體悟。一逝之間已為陳跡，則人類步履之際，那一步是真實存在？面對江湖的無前期，茫茫然的孤舟體驗更是杜甫的人生體驗，畢竟踏過許多土地的杜甫，在京華之前又有那一步是他所能接受，誠如邊連寶所謂：「從無可奈何逼出達觀，卻正是打熬不過也。」〔註60〕攜伴藥餌為扶持的人生，只有「隨所之」的寬慰語，實際上正如浦起龍所問：「終誰依耶？」〔註61〕杜甫也未必可知。

杜甫仍心思北歸，如〈宿青草湖〉：「湖雁雙雙起，人來故北征。」（卷22 頁 1953）在雁字飛翔時，點出自己也欲北征的念頭，物情人情，實難細分。關於歸雁所代表的意義以及與杜甫間的關聯已有討論〔註62〕，古典詩歌中亦有許多例子，蔡琰〈悲憤〉詩即說：

胡笳動兮邊馬鳴，孤雁歸兮聲嚶嚶。〔註63〕

詩人在動物的聲音裡尋到同樣的故鄉情懷；然雁聲雖哀，卻終究能歸返，同〈胡笳十八拍〉所寫：

雁南征兮欲寄邊聲，雁北歸兮為得漢音，

雁飛高兮邈難尋，空斷腸兮思愔愔。〔註64〕

〔註60〕見〔清〕邊連寶：《杜律啓蒙》，頁 474。

〔註61〕見〔清〕浦起龍：《讀杜心解》，頁 678。

〔註62〕見王正利：《杜甫詩中之意志與命運衝突研究——以意象為核心之探討》（臺北：國立台灣大學中國文學研究所碩士論文，2005 年 6 月），頁 159～168。

〔註63〕出自漢朝蔡琰〈悲憤〉。見逯欽立輯校：《先秦漢魏晉南北朝詩》，頁 201。

〔註64〕見逯欽立輯校：《先秦漢魏晉南北朝詩》，頁 202。

反觀人類只能循著雁聲一寄思鄉之情，一樣思鄉兩樣情，物情人情中可以有相通之處，卻不代表結局一致。杜甫在〈歸雁二首〉中也有相同表示，甚至添加了連物情也毀滅的悲劇：

> 萬里衡陽雁，今年又北歸。雙雙瞻客上，一一背人飛。
>
> 雲裏相呼疾，沙邊自宿稀。繫書元浪語，愁寂故山薇。
>
> 欲雪違胡地，先花別楚雲。卻過清渭影，高起洞庭群。
>
> 塞北春陰暮，江南日色曛。傷弓流落羽，行斷不堪聞。
>
> （卷 23 頁 2059～2060）

「又北歸」、「背人飛」點出杜甫舟中觀望的北歸念頭，尤其「一一」一詞，彷彿讓我們看到杜甫細數歸雁的場景，則「一一」中既可連成杜甫綿綿的想念，也可斷成杜甫寸寸的絕望。北歸不得，書信亦不見，甚至有著因弓落羽的墜雁，杜甫望雁思歸的惆悵不僅在物情得歸中擴大，也在墜落的羽毛裡倍增。關於歸雁所寄寓的家鄉之思在杜甫很多作品裡都可以看到，如：「旅雁上雲歸紫塞」（〈清明二首·其二〉·卷 22 頁 1970）、「鴻雁將安歸」（〈北風〉·卷 23 頁 2025）等。王正利有這麼一段論述：

> 他看到雁，心中率先浮現的是自身的不得回歸的困境，這是無可否認的現實。其次，杜甫不因現實壓力而放棄歸鄉的渴盼，他雖身不得回，但心總在期盼，他希望終有回歸故鄉的時候，這是他主觀的意志。〔註65〕

此段文字說得頗為詳細，然而現實與主觀意志中，或者如筆者所言的理想與現實裡，深藏在心中的苦痛仍是兩湖時期中明顯的氛圍，如水，似舟。

物情牽動的茫然不只對空遙望的歸雁而已，舟中生活的燕子也可以觸起杜甫一心漣漪，如〈燕子來舟中作〉：

> 湖南為客動經春，燕子銜泥兩度新。
>
> 舊入故園常識主，如今社日遠看人。
>
> 可憐處處巢居室，何異飄飄託此身。
>
> 暫語船檣還起去，穿花貼（一作落）水益霑巾。（卷 23 頁 2063）

燕子與雁皆是候鳥，與雁不同的是牠們多築巢樑上，與人相近而有居家之特色。又因燕子是候鳥，所以一般文人寫燕多從歸返的角度切入，寄予書寫者之深情厚意，如宋玉〈九辯〉所說：

〔註65〕見王正利：《杜甫詩中之意志與命運衝突研究——以意象為核心之探討》，頁168。

> 悲哉秋之爲氣也！蕭瑟兮，草木搖落，而變衰。……燕翩翩其辭歸
> 兮，蟬寂漠而無聲，雁廱廱而南游兮，鵾雞啁哳而悲鳴。獨申旦而
> 不寐兮，哀蟋蟀之宵征。時亹亹而過中兮，蹇淹留而無成。〔註66〕

秋天一到，群燕翩翩辭歸；人卻不然，「時亹亹而過中兮，蹇淹留而無成」的
情形常是生命的眞實場景。時光流逝，人卻無成，燕子的去來常與人的淹留
形成對比〔註67〕。杜甫此詩不同上述秋天辭歸的燕子，場景既來到春天，辭
歸的燕子自然也轉爲歸來的一種象徵，對比著不能歸鄉的自己。盧元昌曰：「公
詠雁則云傷弓落羽，詠燕則云穿花落水，流落飄零之感，俱情見乎詞。」（卷
23頁2064）無論是雁字難書的墜落或者穿花落水的燕子，杜甫飄泊的感受一
再陳述而出。中間四句看似談燕，但以杜甫一生推敲，何嘗不是杜甫自己的
化身，如仇注所引：「識主、看人，世不憐公，而燕獨相憐。巢室託身，公方
憐燕，而旋復自憐矣。」（卷23頁2063）憐他與自憐間，在流離人生中連成
一片，隨同舟中生活裡的飄泊，在江湖遠適裡模糊了歸去的可能性。

　　對於歸去越發模糊的體悟，莫過於春天對照下的絕望，如前詩中「湖南
爲客動經春」，而在〈宿白沙驛〉裡則提到：

> 水宿仍餘照，人烟復此亭。驛邊沙舊白，湖外草新青。
> 萬象皆春氣，孤槎自客星。隨波無限月，的的近南溟。

（卷22頁1954）

杜甫喜歡以春天表達生機與希望，此可如「悲風爲我從天來」與「溪壑爲我
回春姿」（〈乾元中寓居同谷縣作歌七首〉・卷8頁693～698）所寫，看見杜甫
如何以心靈的無限，在滿天悲風的蒼涼中，造出豁然開朗的春意。方瑜在討
論〈秋興八首〉也這麼說：

> 杜甫終於超越自身白首低垂的老衰形貌與唐室中衰難振的困境，以
> 詩筆成功地召回了盛年的歡愉和盛世的春天。〔註68〕

〔註66〕見崔富章、李大明主編：《楚辭集校集釋》，頁2045～2052。
〔註67〕如曹丕〈燕歌行〉：「秋風蕭瑟天氣涼，草木搖落露爲霜。羣燕辭歸雁南翔，
　　　念君客遊思斷腸，慊慊思歸戀故鄉，君何淹留寄他方。」見逯欽立輯校：《先
　　　秦漢魏晉南北朝詩》，頁394。又如陶淵明〈雜詩〉第十二首：「我行未云遠，
　　　回顧慘風涼。春燕應節起，高飛拂塵梁。邊雁悲無所，代謝歸北鄉。離鵾鳴
　　　清池，涉暑經秋霜。愁人難爲辭，遙遙春夜長。」見〔晉〕陶淵明著，逯欽
　　　立校注：《陶淵明集》（臺北：里仁書局，1981年11月），頁121～122。
〔註68〕見方瑜：〈困境與突圍──以杜甫〈同谷七歌〉與〈秋興八首〉中的春意象爲
　　　例〉，《臺大文史哲學報》（臺北：臺灣大學文學院，2008年11月），第六十九
　　　期，頁145。

文中可知春天對杜甫的意義，然此刻春天又至，卻是「皆春氣，見各有生意。自客星，見己獨飄零」（卷 22 頁 1954），如同〈過南嶽入洞庭湖〉裡：「病渴身何去，春生力更無」（卷 22 頁 1951～1952），面對春天而不再燃起生機的無力下，杜甫只能隨著水面無限之月，於「的的」中，同浦起龍所言：「『的的』字，含的爍、的確兩意，有若從迷而得醒者，蓋至始悟無還理也」〔註 69〕，道出滿腹蒼涼與歸家無望的迷茫，和前一章所寫山鬼作祟類似，使得春色在魑魅魍魎的作弄下，空留迷惘〔註 70〕。

　　從物情到對春天直接的體認，物色變遷中，詩人歸鄉的情緒也隨之盪漾；尤其舟中去來間的擺渡，兩難間著實與物情、節氣形成強烈對比。惟不同的是杜甫藉由物情抒發，仍是物情下的觀看者；當詩人轉爲與大地的氣節相接，自己便與歸雁、燕子齊一了。此時，詩人不再是物情以外的觀察者，反而與萬物同在節氣的籠罩下，相看著彼此的歸與不歸〔註 71〕。何況蒼天無極，情感的牽繫也如此無垠，更見杜甫情緒加深之一斑。龐大物情牽引下，杜甫正如前一章所言的夜烏形象，於物色變遷下猶然人生的徘徊，脫序在自在自適外，直與漂蕩人生一同打轉。此刻杜甫體認的物理自然憔悴不堪，而似「才淑隨廝養，名賢隱鍛鑪……莫怪啼痕數，危檣逐夜烏」（〈過南嶽入洞庭湖〉·卷 22 頁 1951～1952）所云，才淑名賢皆不重要，因爲殞落才是物理的眞相，不同於物色變遷裡的自然，有著因春而動的生氣。這裡還有一處值得注意，杜甫以夜烏比擬漂蕩中的自己，實則夜烏的生命狀態本就不用隨同春天的召喚而有遷徙，故夜烏的生活以杜甫物情一詞而言，亦是自在自適的表現。此處杜甫將之與自己的脫序人生相並，乃是藉由自己的情緒改造夜烏展現的物情，以求得出「物理直難齊」的具體象徵，有濃厚的主觀情感。

（二）戰亂下的行路難與拘囚感

　　苦痛除了來自人情冷暖與北歸的困難，也和戰亂不停有關。杜甫身在兩湖地區，戰亂仍是滿地〔註 72〕，一生懸念天下的杜甫又是如何看待世局？從

〔註 69〕 見〔清〕浦起龍：《讀杜心解》，頁 586。

〔註 70〕 〈祠南夕望〉：「山鬼迷春竹，湘娥倚暮花」（卷 22 頁 1956）

〔註 71〕 「雙雙瞻客上，一一背人飛」、「舊入故園常識主，如今社日遠看人」，凡此都可見物與人之間的對看，在歸與不歸兩種的差異裡，藉由相看間的矛盾寫下杜甫自己的苦楚。

〔註 72〕 内部藩鎮胡將之亂，如大曆三年（768）：二月劉洽之亂（此時杜甫已在往兩湖的路上）、六月朱希彩之亂、九月李岾之亂、許杲與康自勸之亂。大曆四年

「君知天地干戈滿，不見江湖行路難」（〈夜聞觱篥〉·卷 22 頁 1941）的描述
裡，我們看見杜甫面對干戈滿天地是未能接受的，於是結合舟中漂蕩，便讓
詩人產生行路難的體會。此刻，再回憶杜甫夔州時期所說：「早春重引江湖興，
直道無憂行路難。」（〈人日兩首〉·卷 21 頁 1856）從無憂到滿愁，人生飄泊
舟船，竟也讓壯志卻步了。

　　杜甫並非完全失去希望，〈泊岳陽城下〉即言：

　　　　江國踰千里，山城近百層。岸風翻夕浪，舟雪灑寒燈。

　　　　留滯才難盡，艱危氣益增。圖南未可料，變化有鯤鵬。

　　　　（卷 22 頁 1945）

留滯固然是人生大悲，但只要相信自己才未盡，艱難中，胸中尚有志氣可磅
礴人間。於是南行雖未可知，杜甫面對人生卻仍有一番大鵬鳥式的變化，期
待有所作為。惟考察杜甫之後的作品，仍是「伐叛已三朝」〔註 73〕的亂世未
止，苟且偷生中，只有這樣老邁的身軀可供記憶。過去寫給李白的話：「君今
在羅網，何以有羽翼」、「魂來楓林青，魂返關塞黑。」（〈夢李白〉·卷 7 頁 556）
今日卻以「雨急青楓暮，雲深黑水遙。夢魂歸未得，不用楚辭招」的淒涼重
演在自己身上，李白沒有羽翼而不得掙脫，卻猶有「故人入我夢」（〈夢李白〉·
卷 7 頁 556）的魂魄可以自由飛翔；反觀杜甫留滯舟中，異鄉飄泊裡，杜甫是
連招魂的希望都抹去了。

　　戰亂不斷，勢必導致空間對詩人的拘囚〔註 74〕，對人的壓力常常更加沉
重，如〈野望〉：

　　　　納納乾坤大，行行郡國遙。雲山兼五嶺，風壤帶三苗。

　　　　野樹侵江闊，春蒲長雪消。扁舟空老去，無補聖明朝。

　　　　（卷 22 頁 1973）

乾坤之大，容得下雲山、風壤、野樹、春蒲等自然景物，卻不見得容得下杜
甫與一葉孤舟，所以誠如王嗣奭所說：「人生幾何，空坐扁舟以老而無補於聖

　　（769）：王無縱與張奉璋之亂。大曆五年（770）：臧玠之亂。還有持續很久
　　　　的崔旰與楊子琳之亂等。內部已是如此，何況吐蕃、回紇之擾了。詳見洪素
　　　　香：《杜甫出夔後行旅與詩歌研究》，頁 33。

〔註73〕〈歸夢〉：「道路時通塞，江山日寂寥。偷生唯一老，伐叛已三朝。雨急青楓
　　　　暮，雲深黑水遙。夢魂歸未得，不用楚辭招。」（卷 22 頁 1950～1951）

〔註74〕如上注所引「夢魂歸未得，不用楚辭招」，可知杜甫面對戰亂所導致的流離人
　　　　生有著深沉的悲痛存在；而「道路時通塞」，更是戰亂中所形成的空間拘囚，
　　　　終導致詩人的寂寥之感。

明，此其遺恨也。」〔註75〕在偌大空間裡，拘囚著杜甫孤舟的去來，一任自然景物生滅成長。然人生幾何，一次的殞滅便是此生理想的絕去，那麼戰亂中空自老去的於事無補，其實正是杜甫孤舟飄泊裡的創痛。惟眼前飄泊無奈，雖無土地的安全感，卻仍可坐看乾坤，那麼〈逃難〉一詩裡，便是戰亂對詩人最直接的衝擊：

> 五十頭白翁，南北逃世難。疏布纏枯骨，奔走苦不暖。
> 已衰病方入，四海一塗炭。乾坤萬里內，莫見容身畔。
> 妻孥復隨我，回首共悲歎。故國莽丘墟，鄰里各分散。
> 歸路從此迷，涕盡湘江岸。（卷 23 頁 2073）

面對這次戰亂，杜甫在〈入衡州〉前半有詳細的說明如下：

> 兵革自久遠，興衰看帝王。漢儀甚照耀，胡馬何猖狂。
> 老將一失律，清邊生戰場。君臣忍瑕垢，河岳空金湯。
> 重鎮如割據，輕權絕紀綱。軍州體不一，寬猛性所將。
> 嗟彼苦節士，素于圓鑿方。寡妻從為郡，兀者安堵牆。
> 凋弊惜邦本，哀矜存事常。旌麾非其任，府庫實過防。
> 恕己獨在此，多憂增內傷。偏裨限酒肉，卒伍單衣裳。
> 元惡迷是似，聚謀洩康莊。竟流帳下血，大降湖南殃。
> 烈火發中夜，高煙熛上蒼。至今分粟帛，殺氣吹沅湘。
> 福善理顛倒，明徵天茫茫。銷魂避飛鏑，累足穿豺狼。
> 隱忍枳棘刺，遷延胝研瘡。遠歸兒侍側，猶乳女在旁。
> 久客幸脫免，暮年慚激昂。蕭條向水陸，汩沒隨漁商。
> 報主身已老，入朝病見妨。悠悠委薄俗，鬱鬱回剛腸。
> 參錯走洲渚，春容轉林篁。片帆左郴岸，通郭前衡陽。
> 華表雲鳥陣，名園花草香。旗亭壯邑屋，烽櫓蟠城隍。

> （節·卷 23 頁 2067～2072）

杜甫刻意從天寶亂後開始說起，使得戰亂如線一般延伸到今日的兩湖地區。倘若「福善理顛倒，明徵天茫茫」是杜甫面對整個蒼生的吶喊，「乾坤萬里內，莫見容身畔」便是詩人反省顛沛流離的一生。從蒼天茫茫說起，再從詩人自己的處境縫合，過去「生常免租稅，名不隸征伐」的日子，猶且令杜甫感到「撫跡猶酸辛」（〈自京赴奉先縣詠懷五百字〉·卷 4 頁 273），如今飄泊舟上，

〔註75〕見〔明〕王嗣奭著，曹樹銘增校：《杜臆增校》，頁 615。

自己是再找不到容身處了。以自己的處境縫合對時代的發言，讓主客一同在逃難的氛圍中泣血，杜甫舟中生活實讓自己更加進入時代的曲折裡，如〈發劉郎浦〉：「舟中無日不沙塵，岸上空村盡豺虎。」（卷 22 頁 1939）戰亂裡，也是詩人生命與時代的一同滄桑，既然孤舟無法置身事外，也就染上一片沙塵，模糊了視線。〈入衡州〉詩中提到「遠歸兒侍側，猶乳女在旁。久客幸脫免，暮年慚激昂」，這是不幸中的大幸，在戰亂中，舉家逃生猶能存活；然而事後仍不免「妻孥復隨我，回首共悲歡」，一同道起暮年的悲傷，如此，杜甫又將走向哪裡呢？前文已說明杜甫最終決定北歸，終究是生命前夕的行程了，實際上，杜甫兩湖大多的情緒都是這樣失焦的感受，「歸路從此迷」，而「得喪初難識，榮枯劃易該」（〈秋日荊南述懷三十韻〉·卷 21 頁 1904～1909），詩人也僅剩眼淚可以點綴湘江沿岸。

杜甫對於戰爭的原因並非沒有頭緒，「萬姓瘡痍合，羣凶嗜慾肥」（〈送盧十四弟侍御護韋尙書靈櫬歸上都二十四韻〉·卷 23 頁 2012～2014）一聯即是杜甫的觀察，過多的慾望，如同人類重利一樣，都是人間亂源的發起地。本來物情應當自在自適，卻由於慾望無限擴張，使得心理影響外在，表現出肥膩的貪婪之狀。杜甫此處以非常醜陋的話語形容群凶，不只是物理的發揮，更是對邪惡物情的譴責。不過若只有羣凶自己貪求慾望，未必可以造成如此動亂，杜甫乃有「時清疑武略，世亂踢文場」（〈遣悶〉·卷 21 頁 1897～1898）更深刻的體認，將問題推往更深處，直指權力核心。只是譴責終究無用，詩人何止涕泣湘江，面對戰亂造成的失路，杜甫更延伸成廣大宇宙的拘囚感，如「日月籠中鳥，乾坤水上萍」（〈衡州送李大夫七丈勉赴廣州〉·卷 22 頁 1941～1942）所說，日月乾坤的天道形象一變為此生的拘求之地，人民盡在瘡痍中，自己也飽受漂蕩、拘囚的束縛；天道不存，正義不張，縱然鯤化為鵬，也飛不出這天理不在的戰亂世間。

第三節　天地孤舟中的生命展現

杜甫兩湖時期多在舟中度過，對於舟中生活的無奈感觸，筆者以為〈登舟將適漢陽〉一詩可以作為此中心情的代表：

> 春宅棄汝去，秋帆催客歸。庭蔬尚在眼，浦浪已吹衣。
> 生理飄蕩拙，有心遲暮違。中原戎馬盛，遠道素書稀。

塞雁與時集，牆烏終歲飛。鹿門自此往，永息漢陰機。

（卷 23 頁 2088）

杜甫決定辭去潭州暫居的江閣，轉往漢陽，故有此詩。浦起龍言云：

> 曰「飄蕩」、「遲暮」，見留南已極厭苦；曰「馬盛」、「音稀」，見
> 還鄉又極凋殘。是以將託跡於不南不北之間耳，襄、漢正其地也。
> 〔註76〕

託跡在不南不北間，正是人生步履迷茫的一種表示，於是南北東西，天涯何
處，可謂「生理飄蕩拙，有心遲暮違」。生理隨著漂蕩的歲月愈顯拙劣，縱然
有心，卻也是遲暮相違。然而舟中生活固是這般蒼涼，卻也因為較遠離人群，
而有「塞雁與時集，牆烏終歲飛」的自然場景，那麼此刻或許正是杜甫另一
種視角開啓的機會，首先便是在紀行中的疏解。

一、白日遍照的無私仁心

兩湖舟中生活確實有不少辛酸的體驗，然而孤舟所之，亦有風景可供慰
藉，如〈宿鑿石浦〉：

> 早宿賓從勞，仲春江山麗。飄風過無時，舟楫敢不繫。
> 迴塘澹暮色，日沒眾星嚖。闕月殊未生，青燈死分翳。
> 窮途多俊異，亂世少恩惠。鄙夫亦放蕩，草草頻年歲。
> 斯文憂患餘，聖哲垂象繫。（卷 22 頁 1961～1962）

逆水而行，舟中之人多因幫助行舟而疲勞，這時，飄風所致，舟不能繫，亦只
好避之。此刻風光從江山明麗轉為黯淡，日沒星微，燈死無光，春天竟是如此
風景，詩人舟中所見實為一片黯沉。然詩的後半卻有不同開啓，如王嗣奭云：

> 俊異因窮途而多，見窮之有益於人；恩惠因亂世而少，見處窮途
> 者又當自安，不應以少恩責備乎人。鄙夫日在窮途，正天之所以
> 益我；而不知自愛，放蕩草草以卒歲。豈知有憂患後有斯文，斯
> 文乃憂患之餘，獨不觀聖哲以憂患而「垂象繫」乎？公之自負如
> 此，乃知其雖窮而有以自樂也。向始終身富貴，安有一部杜詩懸
> 於日月乎？〔註77〕

〔註76〕 見浦起龍：《讀杜心解》，頁 808。
〔註77〕 見〔明〕王嗣奭著，曹樹銘增校：《杜臆增校》，頁 610。

人生流離固然可悲，然則窮而後工〔註 78〕、蚌病生珠〔註 79〕，古老經典的訓示下，杜甫在死寂中看見文學的力量與聖哲光輝，可知孤舟絕望的景象中，亦可有從「死」而生的疏解。觀杜甫「詩是吾家事」（卷 17 頁 1477）到如今的堅持，不論人生境遇如何，詩歌確實成為他行走一生的堅持。

惟堅持雖在，卻化不了天下的問題，在〈早行〉裡，便是很直接的控訴：

　　歌哭俱在曉，行邁有期程。孤舟似昨日，聞見同一聲。

　　飛鳥數求食，潛魚何獨驚。前王作網罟，設法害生成。

　　碧藻非不茂，高帆終日征。干戈未揖讓，崩迫關其情。

　　（卷 22 頁 1962）

旅途中逢曉發程，杜甫卻是每每歌哭，同王嗣奭所說：「哭因兵亂，歌亦悲歌，非樂而歌也。」〔註 80〕原本舟中漂蕩，視角理應不同，可當所見所聞皆是相同的慘劇時，重以自然界鳥魚的不能安居，亦使杜甫對時代的動亂再次發出感嘆。人為造成的傷害，跨越了人界與自然，杜甫舟中反省人類問題往往先從自然界萌起，如〈過津口〉：

　　南岳自茲近，湘流東逝深。和風引桂楫，春日漲雲岑。

　　回道過津口，而多楓樹林。白魚困密網，黃鳥喧嘉音。

　　物微限通塞，惻隱仁者心。瓮餘不盡酒，膝有無聲琴。

　　聖賢兩寂寞，眇眇獨開襟。（卷 22 頁 1963～1964）

通過魚類困密網而生起「一視」〔註 81〕之心，頗似夔州〈白小〉所言：

　　白小群分命，天然二寸魚。細微霑水族，風俗當園蔬。

　　入肆銀花亂，傾箱雪片虛。生成猶拾卵，盡取義何如。

　　（卷 17 頁 1536）

〔註 78〕歐陽脩曰：「蓋愈窮則愈工，然則非詩之能窮人，殆窮者而後工也。」見〔宋〕歐陽脩：〈梅聖俞詩集序〉，《歐陽脩全集上冊》（臺北：河洛圖書出版社，1975年 3 月），頁 130。

〔註 79〕《淮南子‧說林訓》：「明月之珠，蜺之病而我之利。」又劉績注：「同蚌。」見〔漢〕劉安著，張雙棣撰：《淮南子校釋》（北京：北京大學出版社，1997年 8 月），頁 1812。近人高燮《題蔡寒瓊所繪沈孝則〈冰雪廬圖〉，即步寒瓊韻》亦云：「嗟哉蚌病乃生珠，詩漸可讀消雄圖。」見谷文娟、高銛、高鋅編：《高燮集》（北京：中國人民大學出版社，1999 年 8 月），頁 498。

〔註 80〕見〔明〕王嗣奭著，曹樹銘增校：《杜臆增校》，頁 610。

〔註 81〕黃生：「言物之所遇雖不同，然仁者自宜一視。」見〔清〕黃生：《杜工部詩說》，頁 138。

白小即今天麵條魚,雖小而「各分一命」(卷 17 頁 1536),生命在杜甫視角裡實是不分軒輊,為眾生平等相。既然生命無貴賤,那麼細微的天然小魚又為何要在人類的風俗下被犧牲?「盡取義何如」,這是作者不能諒解的事情。只是面對如此殘酷卻又簡單得再不能的殺生,杜甫也僅能用一極端的筆致,以「入肆銀花亂,傾箱雪片虛」這樣風秀的語句刻畫一幅血腥的畫面。在人類眼裡美麗的銀花雪片,卻只是白小細微生命中的大屠殺,浦起龍說此是「傷民困也」〔註 82〕,誠為識者之論。然而我們也不能忽略詩人對生命的關心,傳統注釋習慣將這類詩歌比於人類,實際上,杜甫對生命的關心並不只在人類而已。以此觀王嗣奭言:「公在窮途而風平舟利,便自神怡,知胸中無宿物。」〔註 83〕說杜甫的胸襟開闊固可,卻不免將「聖賢兩寂寞」的暗指抹去,杜甫在神怡之時,實有許多面對蒼生的關懷潛運其中。「聖賢兩寂寞,眇眇獨開襟」的內涵與「雞蟲得失無了時,注目寒江倚山閣」相似,只是從景轉為論述,顯現物理的陳述外,也見杜甫直接表達的改變。

兩湖時期中,直截的表述是詩人的手法,顯現說理的一種傾向,〈次空靈岸〉也有類似觀念:

> 泛泛逆素浪,落落展清眺。幸有舟楫遲,得盡所歷妙。
> 空靈霞石峻,楓桔隱奔峭。青春猶無私,白日亦偏照。
> 可使營吾居,終焉託長嘯。毒瘴未足憂,兵戈滿邊徼。
> 嚮者留遺恨,恥為達人誚。迴帆覬賞延,佳處領其要。
>
> (卷 22 頁 1964～1965)

風光明媚中,漂蕩竟成了「得盡所歷妙」的原因。廢名將此詩與「常恐死道路,永為高人嗤」(〈赤谷〉·卷 8 頁 676)兩句比較,認為:

> 〈次空靈岸〉則是經過十年之後,不妨說杜甫把天下的艱險都走過了,他的話就說得曲折,同時他的胸懷何其豁達,他沒有什麼叫做「遺恨」了。〔註84〕

此言蓋指杜甫經歷許多,年輕時或是「語不驚人死不休」(〈江上值水如海勢

〔註 82〕 見〔清〕浦起龍:《讀杜心解》,頁 526。
〔註 83〕 見〔明〕王嗣奭著,曹樹銘增校:《杜臆增校》,頁 611。
〔註 84〕 見陳建軍·馮思純編訂:《廢名講詩》(武漢:華中師範大學出版社,2007 年 10 月),頁 336。

聊短述〉‧卷 10 頁 810），此刻卻是「語不驚人也便休」〔註85〕了。我們將這樣的意見與王嗣奭的神怡並參，可以看見後人對杜甫晚年舟中胸懷的看法，存有一種歲月洗鍊下的智慧，這實是無誤，爲朱熹所未察。惟從「物微限通塞，惻隱仁者心」、「青春猶無私，白日亦偏照」，甚至「茫茫天造間，理亂豈恆數」（〈宿花石戍〉‧卷 22 頁 1966），可知表現杜甫的豁達時，還須將他對蒼生的關懷與仁心的體會融入方可，如此才可以更完整地表現杜甫的全部生命：那一種舉輕若重的難以放下與「誰能扣君門，下令減征賦」（卷 22 頁 1966）的發聲。另廢名認爲杜甫此詩說得曲折，此仍須與其他作品相較方可得見兩湖詩的全貌，留待最後一節討論。

　　杜甫從自然的相處中見證自己仁心未改，而且延續著夔州以來對生命的尊重，雖陳之以更多的議論，不似以景說之的筆法，卻仍見詩人的關懷。這種關懷來自周遭自然環境，可見舟中視角之所啓，而杜甫始終關懷政治，自然之景亦常有政治寓託，如下文。

二、飄泊中的政治寓託

　　杜甫的仁心在晚年不僅存有豁達，也包含著前面所說悲傷，如同儒家對「天命之謂性」〔註86〕的肯認和對存在命限的認識〔註87〕，而當連結舟中生活，自是在浮沉中反覆推移。前文已在紀行中指涉政治的發聲，可見杜甫關懷政治的腳步從未隨著生命飄泊而止〔註88〕。如〈次晚洲〉：「羈離暫愉悅，贏老反惆悵。中原未解兵，吾得終疏放」（卷 22 頁 1968），暫時的喜悅，隨即而來又是惆悵的心情，畢竟中原動亂仍縈繞杜甫心中，如何不難過！杜甫言及自己要疏放於

〔註85〕 金聖嘆：《貫華堂第五才子書水滸傳》書末有詩兩首，其二：「大抵爲人土一丘，百年若個得齊頭。完租安穩尊於帝，負曝奇溫勝若裘。子建高才空號虎，莊生放達以爲牛。夜寒薄醉搖柔翰，語不驚人也便休。」見〔清〕金聖嘆：《貫華堂第五才子書水滸傳》，《金聖嘆全集》（臺北：長安出版社，1986 年 9 月），頁 528。
〔註86〕 見〔宋〕朱熹：《四書章句集註》（臺北：鵝湖出版社，2000 年 9 月），頁 17。
〔註87〕 伯牛有疾，子問之，自牖執其手，曰：「亡之，命矣夫！斯人也而有斯疾也！斯人也而有斯疾也！」可知儒家對人生命限實有深刻且眞摯的體認。見〔宋〕朱熹：《四書章句集註》，頁 87。
〔註88〕 莫礪鋒討論杜甫成都時期詩歌特色時如此說：「描寫日常生活，吟咏平凡事物的詩較多，反映軍國大事、民生疾苦的詩較少」。此語在解讀上需要特別注意，所謂較少乃是以成都時期作品量比較下的結果，實則關於政治方面議題的作品仍然不少。見莫礪鋒：《杜甫評傳》（南京：南京大學出版社，1993 年 10 月），頁 166。

兩湖，若依前言放棄人生的觀點來看，恐怕是真心話了。然則杜甫沒有放棄，
「羈羈得之，暫為愉悅；羸老之人，轉加惆悵。今中原尚未解兵，吾得終於疏
放耶！其惆悵以此。」〔註89〕心念在朝廷的人，放棄又從何說起！

當這樣的政治感受與自己所行之處結合時，就會如〈發潭州〉〔註90〕裡
所寫，不僅以「岸花」、「檣燕」影射人情的澆薄〔註91〕，更在歷史人物中抒
發自己的窮途之感〔註92〕，塑造出政治、歷史與自然間的對話。如此情況也
出現在〈入喬口〉中：

> 漠漠舊京遠，遲遲歸路賒。殘年傍水國，落日對春華。
> 樹蜜早蜂亂，江泥輕燕斜。賈生骨已朽，悽惻近長沙。
> （卷 22 頁 1974）

在歸路遙遙中引出賈誼一典，政治／長沙之於賈誼，正是杜甫此刻的寫照。
故當政治以同一種力量，錯置杜甫在相似的地理風景時〔註93〕，不願放棄的
杜甫就需要對之做出回應，哪怕感受獨深，如王嗣奭所注：

> 蜂釀蜜，燕銜泥，微物乘春華以自適，而我安能如之！獨念賈生之才，
> 棄置長沙，以地卑濕，鬱鬱以死。今其地將近，其骨已朽，而後死者
> 能無悽惻耶！公之志與賈同，而所遭亦相似，故感愴獨深。〔註94〕

不能同物情乘春華以自適，此中固有飄泊人生裡的無奈；然杜甫既以歷史人
物的志向為千古以來的默契同心，那麼除了歷史運會下的擺弄，更多的還是
自己的堅持。所以縱然為了物情的對比而惆悵，同「飛來雙白鶴，過去杳難
攀」（〈卷銅官渚守風〉‧22 頁 1975）的哀嘆，甚至因為歷史記憶下的如出一
轍傷神，杜甫的心都還應保有對人生的積極面，否則創作〈雙楓浦〉〔註95〕

〔註89〕見〔明〕王嗣奭著，曹樹銘增校：《杜臆增校》，頁 613。
〔註90〕「夜醉長沙酒，曉行湘水春。岸花飛送客，檣燕語留人。賈傅才未有，褚公
　　　書絕倫。名高前後事，回首一傷神。」（卷 22 頁 1971～1972）
〔註91〕「『岸花』、『檣燕』，影人情之薄」。見〔明〕王嗣奭著，曹樹銘增校：《杜臆
　　　增校》，頁 632。
〔註92〕「以去潭舟而兼懷賈、褚，羈窮旅遇之懷，神交冥漠之感，非掇拾故事以成
　　　詩之比」。見〔明〕王嗣奭著，曹樹銘增校：《杜臆增校》，頁 632。
〔註93〕杜甫離開京華雖是自己主體的選擇，然而倘若不是政治的挫折與社會的動
　　　亂，又何必有此抉擇。可見主體行為下，雖然見證了詩人主體的意志，卻也
　　　道出政治等因素的影響。
〔註94〕見〔明〕王嗣奭著，曹樹銘增校：《杜臆增校》，頁 615。
〔註95〕輞棹青楓浦，雙楓舊已摧。自驚衰謝力，不道棟梁材。浪足浮紗帽，皮須截
　　　錦苔。江邊地有主，暫借上天迴。（卷 22 頁 1977）

時，怎麼會有如仇注：「我欲問江邊地主，借作上天浮槎，庶不終棄於無用耶」
（卷 22 頁 1977）的表達。江水廣闊下，杜甫仍有上天之志，亦即在自然界中，
寄託自己猶欲上天的希望，而天在哪呢？就在那遙望裡的北斗下──京華。
杜甫在〈過洞庭湖〉中如此寫到：

　　　蛟室圍青草，龍堆隱白沙。護堤盤古木，迎檣舞神鴉。

　　　破浪南風正，回檣畏日斜。湖光與天遠，直欲泛仙槎。

　　（卷 23 頁 2087）

據《杜甫年譜》：

　　　南風畏日二句詩意雙觀，一面寫景點時，一面寓有大兵四集，伐叛
　　　之氣已正，而叛逆之徒，雖如夏日可畏，然已近沒落；末兩句故寫
　　　出湖光天遠，心曠神怡之景象。〔註96〕

這正好說明前面所說，豁達與擔荷是一同存於杜甫孤舟的仁心，所以無論人
情冷暖或者兩難人生的飄泊，叛平定，心猶在，湖光天遠的孤舟飄泊裡，盡
是杜甫主體仁心的一片發揮。如此，漂蕩中的兩難只是一種過程，深究其中，
仍是一片光輝，故在〈望嶽〉一詩中：

　　　南嶽配朱鳥，秩禮自百王。欻吸領地靈，鴻洞半炎方。

　　　邦家用祀典，在德非馨香。巡守何寂寥，有虞今則亡。

　　　泊吾隘世網，行邁越瀟湘。渴日絕壁出，漾舟清光旁。

　　　祝融五峰尊，峰峰次低昂。紫蓋獨不朝，爭長嶪相望。

　　　恭聞魏夫人，群仙夾翱翔。有時五峰氣，散風如飛霜。

　　　牽迫限修途，未暇杖崇岡。歸來覬命駕，沐浴休玉堂。

　　　三歎問府主，曷以贊我皇。牲璧忍衰俗，神其思降祥。

　　（卷 22 頁 1983～1985）

雖有「泊吾隘世網，行邁越瀟湘」的悲嘆，當仁心振發，穩定秩序觀發生〔註
97〕，便如浦起龍所言：「愚詳味詩旨，在晶時君以增修主德，續當事以翊贊皇
猷，乃爲昭格明神之本。」〔註98〕舟中所見或者風光古跡，或者一生顛沛流
離，政治、歷史與自然間不斷交錯在杜甫晚年的生活裡，形成複雜的詩歌視

〔註96〕見王實甫：《杜甫年譜》，頁 287。

〔註97〕關於杜甫心中穩定秩序觀，可以參見歐麗娟：《唐代詩歌與性別研究──以杜
　　　　甫爲中心》，頁 289。

〔註98〕見〔清〕浦起龍：《讀杜心解》，頁 205。

角；但只要無限心量猶在，一切都會化在對理想的祈禱中，成為主體融會下的有機組成。自己無法回京實踐是一回事，「丘之禱久矣」〔註99〕卻是永恆的心聲，不僅未啞，反而直達天聽。

舟中所見也包含著人事，杜甫可以在自然景色中寄寓政治之想，面對人事自然更容易有此思維，如〈解憂〉：

> 減米散同舟，路難恩共濟。向來雲濤盤，眾力亦不細。
>
> 呀坑瞥眼過，飛檣本無蔕。得失瞬息間，致遠宜恐泥。
>
> 百慮視安危，分明曩賢計。茲理庶可廣，拳拳期勿替。
>
> （卷 22 頁 1960）

簡單描述路途所遇後，便是一連串的道理，杜甫兩湖詩中確實有許多說理的表現。此詩藉由得失之際，得出「致遠宜恐泥」、「百慮視安危」的物理，甚至直接做起推銷，有著強烈的訴求存在。在〈上水遣懷〉一詩裡也有相類的表達：

> 嶔崟清湘石，逆行雜林藪。篙工密逞巧，氣若酣杯酒。
>
> 歌謳互激越，回幹明受授。善知應觸類，各藉穎脫手。
>
> 古來經濟才，何事獨罕有。（節・卷 22 頁 1957～1959）

將舟師的駕船技術與經濟之才相擬，闡發隨機應對的物理，正是萬物善於面對所遇而發的觸類之舉。杜甫將所見以物理表述，更以經濟世間者為何缺少這樣的人才發問，老人說理之態與分享之情直如眼前。杜甫在舟中雖然遠離了政治與土地生活，卻如自己所言，善於在觸類中闡發自己所思，此時自然與人事都落進詩人的筆下，屬成一篇篇的物理。

三、舟中的自然剪景與生命開展

舟中生活雖然是在飄泊中推移生命的步履，甚至在自然、歷史與政治間不斷交錯自己的身影；但在一步步的消逝與交錯中，也可能帶來某種靜謐，使得詩人能夠沉澱情緒，發揮前面仁心、政治等儒家意味外的表現。何況自然環境本是舟中生活最直接的面對，前面許多作品都有談到杜甫在自然界的取景，如：「風蝶動依槳，春鷗懶避船」、「高枕翻星月，嚴城疊鼓聲」、「風號聞虎豹，水宿伴鳧鷖」、「鳴螿隨泛梗，別燕赴秋菰」、「溟漲鯨波動，衡陽雁

〔註99〕子疾病，子路請禱。子曰：「有諸？」子路對曰：「有之。誄曰：『禱爾於上下神祇。』」子曰：「丘之禱久矣。」見〔宋〕朱熹：《四書章句集註》，頁101。

影徂」、「楚岸朔風疾，天寒鶬鴰呼。漲沙霾草樹，舞雪渡江湖」、「春岸桃花水，雲帆楓樹林」、「濤翻黑蛟躍，日出黃霧映」、「隨意簪籜巾，仰慚林花盛」、「宿鳥行猶去，叢花笑不來」、「水闊蒼梧野，天高白帝秋」等，此處即在前文分散的討論中，以一小節說明、統整這樣取景下所得的物理，如〈江邊星月二首〉：

> 驟雨清秋夜，金波耿玉繩。天河元自白，江浦向來澄。
>
> 映物連珠斷，緣空一鏡升。餘光隱更漏，況乃露華凝。
>
> 江月辭風纜，江星別霧船。雞鳴還曙色，鷺浴自晴川。
>
> 歷歷竟誰種，悠悠何處圓。客愁殊未已，他夕始相鮮。
>
> （卷 21 頁 1899）

天河江浦，一片澄白，若非詩人主體有一定寧靜，月色再起，也多是惆悵的根本。惟下一首詩中仍談到客愁，則杜甫實有兩種情緒存於胸中，此已如前面所論。王國維曾說：

> 詩人對宇宙人生，須入乎其內，又須出乎其外。入乎其內，故能寫之。出乎其外，故能觀之。入乎其內，故有生氣。出乎其外，故有高致。〔註100〕

杜甫兩湖飄泊時，由於生命有許多時間在舟上渡過，生命也容易在遠離陸地的同時造成一種邊緣狀態，此不同於京華間的邊緣，而是詩人與這塊土地的邊緣境遇。如此，倘若遠離京華的邊緣人形象，是杜甫得以看清政治問題，並建立詩人主體的原因〔註101〕；那麼遠離穩定的土地，則是杜甫能夠跳出安定思維，進而看清生活、肯認自己的關鍵〔註102〕。出入之間，既有杜甫的生氣，也有杜甫的高致，而當舟中的失眠不斷，如〈舟月對驛近寺〉：

〔註100〕見〔清〕王國維：《人間詞話》，引自唐圭璋：《詞話叢編》（臺北：新文豐出版股份有限公司，1988 年 2 月），頁 4253。

〔註101〕廖美玉：「杜甫選擇棄官以維繫詩人身分的完整性，並且承受失掉職場、失去生計的雙重挫敗，越過蜀道遠赴他鄉，開始了他的兩川生涯。杜甫論事深切時弊卻無力改善時政，故雖棄官而實未棄民，繼續以詩人的視角關懷時政。」見廖美玉：〈東京與兩川──王安石、黃庭堅學杜的兩種視角〉《傳統中國研究集刊（第六輯）》（上海：上海人民出版社，2009 年 6 月），頁 214。

〔註102〕杜甫無論出京後有多麼辛苦的際遇，但由於在陸地生活，總有定居之刻，比如成都與夔州時期。而孤舟中的飄泊，生活全是一種過一天算一天的日子，在漂流中，「終日忍飢西復東」。

更深不假燭，月朗自明船。金刹青楓外，朱樓白水邊。

城烏啼眇眇，野鷺宿娟娟。皓首江湖客，鈎簾獨未眠。

（卷 21 頁 1900）

月色照耀下，皓首的認清也使杜甫更多地反省生活周遭一切，如〈風雨看舟前落花戲為新句〉：

江上人家桃樹枝，春寒細雨出疏籬。

影遭碧水潛勾引，風妒紅花卻倒吹。

吹花困懶傍舟楫，水光風力俱相怯。

赤憎輕薄遮入懷，珍重分明不來接。

濕久飛遲半欲高，縈沙惹草細於毛。

蜜蜂蝴蝶生情性，偷眼蜻蜓避伯勞。（卷 23 頁 2050～2051）

仇注如此寫道：

蜂蝶素戀花香，今見墮於殺草，則性情頗覺生疏。蜻蜓偶過花間，

有似偷眼旁觀者，一遇伯勞，卻又倉卒避去，以見花當零落之餘，

終為物情所棄。（卷 23 頁 2051）

詩人在舟中觀察自然百態，從物情中發現與人類世界一樣的問題，難免產生一種對應的心態，才在與自然的對話中，指出共同被棄的遺憾，表現出「入乎其內，故有生氣」的情感。然在〈小寒食舟中作〉，詩人則用不同的眼睛，細膩將所見和世界結合：

佳辰強飲食猶寒，隱几蕭條帶鶡冠。

春水船如天上坐，老年花似霧中看。

娟娟戲蝶過閒慢，片片輕鷗下急湍。

雲白山青萬餘里，愁看直北是長安。（卷 23 頁 2061～2062）

強飲、蕭條中，可見杜甫的憔悴，而隱者之姿的打扮也可以看出杜甫傷痛中歸隱的思維。然而杜甫的情緒是複雜的，故猶然望眼北穿，企圖在老年一切盡如霧中的雙眼裡，窺見京華種種。這時杜甫已然在隱者的反抗與北望的思念中交錯，呈現上述所謂的兩難選擇與兩極心態。但景色既然美麗，「娟娟戲蝶過閒慢，片片輕鷗下急湍」之景圍繞於旁，雲白山青更是一種清絕之色，這時杜甫也能轉以藝術、美感的心情去看待所乘之舟。於是春天的意象再度以一種較健康的姿態重臨杜甫身上，此刻，飄泊不僅是「勞生繫一物，為客費多年」（〈迴棹〉·卷 23 頁 2085～2086）的寫照與「水生

春纜沒」（〈發白馬潭〉‧卷 22 頁 1972～1973）的危險而已，它也可有天上悠遊的感觸，而如前面所提：「幸有舟楫遲，得盡所歷妙」、「迴帆覬賞延，佳處領其要」。若杜甫只能從負面視角觀看所行所乘，生活必然只有抱怨〔註103〕，擺渡在兩難生活中，徘徊在兩極心態裡。如今，杜甫在自然的陪伴下，反以更不同的視角詮釋、疏解所見，「春水船如天上坐」便可以有多元的詮釋。縱然面對生活仍有逃離的心態，凝視京華仍是一片深愁，卻見舟中道家水漲船高的生命境界。

　　這種較寬大的視角不惟孤舟時期所有，在杜甫人生其他階段也可見到；但能在兩湖飄泊的苦痛中，還生起這樣心腸，這就是此期人生疏解裡的生命高峰，也是自然帶給杜甫的物理、智慧。

四、物理、物情與物化交織成的生命圖象

　　前文曾提到杜甫這時兩極的思維，在面對自然時的對話也可以此觀察；不過若從杜甫物化自己為自然界的存在時，便透露出較前期不同的表達。前文已解釋物情與物理，此處筆者略補充物化一詞之義。物化一詞出自莊子〈齊物論〉：

> 昔者莊周夢為胡蝶，栩栩然胡蝶也，自喻適志與！不知周也。俄然覺，則蘧蘧然周也。不知周之夢為胡蝶與，胡蝶之夢為周與？周與胡蝶，則必有分矣。此之謂物化。〔註104〕

關於物化一詞的解釋可如下所說：

> 「物化」是一種境界，是一種不獨立堅持自己的心態，是一種不把自己隔絕於自然齊一的整全之中的心境，是謂「物化」，是為「與物冥合」，是「身與物一」，是「道通為一」，是為「逍遙齊物」，是為「齊物之論」。〔註105〕

> 所謂忘我，是經工夫修持剝落我相之偏執：放下自我矜持，放下虛偽造作，放下成心計算。此放下必須經主體自覺的實踐，從其生命

〔註103〕如：「論交翻恨晚，臥病卻愁春。」（〈送趙十七明府之縣〉‧卷 23 頁 2057）
〔註104〕見〔清〕王夫之：《莊子通‧莊子解》（臺北：里仁書局，1984 年 9 月），頁29。
〔註105〕見杜保瑞：《莊周夢蝶──莊子哲學》（臺北：五南圖書出版股份有限公司，2007 年 1 月），頁 81。

歷程中逐次剝落各種過或不及的偏頗。〔註106〕

莊子所謂「物化」，是與物冥化於至虛無我之境。〔註107〕

物化有兩層意思，第一層意思是把形體解消，莊周夢為蝴蝶是形體的
解消，……所以精神的我才會很自由自在。第二是轉化那個物，提升
那個物，這叫人文的點化。道家的自然是經過人文點化的。〔註108〕

可知道家所謂物化重在泯滅執著，打開個體與外在的門戶，使得一切達於整
全狀態。另王邦雄還指出物化中的人文意涵，即提升所遇之物，共成一片自
然流行之解消。

杜甫詩中出現物化一詞僅一處，詩為：「年多物化空形影，嗚呼健步無由
騁。如今豈無騕褭與驊騮，時無王良伯樂死即休。」（〈天育驃圖歌〉‧卷 4 頁
255）由詩中所見，物化指的是馬匹的死去，與道家物化觀無關。據王邦雄課
堂所授〔註109〕，文學中出現的物化恆常只是莊周夢蝶的第二境界，也就是解
消自己的肉體，如此，文學的莊周成就的是物我間形象的解消，這時自我本
身與物間是難以區別的。而所謂哲學的解消，也就是莊周夢蝶的第三境界，
必須回歸到自身來，在物我泯滅的同時又體認到此身存在，如此方可重新以
自我心靈點化所遭所遇。觀杜甫詩中物化的情形如〈白鳧行〉：

君不見黃鵠高于五尺童，化為白鳧似老翁。

故畦遺穗已蕩盡，天寒歲暮波濤中。

鱗介腥羶素不食，終日忍飢西復東。

魯門鶂鶂亦蹭蹬，聞道于今猶避風。（卷 23 頁 2037）

仇注以為此詩是「自傷遲暮漂流也」（卷 23 頁 2037），以水鳥為名，自是孤舟
時期生活於水上的視角。屈原〈卜居〉曾言：「將氾氾，若水中之鳧乎？」、「將
與黃鵠比翼乎？」〔註110〕杜甫此處化黃鵠為白鳧，似乎是放棄人生的表示；

〔註106〕見牟宗三講述，陶國璋整構：《莊子齊物論義理演析》（香港：中華書局（香
港）有限公司，1998 年 10 月），頁 217。

〔註107〕見孫中峰：《莊子之美學義蘊新詮》（臺北：文津出版社有限公司，2005 年 12
月），頁 222。

〔註108〕見王邦雄：《走在莊子逍遙的路上》（臺北：臺灣商務印書館股份有限公司，
2004 年 12 月），頁 142。

〔註109〕筆者於師大就學時，曾長期到淡江大學旁聽王邦雄於博士班所開之莊子，此
處所提即課堂上講授之內容。

〔註110〕見崔富章、李大明主編：《楚辭集校集釋》（湖北：湖北教育出版社，2002 年
10 月），頁 2007、2009。

然仔細推敲詩中內容，白鳧雖然忍飢避風，卻仍堅持著「鱗介腥羶素不食」，則杜甫倔強，眞是「百折不回矣。」（卷 23 頁 2037）如此，杜甫實未放棄人生堅持，那怕京華回不去，西來復東的流離仍舊有自己的原則。或以爲杜甫此時亦有許多求助之作，如何自圓其說？筆者以爲求助是站在生活現實下的一種選擇，有來自家人和衣食的考量，更有杜甫希望有所作爲，爲人民服務的思考。從前文人情冷暖中，我們知道杜甫並未追求物質享受，倘若杜甫眞的節操失守，生活理應有所改善；實際上，卻非如此，更何況杜甫並未棄節，仍舊守著理想，可知白鳧爲皮，黃鵠爲骨的壯心與堅持。

〈白鳧行〉寫出杜甫的飄泊與堅持，〈朱鳳行〉則照出杜甫的壯志與心願：

> 君不見瀟湘之山衡山高，山巓朱鳳聲嗷嗷。
>
> 側身長顧求其曹，翅垂口噤心勞勞。
>
> 下愍百鳥在羅網，黃雀最小猶難逃。
>
> 願分竹實及螻蟻，盡使鴟梟相怒號。（卷 23 頁 2038）

仇注以爲此詩「自傷孤棲失志也」（卷 23 頁 2038），朱鳳的孤單並未讓詩人喪失了壯志，除了哀憫同類、驅逐小人外，尚願意顧及螻蟻，可知杜甫護生之一斑，同前文論述。惟時代的巨輪仍造成杜甫一定挫傷，如〈對雪〉所提：

> 北雪犯長沙，胡雲冷萬家。隨風且間葉，帶雨不成花。
>
> 金錯囊垂罄，銀壺酒易賒。無人竭浮蟻，有待至昏鴉。
>
> （卷 23 頁 2032～2033）

王嗣奭以爲：「公之留滯長沙，皆安、史之餘毒也，故因雪起興，而謂之『北雪』、『胡雲』，謂之『犯』，有深恨焉」〔註 111〕，雪與雲夾帶著作者的悲憤和政治寓託，既有雲、雪，風便也不遑多讓，如〈北風〉：「北風破南極，朱鳳日威垂」（卷 23 頁 2025），朱鳳低垂，正因亂離所致，如此，理想高亢的朱鳳竟也垂翼於萬惡北風，兩相對照下，其中情緒可謂大矣！

前文已言物化是詩人創作中一種特殊又普遍的視角〔註 112〕，我們觀杜甫

〔註 111〕見〔明〕王嗣奭著，曹樹銘增校：《杜臆增校》，頁 647。

〔註 112〕例如在詠物詩自我設喻，託物言志等傳統，此在杜甫之前也有許多這樣的作品，可見程千帆、張宏生：〈英雄主義和人道主義——讀杜甫咏物詩札記〉，《被開拓的詩世界》（上海：上海古籍出版社，1990 年 10 月），頁 167～187。而不只杜甫，古代詩人其實頗多這樣的作品，可見林淑貞：《中國詠物詩「託物

孤舟中的狀況，倘若「驅馳四海內，童稚日餇口。但遇新少年，少逢舊親友。低頭下邑地，故人知善誘。後生血氣豪，舉動見老醜。窮迫挫囊懷，常如中風走」（〈上水遣懷〉・卷 22 頁 1957）所體會的人情冷暖，以及在「孤舟亂春華，暮齒依蒲柳。冥冥九疑葬，聖者骨已朽。蹉跎陶唐人，鞭撻日月久」（〈上水遣懷〉・卷 22 頁 1957）中的蹉跎感受，是催促杜甫往物化這一觀念走的消極因素，那麼杜甫是深刻感受到自己「勞生繫一物，爲客費多年」的悲劇命運。既有此認知，「庶與達者論，吞聲混瑕垢」（〈上水遣懷〉・卷 22 頁 1959），與世同混濁的觀念也就難免產生，可知從消極觀點來看，杜甫的物化是舟中生活悲劇的延續，也是兩湖之前便有的視角〔註 113〕，在體認物情同時，更將自己的生命寄託於悲劇存在。

　　若以積極的角度切入，從自然的對話到杜甫自比爲物，其中實深藏許多舟中物理的深刻見解。除了展現爲〈朱鳳行〉那樣反擊式的吶喊，如許總前面所說的積極反抗，也可以有上文自然剪景下，生命開啓的體悟。此時，物化是詩人面對物情與人生最用力的奮起，所以有瀟湘怒號；同時更是詩人護生觀念與人生疏解的最大表現，在物理的證悟中與外在齊一。杜甫兩湖時期尚有〈江漢〉一作：

> 江漢思歸客，乾坤一腐儒。片雲天共遠，永夜月同孤。
> 落日心猶壯，秋風病欲蘇。古來存老馬，不必取長途。
> （卷 23 頁 2029）

思歸啓題，以江漢飄泊、茫茫乾坤內的拘囚爲背景，天高地迥和與月同孤的孤獨感爲色調，還有自己腐儒般受盡世情冷暖的身軀與心靈爲主角。杜甫〈江漢〉一詩，實概述了整個兩湖時期的生活感受，直可爲兩湖舟中生活的畫面和整體代表。然而詩在後半轉折的同時，開啓了杜甫的雄心壯志，同顧炎武所言：「遠日不須愁日暮，老年終自望河清」〔註 114〕，落日殘軀中，生出了壯

　　　言志」析論》（臺北：萬卷樓圖書有限公司，2002 年 4 月）。甚至詠物詩也常與寓言詩結合，見林淑貞：《表意・示意・釋義——中國寓言詩析論》（臺北：里仁書局，2007 年 10 月）。

〔註113〕此亦參見程千帆、張宏生：〈英雄主義和人道主義——讀杜甫詠物詩札記〉，《被開拓的詩世界》，頁 167～187。

〔註114〕顧炎武〈五十初度時在昌平〉：「遠路不須愁日暮，老年終自望河清。」見〔清〕顧炎武：《亭林詩文集》，《聚珍仿宋四庫備要》（臺北：臺灣中華書局，1981 年 6 月），卷 3，頁 19。

心病蘇的吶喊，表明自己身雖老，卻懷抱著老馬識途的智慧。浦起龍言：「前見道遠而孤，後見氣盛宜返」〔註115〕，正是筆者前文提及理想與現實的衝突，又曰：「公至江陵，本欲北歸，此詩見志」〔註116〕，可見前文以北歸爲此生理想亦無誤。但此詩眞正關鍵處在於筆者所謂的轉折，正似邊連寶所言：「五、六卻作一轉，言雖以腐儒之身，處孤遠之勢，而心則猶欲有爲，力則猶可有爲也。」〔註117〕有心有力，可見杜甫兩湖中的生命力依舊旺盛，故就算是老馬，也可在歷史經驗的傳承裡，指出「此身飄泊苦西東，右臂偏枯半耳聾」（〈清明二首〉・卷22頁1968～1970）外的自信。然而扣在杜甫猶有爲的堅持上，固是此處轉折的高峰；但若以物情、物理與物化三點來看，杜甫蘊含其中的人生疏解才是眞正的底蘊。杜甫在三、四句中將一、二句點明的腐儒身分和雲、天、夜、月等物情結合，於是共遠與同孤的哀傷便自然流瀉而出，以此觀看杜甫物化自己爲老馬時，不免擔心又是一次的悲傷與自悼。然杜甫卻展露了對老馬一物的觀察，不走向老馬殘軀的悲情中，反而昇華出老馬識途的物中道理，以哲學式的境界點化物情中的感傷，更消解了文學物化所帶來的同質性悲劇。一詩之中，蘊含了杜甫人生三種思考；短短八句，直是一生縮寫。

王國維曾言：「有造境，有寫境，此理想與寫實二派之所由分。然二者頗難分別。因大詩人所造之境，必合乎自然，所寫之境，亦必鄰於理想故也。」〔註118〕觀杜甫兩湖諸作多自然描繪，卻又潛藏理想於其中，可知運筆之際，既能妙合天地造化，又表達出理想的詩人主體，故有此境界。王國維又說：「境非獨謂景物也。喜怒哀樂，亦人心中之一境界。故能寫眞景物、眞感情者，謂之有境界。否則謂之無境界。」〔註119〕此亦可從杜甫作品中得知。杜甫於自然之中流貫他一生的仁心理想，是故孤舟所之，心亦運之，直至老馬與自己結合爲一，在茫茫世情裡吼出一聲長嘶，可謂胸中有境界，故能海涵天地，寓己衷心。

杜甫在孤舟漂蕩裡、自然出入間，型塑出浮浮沉沉中的生命意識；但也在幾番痛苦下立起自己的堅持，展現一片仁心光輝和道家境界，這是孤舟憔

〔註115〕見〔清〕浦起龍：《讀杜心解》，頁577。
〔註116〕見〔清〕浦起龍：《讀杜心解》，頁577。
〔註117〕見〔清〕邊連寶：《杜律啓蒙》，頁283。
〔註118〕見〔清〕王國維：《人間詞話》，頁4239。
〔註119〕見〔清〕王國維：《人間詞話》，頁4240。

悴裡，蘊藏其中的詩人主體，須以整體看之。從物情的觀看到物化的融入，正如王國維所言：「詩人必有輕視外物之意，故能以奴僕命風月。又必有重視外物之意，故能與花鳥共憂樂。」〔註120〕杜甫實具「重視外物」的性格，故能護生外並與之交融。惟生命不只要能入，尚要能出，政治邊緣人的身分讓他得以看清政治的面貌，生活邊緣人的視角同樣也讓詩人對生活有更細緻的發現。是故孤舟讓杜甫與生活密切結合，感受物情外，也因進入而成就眞正的物化；杜甫更因爲能出，故能抽離抒情性的沾黏，窮究物理之妙，在抒情外，寫下自己的人生疏解。當然杜甫未必能時時延續這樣的開拓，故還有悲傷，但在前一章所言孤舟與詩人的合一中，杜甫仍有這樣物化的表現，如本是「水生春纜沒」的危險，卻可以在視角開拓中，反以自己昇華的心靈看待，使得危機變成轉機，而有「春水船如天上坐」之想。凡此皆是杜甫藉由物理的體認轉移到物化後的世界，這時物化便不再是第二境界中與物情的糾葛，而是深藏物理智慧的點化。

第四節　兩湖飄泊所體認的天理

　　杜甫在儒道思想中開拓了自己的視角，使得物理的體認從困境中走向朗朗疏解；然而筆者發現杜甫闡發的物理不只如上文所說，其中尚包含他對天意的體認，可堪爲物理一詞最高深之處。唐君毅認爲物理者，發生在人我交接關係之時，有一定的接觸存在，亦同於筆者所謂有物情然後有物理〔註121〕。然而性理所體貼，對我顯爲天命，是一作用在我身上之理，同時也是普天之下的大理，不必只有我一人，故本身不必受限於接觸，而可朗朗昭顯於吾人心中。是故此理不必要有所接觸，自有超現實的意義，而成一形而上存在，如唐君毅所言：

> 宋明儒之言天理，非只視爲外在之物質之天地構造之理。如只視爲外在之物質之天地構造之理，便只是物理而非天理。眞正之天理，當是由心性之理通上去，而後發現之貫通內外之人我及心理之理。
> 〔註122〕

〔註120〕見〔清〕王國維：《人間詞話》，頁 4253。
〔註121〕見唐君毅：《中國哲學原論導論篇》，頁 71。
〔註122〕見唐君毅：《中國哲學原論導論篇》，頁 69。

從心性之中發生，貫通天上，則心與天理間本無隔閡。前文筆者曾以「易識浮生理，難教一物違」做爲杜甫物理一詞的根據，並論證依於本心的根源性，可與唐君毅之言相證，但對於杜甫天意的體認則仍未完整交待，有待進一步討論。

　　綜觀杜甫對天的態度，也存有一般看法，有著機械性的運作，如：「天地黯慘忽異色，波濤萬頃堆琉璃」（〈渼陂行〉・卷 3 頁 179），純粹自然的變動。也有天地創造者的解釋，如：「惟天有設險，劍門天下壯」（〈劍門〉・卷 9 頁 720）之指，強調造化偉大。天也可以指皇帝，如：「將帥蒙恩澤，兵戈有歲年。至今勞聖主，何以報皇天。」（〈有感五首・其一〉・卷 11 頁 971）這些例子在杜詩中還有許多，然因天的意義本身或接近自然之天，或有宇宙創造者的人格神意味，乃至代指皇帝本身，整體而言，杜詩中「天」一詞的使用非常豐富。惟上述指涉天理的部分不明確，不是與性理相貫通的天理內涵，分析杜甫對天的陳述中，除先前討論與天理的哲學性體認外，蓋以人格一類最爲大宗，以下便分析這類詩作中的內涵。

一、善意的人格天

　　杜甫集中「天」一詞大部分有著人格化的形象，首先表現爲善意的理解，如：「路人紛雨泣，天意颯風飄」（〈故武衛將軍輓歌三首・其三〉・卷 2 頁 97），賢者的去世，天也爲之悲痛，可見天對善意之人有著相當感應。二、對普照萬物的關懷，如：「聖朝亦知賤士醜，一物但荷皇天慈」（〈樂遊園歌〉・卷 2 頁 103）、「上天無偏頗，蒲稗各自長」（〈秋行官張望督促東渚耗稻向畢清晨遣女奴阿稽豎子阿段往問〉・卷 19 頁 1656），無論在盛朝中，清楚看見自己的老醜；還是滯留孤城裡，跨越士農之間，杜甫對天意的普照萬物都存有無限感念。甚至在「天意存傾覆，神功接混茫」（〈灩澦堆〉・卷 15 頁 1281）一聯裡，面對江中之險，天意還立下一石讓人們可以安全通過。三、對邪惡的懲處，如：「今日看天意，遊魂貸爾曹」（〈喜聞官軍已臨賊境二十韻〉・卷 5 頁 417）、「祿山作逆降天誅，更有思明亦已無。洶洶人寰猶不定，時時鬥戰欲何須」（〈承聞河北諸道節度入朝歡喜口號絕句十二首〉・卷 18 頁 1624），當國家發生戰亂時，杜甫認爲天意必然會降下懲罰，這或許有主觀的想望，卻也見證他對上天的理解有著正義的內涵。四、戒嗜慾，如〈南池〉一詩所言：「皇天不無意，美利戒止足。高田失西成，此物頗豐熟。」（卷 13 頁 1095）天意警戒人類追

求大利的行為，則杜甫對欲望有所限制外，對維持基本生活穩定且無害於他人的部分利益是可以接受的。

由上觀之，杜甫對天意的理解有著人格化的認識，普照萬物外，也懂得分明善惡之間，且有節慾的觀念。

二、天機近人事——人格天的不穩定性

雖然杜甫對天有著善意的理解，但由於人格一詞本身即代表人類情緒的存在，如〈獨立〉一詩所言：「天機近人事，獨立萬端憂」（卷 3 頁 208），天與人之間有著相近的部分，使得杜甫感到極大的憂愁。故詩人有時也將對人事的不滿轉在對天的理解上，尤其無能為力之際，這種反應常常更為強烈，如：「野人寧得所，天意薄浮生。多病休儒服，冥搜信客旌」（〈敬贈鄭諫議十韻〉‧卷 2 頁 111）、「莫自使眼哭，收汝淚縱橫。眼枯即見骨，天地終無情」（〈新安吏〉‧卷 7 頁 524）、「汝病是天意，吾愁罪有司」（〈病橘〉‧卷 10 頁 854）、「幹排雷雨猶力爭，根斷泉源豈天意」（〈柟樹為風雨所拔歎〉‧卷 10 頁 830）、「天未厭戎馬，我輩本常貧。子尚客荊州，我亦滯江濱」（〈寄薛三郎中璩〉‧卷 18 頁 1620）、「皇天無老眼，空谷滯斯人」（〈送惠二歸故居〉‧卷 18 頁 1623）等。上引詩句中，皇天無眼，故使生命遭受困挫外，更在無情之中，加病萬物之上。這時人們或飽受戰亂，也遍嚐流離之苦，此刻人格天所顯，與前面善意的天有著極大不同。

這樣的天是難以理解的，故杜甫言：「自斷此生休問天，杜曲幸有桑麻田，故將移住南山邊。短衣匹馬隨李廣，看射猛虎終殘年」（〈曲江三章章五句‧其三〉‧卷 2 頁 139）、「途遠欲何向，天高難重陳」（〈奉贈鮮于京兆二十韻〉‧卷 2 頁 142），無須再問，其中正藏著訴不完的天問。天是以如此面貌出現，所造出的人間必也滿是禍端，如：「天地日流血，朝廷誰請纓」（〈歲暮〉‧卷 12 頁 1067～1068）、「飄零迷哭處，天地日榛蕪」（〈哭台州鄭司戶蘇少監〉‧卷 14 頁 1192），流血與榛蕪，一片蕭索中，滿是血淋淋的畫面與哭不盡的哀鳴。也許杜甫對於天的無情還有著反抗的決心，如：「安得誅雲師，疇能補天漏」（〈九日寄岑參〉‧卷 3 頁 208）、「白鵝翅垂眼流血，安得春泥補地裂」（〈後苦寒行二首〉‧卷 21 頁 1848），可是補天補地之間，仍不能掩蓋善意之天破碎至此的事實，誠然讓人心痛。

總之，杜甫筆下的人格天存在著善與惡的性格，讓杜甫又愛又恨外，與杜甫所說：「人生半哀樂，天地有順逆」（〈白水崔少府十九翁高齋三十韻〉·卷4頁303）一致，順逆並存，哀樂相生。

三、天理的澈悟——人格天的轉變

上述人格天在兩湖時期中依然存在，可知杜甫理解的天有著人格化的傾向，如：「天意高難問，人情老易悲」（〈暮春江陵送馬大卿公恩命追赴闕下〉·卷21頁1880～1882）、「餘力浮於海，端憂問彼蒼。百年從萬事，故國耿難忘」（〈遣悶〉·卷21頁1897～1898）、「終當掛帆席，天意難告訴」（〈詠懷二首·其二〉·卷22頁1978～1981）、「天高無消息，棄我忽若遺」（〈幽人〉·卷23頁2026～2028）等。這些句子裡，杜甫延續之前創作，仍不斷發問。然而從發問的次數來看，「難問」、「問彼蒼」、「難告訴」、「無消息」，上天顯然沒有給予回應，與漂蕩舟中、物理難齊的感受一樣，都是杜甫兩湖生活中的痛苦。

兩湖生活已如前面許多論證，與前期生活大不相同，失卻穩定生活環境的杜甫，面對人生態度的兩極化，也慢慢在詩歌中呈現。這時創作由於較少沉澱的機會，往往轉以直接論述呈現，使得說理的文字大增，與夔州以前有著很大不同。如此作品有時失卻詩味，卻可開展杜甫作品另一形式，也許自己仍為生計的困擾忙碌奔波，同〈迴棹〉所說：「宿昔試安命，自私猶畏天。勞生繫一物，為客費多年。」（卷23頁2085～2086）甚至在漂蕩裡見證了聖人與賢者的終究毀滅[註123]。但杜甫在夔州時便說過：「情窮造化理，學貫天人際。」（〈八哀詩·贈秘書監江夏李公邕〉·卷16頁1394）安命之說亦可是人類與上天溝通的一種態度，這時天人之間慢慢出現對話的可能，甚至兩湖時杜甫還一度以己身上天，如：「江邊地有主，暫借上天迴」（〈雙楓浦〉·卷22頁1977）、「春水船如天上坐，老年花似霧中看」（〈小寒食舟中作〉·卷23頁2061～2062）。參照筆者所說，孤舟不僅是詩人自己的代表，也是漂蕩人生的象徵，杜甫可以在人生至極的苦難中改造生活，使自己跨越天人間的界線，以一己之舟直達難以攀問的人格之天，比照之前，實有更深的主體性與實踐意味，並強化了內在修為。如此，兩湖的天不論是〈冬深〉一詩所說：「花葉

〔註123〕〈上水遣懷〉：「冥冥九疑葬，聖者骨已朽。蹉跎陶唐人，鞭撻日月久。中間屈賈輩，讒毀竟自取。鬱怏二悲魂，蕭條猶在否。」（卷22頁1957～1959）

惟天意，江溪共石根。早霞隨類影，寒水各依痕」，有著天地自然的變化，蘊含機械性的變遷；或者延續善意的感召，而有「青春猶無私，白日亦偏照」（〈次空靈岸〉・卷22頁1964～1965）這樣人格天的描寫，杜甫實已慢慢產生思維上的改變，相信自身力量與天意間的關聯，脫離過去認識。這時杜甫對天的態度便可有所轉變，如以前杜甫描寫人格天受到人民奉獻時，還有著「吾知多羅樹，卻倚蓮華臺。諸天必歡喜，鬼物無嫌猜」（〈山寺〉・卷12頁1060）的人類情緒，表示著高興、歡喜；如今杜甫也可以反過來藉由人類的付出，在〈望嶽〉裡，以「三歎問府主，曷以贊我皇。牲璧忍衰俗，神其思降祥」（卷22頁1983～1985）的詩句追問上天。這時的天已經不可以繼續任性妄為，祂必須思考人類的付出，感受人類的努力，並嘗試回饋，天人之間變成雙向的關係。

　　杜甫在「人生貴是男，丈夫重天機。未達善一身，得志行所為」（〈詠懷二首・其一〉・卷22頁1978～1981）四句裡，說明兼善與獨善在丈夫思想裡的重要性，操作之間所依憑的即是天機的領略，此處天已不再是人格天，而有道理的味道。而〈清明二首〉：「鐘鼎山林各天性，濁醪粗飯任吾年」（卷22頁1968～1970）裡，雖提出鐘鼎與山林兩種不同的人生取向；但在「濁醪粗飯」物質剝落的過程中，人類不只可以有選擇自然的體會，世間的踏入也是一種存在的選擇。這時隱者與儒者間雙重身分的兩極，在道家剝落的哲學中漸至清明，畢竟人生的選擇只要是堅持自己所行，「任」自己所行的意識裡便存有極高價值。此刻杜甫雖然還是儒者身分，以「銀章佩在腰」做為自己的生命印記，卻在剝落中昇華，對自己的選擇多了一種信心，使得詩人有著一任自己的認同。如此，自己的詩章便可有讓皇天嗟歎的力量，如：「扣寂豁煩襟，皇天照嗟歎」（〈舟中苦熱遣懷奉呈陽中丞通簡臺省諸公〉・卷23頁2074～2077）所說；而面對人格天的多變，不如相信存在的是一種天理，可與詩人在心中形成內在的貫通。這時也許面對戰亂還有著「福善理顛倒，明徵天茫茫」（〈入衡州〉・卷23頁2067～2072）的遺憾，可是「四序本平分，氣候何迴互。茫茫天造間，理亂豈恆數。」（〈宿花石戍〉・卷22頁1965～1966）在茫茫不知所向的造化之神外，卻存有一恆常不變的天理，象徵著更高的真理。故就算伏枕舟中，面臨生死關頭的存在命限，只要堅持一身的人格和實踐的性理，皇天的照臨便不再是過去的人格化方式，需要仰天期待；反而轉為一種天道性命相貫通的哲學，如

〈風疾舟中伏枕書懷三十六韻奉呈湖南親友〉所說：「朗鑒存愚直，皇天實
照臨」〔註124〕（卷23頁2091～2096），因內心之朗而有乾坤之明，擺脫了
人格的不定，體證天理永恆。

　　杜甫在苦難的歲月中轉移對天的認識，其中雖有過抱怨，但如方弘靜所
說：

　　　　古之風人，不能無怨，而聖人曰：「可以怨。」謂其怨不至於懟也。
　　　　雖跼天蹐地，尤不失溫厚之度焉。〔註125〕

跼天蹐地的苦難是人間最大折磨，杜甫卻怨而無懟，同鄭鄤對此時杜甫的體
會：「維舟不成悶，得與杜陵親。浪闊蛟龍臥，風驚草樹神。流離天意厚，浩
蕩主恩新。獨有懷天末，憐才鬼喜人」〔註126〕。鄭鄤在繫舟之時方體會杜甫
舟中生活的精神乃是越流離，對天意的體認越深厚。然筆者以為此厚不僅是
對天意的認識而已，還有杜甫在視角開展過程中成就的心靈之厚，梁橋即言：

　　　　學詩莫先于清識，清識有四：有天理。有物理，有事理，有神理。
　　　　萬理不同，同歸于是，謂之至理。至理一本，其變無方，謂之眾理。
　　　　至理惟當心解，更不可以言求，以言求者是謂無識。眾理必須根幹
　　　　枝葉脉絡文裡纖悉推究，目無不真見，心無不真知，口無不可以真
　　　　言，是謂真識。真識之目有四：一曰其然，耳可聞、目可見之實體：
　　　　二曰當然，心可知，身可行之正理；三曰所以然，口不可言、心不
　　　　可思，理勢自然之所必至：四曰不然，正理之外，百種邪僻，所當
　　　　防戒者于此。四者推研之，庶幾可以見理而進于真識矣。〔註127〕

不論各種理，皆歸諸一至理，而此至理又為心所解，可證筆者第一節所說。
如今杜甫在兩湖漂蕩中，拆解人事的複雜，慢慢剗落不同道理間的面目，道

〔註124〕諸家註解多將兩句放置在對幕府親友的美稱，如仇注所引：「朗鑒二句，感親
　　　　友待己之厚」（卷23頁2095）、楊倫：「得親友大度包容」，凡此皆指向應酬
　　　　式的文字。惟浦起龍以杜甫之心為經，云：「此上十句，正是告親友之詞。謂
　　　　我方仰賴其力，無奈扳援眾多，恩施易竭。廁在等夷之列，難邀破格之惠也。
　　　　接下云，於儔人之中，『愚直』如我，乃若『朗鑒』相存。此恩此德，『皇天
　　　　實照臨』之。忽然出以誓詞，要是不平所激。」見〔清〕楊倫：《杜詩鏡詮》，
　　　　頁1033、〔清〕浦起龍：《讀杜心解》，頁817。

〔註125〕見〔明〕方弘靜：《方弘靜詩話》，引自吳文治主編：《明詩話全編》（南京：
　　　　鳳凰出版社，1997年12月），頁3841。

〔註126〕見〔明〕鄭鄤：《鄭鄤詩話》，引自吳文治主編：《明詩話全編》，頁9470。

〔註127〕見〔明〕梁橋：《梁橋詩話》，引自吳文治主編：《明詩話全編》，頁5337。

家放下的修養沒有讓杜甫因此改變人生方向，倒是「作用的保存」〔註128〕，反而在剝落、去執的過程中深化杜甫儒者的天地良心。漂蕩裡，杜甫對人生的價值雖有過質疑，可開拓的視野卻加強了自己的信念，這實是孤舟物理中最高的體會。

漂蕩與物理，極端的對比中，杜甫在最窘困的人生終點前，以最高的物理畫下句點，如唐君毅所說：

> 竊謂天堂如父，地獄如母，地獄生子，還以天父為姓，以住人間。
>
> 然天父若不能如佛之住地獄，而起大悲，又烏能生子。〔註129〕

文中將天堂與地獄的關係比擬為父母，實則天堂與地獄更是精神與漂蕩人間的對比。佛家可有煩惱即菩提的說法，天堂地獄亦可有這般的思維，故如何在地獄中彰顯吾人心中天堂的意義，或在亂世中證出對天理的認識，即是杜甫孤舟中體悟的極致。

四、物理的示現——比興與議論

龔鵬程在討論宋詩的特色時，曾言：「宋人論詩，很少把情感的抒發視為主創作活動內容以及評價標準。」〔註130〕以此觀之，自然容易發展出重視性與道這種超越情跟理層次的創作。又龔鵬程以為理猶有所對，不能脫出事法〔註131〕，此與筆者所言物理與物情間的關係一致，則宋詩的體道乃是使情、理落在性與道之上，是一種透過心靈擺脫感性觀物的方式。杜甫大部分的物理其實都不合宋人的要求，如同前言裡廖美玉所說，唐人在這方面畢竟不同於宋人，以下幾段文字亦是持這樣的看法：

> 又云：「唐人以詩為詩，宋人以文為詩。唐詩主于達性情，故于《三百篇》近；宋詩主於議論，故於《三百篇》遠。古詩於《三百篇》近，唐詩于《三百篇》遠。」〔註132〕
>
> 宋人宗義理而略性情，其於聲律，尤為末義，故一代之作，每每不

〔註128〕關於作用的保存的內涵，詳見牟宗三：《才性與玄理》（臺北：臺灣學生書局，1997年8月），頁142～164。

〔註129〕見唐君毅：《人生之體驗續編》（臺北，臺灣學生書局，1993年9月），頁166。

〔註130〕見龔鵬程：《詩史本色與妙悟》，頁240。

〔註131〕見龔鵬程：《詩史本色與妙悟》，頁242～243。

〔註132〕見〔清〕吳喬：《圍爐詩話》，引自郭紹虞編：《清詩話續編》，頁519。

盡同於唐人。〔註133〕

杜甫大部分的物理仍有著自己的性情，也不一定都是體道之言，甚至雜著許
多對困境的書寫，與宋人誠然不同。但若以筆者所言天意的體認來看，杜甫
這方面的認識上顯然已非過去猶藉事法來證物理，而是純粹由自己的內在證
出，如此便與宋人之性與道相似了。實則筆者以爲此點正是杜甫兩湖時期中
對宋詩開展的最要關鍵，畢竟緒論討論的諸項創作特色不必杜甫才有，如「以
議論爲詩」一處，前人即云：

> 人謂詩主性情，不主議論。似也，而亦不盡然。試思二雅中何處無議
> 論？杜老古詩中，奉先、詠懷、北征、八哀諸作，近體中，蜀相、詠
> 懷、諸葛諸作，純乎議論。但議論須帶情韻以行，勿近傖父面目耳。
> 戎昱和蕃云：「社稷依明主，安危託婦人。」亦議論之佳者。〔註134〕

> 〈桃花源〉詩云：「雖無紀曆誌，四時自成歲。怡然有餘樂，於何勞
> 智慧。奇蹤隱五百，一朝敞神界。諄薄既異原，旋復還幽蔽。」於
> 此種又何嘗不仗議論。「奇蹤」四句，筆力颯爽，雖健者瞠乎其後。
> 杜韓用筆，每每宗此。〔註135〕

> 宋功烈之卑，以議論多，而詩格之卑，亦以議論。雖然議論何可廢
> 也！不曰好謀而成，執兩端而用其中乎？杜子美詩集之大成，即議
> 論何損風韵！余謂宋詩所不能爲唐者，非專以議論故也，自其風韵
> 不稱耳。〔註136〕

議論其來有自，如《詩經》、陶淵明之作等，未必杜甫才有這樣性格，那麼「中
間入議論，便是宋人門戶」〔註137〕的論述也就失去了效力。何況杜甫之議論
若如筆者前面所論，除了在天意的體認外，皆是透過物情闡發物理，其中猶
有情韻存在，則杜甫誠然所謂「比興深者通物理」〔註138〕，有其意興的表現，
而非純如議論、抒發物理。杜甫之議論與宋人實有著不同，此則不論杜甫如
何改變唐詩風格而如下所說：

〔註133〕見〔明〕陸深：《陸深詩話》，引自吳文治主編：《明詩話全編》，頁2159。

〔註134〕見〔清〕沈德潛：《說詩晬語》，引自丁福保編：《清詩話》（臺北：木鐸出版
　　　　社，1988年9月），頁553。

〔註135〕見〔清〕延君壽：《老生常談》，引自郭紹虞編：《清詩話續編》，頁1822。

〔註136〕見〔明〕方弘靜：《方弘靜詩話》，引自吳文治主編：《明詩話全編》，頁3843。

〔註137〕見〔明〕許學夷：《許學夷詩話》，引自吳文治主編：《明詩話全編》，頁6241。

〔註138〕見〔明〕李贄：《李贄詩話》，引自吳文治主編：《明詩話全編》，頁4641。

> 李于麟之評少陵，尤以爲篇什雖富，頹然自放，況大曆而降元白諸
> 人者哉？……大抵能變一代之體者，必擅一代之才。……少陵淹通
> 梁選，出入楚騷，其志量骨力不凌屬千載？然而唐體亦自此亡矣。
> 〔註139〕

> 杜詩出而唐祚衰矣。〔註140〕

杜甫處在唐朝由轉衰的階段，其詩不僅代表著黃金盛世的消逝，也是一代詩風之轉，故而在「子美以意爲主，以獨造爲宗，以奇拔沉雄爲貴」的特色下〔註141〕，先開出中唐的轉變〔註142〕，再由中唐直接影響到宋朝〔註143〕，其中自有發展脈絡。但杜甫仍舊有著唐人風采，故除了「少陵以史爲詩，已非風雅本色，然出於憂時憫俗，牢慅呻吟之聲猶不失三百篇遺意焉」外〔註144〕，還保留原本盛唐的氣格，「用事多則流於議論。子美雖爲詩史，氣格自高」〔註145〕，就這些來考量，杜甫以議論爲詩畢竟不是唯一，而早有先例。就算以議論一點來考察，期間的發展也是經由逐步的演變，在「意」一字上做改造，

〔註139〕見〔明〕臧懋循：《臧懋循詩話》，引自吳文治主編：《明詩話全編》，頁5418～5419。
〔註140〕見〔明〕陸深：《陸深詩話》，引自吳文治主編：《明詩話全編》，頁2159。
〔註141〕見〔明〕王世貞：《王世貞詩話》，引自吳文治主編：《明詩話全編》，頁4238。
〔註142〕「唐詩分三節，盛唐主辭情，中唐主辭意，晚唐主辭律。」見〔明〕周履靖：《周履靖詩話》，引自吳文治主編：《明詩話全編》，頁4988。「元和諸公所長，正在於變。」見〔明〕許學夷：《許學夷詩話》，引自吳文治主編：《明詩話全編》，頁6213。「元和諸公，議論痛快，以文爲詩，故爲大變。」見〔明〕許學夷：《許學夷詩話》，引自吳文治主編：《明詩話全編》，頁6210。宇文所安更明確指出：「中唐既是中國文學中一個獨一無二的時刻，又是一個新開端。自宋代以降所滋生出來的諸多現象，都是在中唐嶄露頭角的。在許多方面，中唐作家在精神志趣上接近兩百年後的宋代大思想家，而不是僅數十年前的盛唐詩人。」又言：「中唐所關懷的許多問題，可以追溯到杜甫的作品。」見宇文所安著，陳引馳、陳磊譯：《中國「中世紀」的終結——中唐文學文化論集》（臺北：聯經出版事業股份有限公司，2007年5月），頁7、92。蕭華榮則說：「他（杜甫）的詩中已透露出一些理學思想的胚芽。他作詩好議論、說理、敘事、鋪敍，風格轉爲蒼老瘦勁，語言方面常用俗語，格律上常用拗律，……這些正合於宋、清人的審美趣味和需要。」見蕭華榮：《中國古典詩學理論史》（上海：華東師範大學出版部，2005年12月），頁13。
〔註143〕「宋人之詩，大都出於元和。」見〔明〕許學夷：《許學夷詩話》，引自吳文治主編：《明詩話全編》，頁6306。
〔註144〕見〔明〕謝肇淛：《謝肇淛詩話》，引自吳文治主編：《明詩話全編》，頁6679。
〔註145〕見〔明〕謝榛：《四溟詩話》（北京：人民文學出版社，2006年8月），頁8。

使得杜甫原先意深〔註146〕的特質慢慢減少，如徐復觀所說：「以想像爲主的
『思』中，加入較多的理性成分，前人便稱爲意」〔註147〕，唐詩之意多了想
像與感情，宋詩之意則把感情理性化，將感情冷卻澄汰，至此，由情到意，
再由意到理的詩歌發展便完成確認。

　　但是杜甫藉由體認天意完成的性理天理相貫通，卻不必經由中唐便完
成。杜甫剝盡兩湖漂蕩生活的辛酸，直以一己之心遙證天道，此與宋人詩歌
中的體道特質相同，在眾多討論杜甫與宋人關係的作品中，這或許是另一個
關係點，值得我們注意。方回曾言：

　　　大抵老杜集，成都時詩勝似關、輔時，夔州時詩勝似成都時，而湖
　　　南時詩又勝似夔州時，一節高一節，愈老愈剝落也。〔註148〕

　　　山谷論老杜詩，必斷自夔州以後。試取其自庚子至乙巳六年之詩
　　　觀之，秦隴劍門，行旅跋涉，浣花草堂，居處嘯詠，所以然之故
　　　如繡如畫。又取其丙午至辛亥六年詩觀之，則繡與畫之跡俱泯。
　　　赤甲白鹽之間，以至巴峽、洞庭、湘潭，莫不頓挫悲壯，剝落浮
　　　華。〔註149〕

方回非常重視杜甫兩湖時期的作品，比起前輩黃庭堅以夔州以後概稱杜甫晚
年之作，方說之說更明確地認識到杜甫兩湖的特色。這種剝落的情況徐復觀
也有提及〔註150〕，雖沒有論述，卻意識到兩者的關係。詩中必有理的存在，「詩
有理與意，然後曉暢，可觀可風」〔註151〕，但如何拿捏意中的理情，則要憑
藉創作者的態度。宋人重視理的情況可如下所云：

　　　談理至宋人而精，說部至宋人而富，詩則至宋而益加細密，蓋刻抉
　　　入裡，實非唐人所能囿也。〔註152〕

　　　宋人精詣，全在刻抉入裡，而皆從各自讀書學古中來，所以不蹈襲

〔註146〕「蓋子美之意深，而宋人之意（指意興）淺也。」見〔明〕許學夷：《許學夷
　　　　詩話》，引自吳文治主編：《明詩話全編》，頁6171。
〔註147〕見徐復觀：《中國文學論集續編》（臺灣：臺灣學生書局，1984年9月），頁
　　　　59。
〔註148〕〔元〕方回：《方回詩話》，引自吳文治主編：《遼金元詩話全編》（南京：鳳
　　　　凰出版社，2006年12月），頁657～658。
〔註149〕見〔元〕方回：《方回詩話》，引自吳文治主編：《遼金元詩話全編》，頁950～951。
〔註150〕見徐復觀：《中國文學論集續編》，頁59。
〔註151〕見〔明〕郝敬：《郝敬詩話》，引自吳文治主編：《明詩話全編》，頁5939。
〔註152〕見〔清〕翁方綱：《石洲詩話》，引自郭紹虞編：《清詩話續編》，頁1426。

唐人也。〔註153〕

　　宋人之學，全在研理日精，觀書日富，因而論事日密。〔註154〕
由於理學的發展，使得詩歌有此蘊含，其中當是詩歌轉變的一個特色，不宜輕以高下之分區別唐宋優劣，畢竟一代一代之特色需要的不是比較，而是後人更寬廣的並包，同杜甫學習前人的態度一樣。杜甫大部分的物理雖皆非體道之言，而有強烈的情緒存在，但他在創作過程中對理的感受卻早有人注意：

　　老杜詩當是詩中六經，他人詩乃諸子之流也。杜詩有高妙語，如云：
　　「王侯與螻蟻，同盡隨丘墟。願聞第一義，回響天地初。」可謂深
　　入理窟，晉宋以來詩人無此句也。〔註155〕

　　杜公晚年見道甚深，非淺學者輕易測量所及。宜平心靜氣讀之，尋
　　行數墨，去之愈迷，即此詩（〈迴棹〉）可以類推。〔註156〕
可見杜甫體道的狀況並非在兩湖時才唐突而出，而是早有徵兆。惟杜甫能在兩湖時更透顯天理，實謂難得。黃仲昭曾言：

　　予惟人之一身，萬物之理具焉。善學者能因其理而反之於身，則凡身
　　之所歷者，無一而非吾進修之助也。古之君子，有以游而進其學者，
　　有以游而工於文者，豈有他哉？亦以萬物之理反之於身而已。〔註157〕
杜甫即是在萬理之中不斷修養自己，此中或者物理難齊，亦是修練過程中的挑戰。這種以人格面對環境困頓淬煉出的性理天理相貫，由於本身帶著極大學習與生命歷程，才能避掉空言虛談，多少去掉學界所認為宋詩理太多而情味少的問題〔註158〕。畢竟「詩貴含蓄，優遊不迫。大抵從學問而來，語句自然近理，以理為主，以氣為使，叫謃非詩道也。」〔註159〕杜甫的學問不是破萬卷的努力而已，由漂蕩到物理的剝落而出，此中的學習實是生命一場體驗，在苦難中生出智慧，照徹人間生前死後的茫昧，故生前漂蕩而不悔，死關到

〔註153〕見〔清〕翁方綱：《石洲詩話》，引自郭紹虞編：《清詩話續編》，頁1427。
〔註154〕見〔清〕翁方綱：《石洲詩話》，引自郭紹虞編：《清詩話續編》，頁1428。
〔註155〕見〔明〕萬表：《萬表詩話》，引自吳文治主編：《明詩話全編》，頁3323。
〔註156〕見〔清〕郭曾炘：《讀杜箚記》（上海：上海古籍出版社，1984年3月），頁460。
〔註157〕見〔明〕黃仲昭：《黃仲昭詩話》，引自吳文治主編：《明詩話全編》，頁1446。
〔註158〕宋人不喜歡景物描寫，而景物描寫在詩中往往起到比興的作用，因而宋詩的缺乏比興幾乎是古今的通識。見蕭華榮：《中國古典詩學理論史》，頁12。
〔註159〕見〔明〕梁橋：《梁橋詩話》，引自吳文治主編：《明詩話全編》，頁5347。

臨時，也能以「朗鑒存愚直，皇天實照臨」的智慧疏解，遙啓宋人外，還有著一頁頁偉大的詩篇和精神，告訴我們哀樂相生的道理。

最後筆者針對前文再補充一點，杜甫對天的體認實是非常多元，此與孔子頗爲相似，皆能從生活入手，再以生命點發〔註160〕，與後來多道德、知識的討論不同。中國對天的看法討論頗多，由於中心思想的不同，更有許多不同觀點，凡此皆爲吾人所熟知〔註161〕。杜甫能於孔子之後，在「天」這一議題逐步學術化的歷史脈絡中，以眞實的步履回歸孔子般生命的論述，此不只是顛沛流離的一生所致而已，當還包含詩人心中堅持的肯認，以及勇於面對不同環境的心態，誠爲難得。而筆者所言影響宋朝發展亦可在中唐時期便見到徵兆，宇文所安即言唐代以前對自然和社會的詮釋都是以傳統知識爲基礎，中唐則開始接受個人詮釋〔註162〕。宇文所安更舉韓愈〈祭鱷魚文〉、柳宗元〈天說〉、劉禹錫〈天論〉等文章爲例，足見自杜甫以後，以個人視角爲始的詮釋開始發展，此皆爲一例證。總之，杜甫以生命的豐富性開創出兩湖時期多元的視角，並以物理詮釋自己的困境與疏解，不僅遙接孔子「人能弘道」的生命體驗精神，更開拓了中唐以至宋朝的發展，而物理一觀念即是重要切入處，值得我們去關注。

〔註160〕如孔子談天之言：「五十而知天命」、「噫！天喪予！天喪予！」、「予所否者，天厭之！天厭之！」、「天生德於予，桓魋其如予何？」、「不怨天，不尤人；下學而上達。知我者其天乎！」、「天何言哉？四時行焉，百物生焉，天何言哉？」、「不然，獲罪於天，無所禱也。」、「二三子何患於喪乎？天下之無道也久矣，天將以夫子爲木鐸。」、「大哉！堯之爲君也！巍巍乎！唯天爲大，唯堯則之！蕩蕩乎，民無能名焉！巍巍乎！其有成功也！煥乎！其有文章。」、「文王既沒，文不在茲乎？天之將喪斯文也，後死者不得與於斯文也；天之未喪斯文也，匡人其如予何？」、「君子有三畏：畏天命，畏大人，畏聖人之言。小人不知天命而不畏也，狎大人，侮聖人之言。」凡此皆可見之書上，而爲吾人所熟知。再觀文字中的表現，也可證杜甫對天的看法基本上與孔子發聲的方式相近，都很重視生命的當機發揮。見〔宋〕朱熹：《四書章句集註》，頁 54、125、91、98、157、180、65、68、107、110、172。

〔註161〕關於中國哲學論天的著作甚多，如王邦雄等著《中國哲學史》即可參，詳見王邦雄等編著：《中國哲學史》（臺北：國立空中大學，2001 年 2 月）。而唐君毅《中國哲學原論導論篇》裡有更多深刻的討論，詳見唐君毅：《中國哲學原論導論篇》（臺北：臺灣學生書局，1993 年 2 月）。

〔註162〕可參宇文所安〈詮釋〉一章，詳見宇文所安著，陳引馳、陳磊譯：《中國「中世紀」的終結──中唐文學文化論集》，頁 59～84。

小　結

　　本文從杜甫兩湖詩歌的物理與批評提出問題，事實上，學界對杜甫晚年的論述並不多，導致兩湖竟成爲杜甫人生中的空白，著實讓人遺憾。仇注有一記載：

> 謂公卒於夏，減卻少陵半年之壽，爲可恨也。（卷 23 頁 2091）

倘若在杜甫卒年的論爭上產生了可恨的聲音，那麼面對杜甫兩湖時期的忽略而生的評論亦足以讓人生恨。我們從杜甫所面對的人生困境裡，看見了杜甫面對現實的委屈；更在沙鷗的殞落、巨海的細語等物情投射裡，讀到詩人生命的悲劇，凡此，都可以說明杜甫兩湖時期的遭遇，可以有所謂的模糊、衰颯。然而，杜甫沒有在漂蕩裡遺棄初衷，雖然舟中的浮沉裡，使詩人從政治的邊緣人，再變爲生活的邊緣人；但離開了陸地的穩定性後，詩人也更加拓展自己的視角。於是舟中風景紀行的詩篇中，出現了杜甫仁心的光輝普照和祈禱；生活裡的自然取景，也使得杜甫在人群應對、政治寓託外，更多地參與了自然場域。終於，詩人主體再次建立，跨越了「山林托疲茶，未必免崎嶇」的不安，從政治的醒覺中，發振自己的千古仁心，邁步至自然與人類界線的泯滅，以及性理天理的相貫，這些都是杜甫在兩湖中的開展。

　　生活本就充滿不確定，若只就夔州時期量多質精的作品來論，兩湖似乎存在著高峰後的難繼 〔註163〕。但作品本身除了後世的評價外，倘若吾人可以更從作者的處境來分析，那麼兩湖生活的艱難又有幾人能耐？「天高無消息，棄我忽若遺」（〈幽人〉‧卷 22 頁 2026～2028）的幽恨反覆在杜甫的人生映現，恰似孤舟飄泊裡的不定，詩人能夠在兩極的思維裡，步出一條詩人主體的歸屬，尤其卸下人類的身軀，跳出物情觀看，轉以物化的存在化解生命的隔閡，又以物理的智慧體證天道，不正是一種積極生命的存在〔註164〕！方東樹即云：

> 世人徒慕公詩，無一求通公志，故不但不能及之，並求眞知而解之

〔註163〕參見裴斐：〈杜甫八期論〉，頁 38。

〔註164〕翁方綱亦云：「杜公詩到湖湘，黯然峭絕矣，而更含蓄生氣於內，此不可解。」不可解者，正是對此的疑惑。然翁方綱雖提出疑惑，卻也點出生氣一詞，注意到杜甫詩中的力量。見〔清〕翁方綱：《翁方綱《翁批杜詩》稿本校釋》，頁 714。

亦罕見。如公在潭州入湖南時〈詠懷二首〉，此公將沒時，迫以疾病，心志沉惋，語言陷滯，誠若不可人意。然苟求其志，則風調情深，豪氣自在。雖次第無端由，要見一種感慨歎息之情，終非他人所及。蓋公一生懷忠國濟時之志，至是老而將死，決知不能行所爲矣，故作此二詩。……愚謂杜公居夔居潭諸詩，正是如此。後人不繹其志而哀其情，徒據語言之末，學究頭巾之智，曉曉然俱以朱子藉口，競訾短夔詩也爲不工，所謂以尺蠖繩蛟龍也。……杜集、韓集皆可當一部經書讀。而僻儒以一孔之見，未窺底蘊，浮情淺識，妄肆膚談，互相糾評，以爲能事，遂奮筆而著之說，亦烏足爲有亡哉！〔註165〕

若非在起伏中不斷歷練自己的初衷與志行，又如何能見證時代對人的考驗。也許橫逆所表現的詩歌有著無端由之感，但其中深情、揮灑而出的力量卻是如此清楚。朱熹說此時詩歌不明曉，那是就詩歌揮灑的情形而言，但杜甫中心志既然如此堅定，實當破除語言形式之見而從內在把握。如此，兩湖去來的生命困境竟是杜甫出入萬物、道理的契機，不同唐詩裡發揮物理的偶然，杜甫的兩湖生活實讓他走了一步不同的道路，啓動了另一種詩風。

　　本文從幾個角度切入，希望能爲杜甫兩湖時期的生命譜出一個較合理的論述。而就算棄置了筆者的處理，詩人也可以爲自己發聲，如「十暑岷山葛，三霜楚戶砧」（〈風疾舟中伏枕書懷三十六韻奉呈湖南親友〉・卷23頁2091～2097）所記的人生流離總述，以及「生涯相汩沒，時物正蕭森」的冷暖茫然，這都是前文所證。何況杜甫終究以自己的力量努力，在「戰血流依舊，軍聲動至今」的悲慟裡，喊出「朗鑒存愚直，皇天實照臨」的肯認。若非仁心在體內的朗朗照耀，和那泯滅物我界線的人生修養，伏枕舟中，病逝前的絕望都足以讓人喑啞，遑論創作這樣一首長詩！尤其這還是一首堅持理想的詩作，可見詩人生命厚度之一斑。

　　杜甫不以生活困頓失志，兩湖生活更不因後人之忽略隱沒，他有自己的表達，只待後人留心兩湖這一塊被遺忘的飄泊，注意孤舟物理中的人生疏解。杜甫終究不曾喑啞，而是在千江萬流裡，繼續那朱鳳怒號的不捨與不斷拓展、深化的孤舟心意。

〔註165〕見〔清〕方東樹：《昭昧詹言》（臺北：漢京文化事業有限公司，1985年9月），
　　　　頁215～216。

第六章　結　論

　　本文從杜甫飄泊之地與京華間的牽繫談起，透過兩者拉扯中的道路與居所，討論夔州、兩湖時，杜甫與京華間的關係。由於失去嚴武幫助，夔州、兩湖的生活成爲杜甫最艱鉅的挑戰，歸與不歸間，飄泊的一端與京華日日夜夜進行著辯證。就夔州而言，孤城的封閉生活塑造出居所與道路的統整形象——鳥道，文中就滯留間的駐足談起，討論杜甫歸路中的停頓點如何影響創作視角。同時，這段時間產生大量的夜色之作，堪爲駐足中思考的代表，孤城夜色乃成爲本文第二個關注點。就兩湖言，生活居所的失去導致了孤舟生涯，居所與歸路不再是統整概念，直接化二爲一，成爲漂蕩的單一詞彙，構築生活的兩難。兩難中的不穩定也讓杜甫有了更多思考空間，不同於夜色之作，其中哲學所得實不同於之前任何一個時期，故爲本文最後一個論述核心。筆者便綜合前面討論的結果，歸納幾點研究心得如下：

一、孤城裡的障礙、駐足與追尋

　　疾病形成的歸路障礙造成杜甫駐足夔州的事實，由於停頓的產生並非所願，對於夔州生活杜甫便以過客的身分自居，反映在暫居心態、目的性耕作等。然生活中也有許多新奇事物激發興致，農作裡豐收的喜悅更讓杜甫遺忘客居之處，重以山川景色的美麗經驗，孤城駐足中，杜甫確實寫下不少佳篇，展現異地裡的適應。惟過客對於歸路的追求不曾忘卻，天路漫漫遂讓安居之情再度爲時間焦慮所迫，使得凝視孤城景幽的「雙眼」又回到他鄉的愁緒裡，不只在農耕生活中出現定居與放船的迴圈、穀者之命與王者之命的抉擇；山光鳥色中，亦因去、留雙重視角的疊合，交織出審美下的離情別緒，形成明亮與晦暗的同景殊寫。

　　杜甫追尋京華的念頭，除了以籌措旅資的實際行動對治歸路障礙外，在與友人、官員的接觸中，也試圖以勸勉出仕的方法，在孤城駐足裡塑造另一種參與政治的形式。杜甫更在回憶友人、前賢的作品中，藉由記憶的爬梳與為他人作傳的詩筆，逐步剔抉他鄉身分，還原馳志縱轡的青春紅顏和憂國憂民的儒者詩心，顯見杜甫追尋京華記憶的奮力。這樣的追尋在古跡漫遊裡最為清楚，故面對古跡時，所寫或支離、飄泊的無奈，或秋意蔓延的舉世皆然，都是杜甫藉由古跡反映的心跡。而由於實地踏訪的親身經歷，飄泊的老人之身因旅人身分錯綜，使得延續原有的滯留情緒外，也在白帝城與武侯廟的現地中，重新對空間與歷史有了詮釋，突破空間限制，包容了歷史的善惡。

　　駐足的生活裡，杜甫對當地自然、人文雖有所接受，但在更多層面表現出自己的不認同，無論是自然氣候的異常，或重利、淫祀、居住環境、相處應對、飲食差異、與當地人民的疏離等人文問題，杜甫眼裡的夔州文化在本質上仍與自己有著極大差異。杜甫過去便有與政治對抗的經驗，表現在出走京華的選擇，如今更以自己的儒者之居與孤城殊俗相對，大小相尢中，可見杜甫對原先視角的把握。這些行為出現在杜甫的日常生活，諸如：仁心議題的闡發、道德準範的設定、與奴僕的關係、飲食中的不忘君、教育實踐等，證明夔州駐足的體驗雖開拓杜甫視角，卻也深化既有堅持。

二、孤城夜色裡的遙望主體和京華圖象

　　杜甫在駐足中已有記憶自己身影的特色，處在山川風光中亦時時流露出別緒。然這些作品猶有故友與美景為應，獨黑夜中一片渾沌，失去了撐持的力量，使得夜色之作中，大量出現憔悴形象的書寫，充滿自我否定與時間壓力。這些描寫老病之作因黑夜的夐絕無涯，故能穿越親人、歷史、普天、神話等邊界，在越界中，一面擴大自己的遺憾，一面兼包古往今來。惟杜甫之心可以無窮大，越界的同時亦使遺憾倍增，此時黑夜裡的星辰便成為杜甫首要的支撐，既代表著自己的微小，又隱喻出至死不休的力量。

　　有了星辰的力量，杜甫繼續謳歌理想，可挫折依舊不斷，女性故事的異曲同聲更見證淪落人的四海天涯。夜越深，杜甫的思考便越沈，體認出更多智慧，首先以月亮代表自己的身影與人生歷程，除負面的憔悴形象外，也有對人世升沉、起伏的辨證，使得扭曲的人生與普世的淪落找到一處哲學慰藉與安置。有此溫柔體認，詩人也有犀利的反省，於是過去的白日信仰在「趨

競」的認識下有了新解釋，黑夜的孤絕則因沉澱與修養獲得嶄新討論空間，顛覆白日與黑夜的關係，讓黑夜在駐足中成為杜甫思想轉變的關鍵。

不過這樣的力量與思考顯然不夠，孤城生活裡，杜甫始終將望眼延伸到遠方那一座看不見的城市——京華。星輝裡的京華迅影難以捕捉，遙望中月色連結的故園景象又殘破不堪，只餘一幅歸去不得的想像，再次挫折杜甫黑夜的遙望。這時星辰隱喻的另一面——北斗，乃成為杜甫繼續堅持的憑依，以星星的媒介為引，帶出記憶裡的京華圖象。這一幅圖象以斷片串連而成，用華麗往事再現，與追尋目標的現況形成極端對比。今昔對比雖造成杜甫心靈的斷裂與墜落，卻也如駐足般，給予沉思機會，於是過去的華麗與記憶雖不能恢復，卻在斷片中，提供奮起與堅持的能源。此時杜甫與地方的關係在孤城與京華的多重組合下，透過京華的今、昔與夔州現地三者交織，就詩歌而言，是八首連章的情緒起伏與轉折；就土地而言，則是杜甫人文地理的思維，終而擲出最後的砝碼，放置在那兼善的一端。

三、舟中與陸地的去住兩難

杜甫出夔的原因很多，親情的呼喚是京華歸思外，最值得我們重視的一點。兩湖生活正如杜甫自己預言般悲慘，首先是人情的挫折，使得杜甫在人情澆薄中離去當初心心念念的荊州，復在公安遲步裡，猶疑人生方向。這時杜甫已經有南行依附韋之晉的打算，卻猶在岳州登臨，為自己爭取最後希望。只是知音難求，南征之路竟成必然，原本嚮往的安定生活不僅成空，更使自己與京華間的距離因此拉遠。儘管後來得到友人幫助，惜又遭逢命運打擊，兩湖時期最後的安居在此破滅，舟中生活終於成為晚年的全部，無論穿插了美麗的舟中紀行，或者永恆的京華歸路。

由於兩湖生活與舟船有著密切結合，使得杜甫與舟船間形成特殊關係。考察杜甫兩湖以前舟船多為工具之用，集中在交通、謀生、戰爭、文學等四類；其中也有其他表現，顯現為幽逸與漂蕩兩種抽象特質，雖然作品量不多，卻見工具之舟到生活之舟的傾斜。而後來到兩湖，因為分不開的生活，杜甫筆下不只勾勒了舟中環境與居住情形，船上之人也有不少記載；甚至之後遭逢臧玠之亂，杜甫更以舟居的視角寫下逃亡過程。而舟中難與友人相處，逢友的光輝和追憶的黯淡亦形成舟中特殊的交友紀錄。

除了與生活密切結合，杜甫與舟船的關係還存在著舟人合一的關係，使

得舟船在杜甫的生命之流中，代表江湖翻動下的人生墜落，彰顯了此時孤寂、清絕的心靈顏色，反映出世網促成的漂蕩形象，凡此，都可見舟人合一，見證杜甫與舟船的關係在兩湖時期最為密切。

四、杜甫兩湖飄泊中的人生困境與疏解

同駐足中有夜色思考，兩湖時，杜甫對人生的體驗也更加深邃。杜甫善觀察物情，體貼其中自適自得的樂境，又從中思索哲理，以物理一詞表達。對於兩湖生活，杜甫首先體悟到的是物理難齊的人生困境。就冷暖人間的體會來說，雖有親友的溫暖，可舟船生活中的人情體會確實讓杜甫感到失望，故自比為垂死涸魚。此不同夔州時還可維持一老病樣貌，兩湖中的變形身影，正說明杜甫人情冷暖中的兩極體認。有此兩極，孤舟生涯裡的兩難人生便由此而出，使得杜甫既要面對物色變遷中的歸路無期，又需在失焦中，承受孤舟裡的行路難與拘囚感。

然而困境中也有成長，杜甫既可與舟船結成一體，可見自身總有一套應對的哲學，故舟中映現了詩人的無私仁心，透過政治寓託，舟中生活亦展現出飄泊裡的政治參與和堅持。不只儒者表現，舟中的自然剪景也為杜甫開展生命的視窗，在物情與物化中，昇華更宏觀的物理、哲思。惟杜甫儒者的宗教信仰仍是主要核心，思考的高點便不只如道家智慧的開展，亦有儒家天意的更深體認。杜甫過去體認的天表現為善意的人格天，這樣的天因為「近人事」之故，雜有不穩定的特質，可見杜甫心中之天的矛盾性，反映出一定程度的世亂。杜甫卻以自己對天理的澈悟，扭轉了人格天，讓人格意味的天終成一抽象理念式的天意，在議論等特質外，以真實的生命體驗啟蒙了中唐以至宋代的發展，開拓了個人詮釋的可能。

五、視角的拓展與深化

杜甫夔州與兩湖時期的創作視角因人生階段境遇的差異，有著不同的體悟和觀察重點：

一、就居住狀況而言。駐足夔州期間，杜甫還有去留間的矛盾辯證；兩湖的生活除少數因風景興起的居住之念外，大部分重點都放在尋覓生計與居所的漂蕩中，展現失家後的困挫。此外，夔州因為居所安定，就算只是暫居的西閣，都提供一定的安頓，故夜色之作多，照應定居與放船的困擾和失眠

問題。兩湖生活亦有黑夜描寫，作品卻不若夔州時期豐富，反是舟中書寫大增，成為兩湖詩歌最特殊的一環。

二、就交遊而言。夔州初期杜甫受到頗多友人照顧，之後亦有官員給予生活上的協助，僅在後期不知因為何故，開始有避人的傾向。整體而言，夔州一地的交遊關係較為順利。兩湖時，杜甫一再於交遊過程中感受政治的疏離感，人情澆薄更使之心灰意冷；縱然也有善意的人情，總是吉光片羽般，較少實質性的助益。此外，夔州時期的應酬詩歌較兩湖少，凸顯兩湖謀求生計的緊急和頻繁。

三、就詩歌內容言。夔州時期的杜甫因為生活的安定性，詩歌中有較多風景描寫和追憶之作，側面顯示此時的安寧。兩湖則反應出生活的流離失所，追憶之作較少外，許多描寫風光的詩篇更雜以不少議論，表現出創作前沉澱與思緒整理的不足，亦照射出生活的不穩定。

四、就心境而言。夔州創作有著許多矛盾情懷，表現上猶是居住於此的安寧與歸京實踐理想這兩種思緒的對話。惟此時縱有隱者之念，仍不至於太消極，而顯一平靜之心。兩湖雖也有實踐之振奮和道家之境，與之相對的卻是近死之心，迴盪在用／廢之間，隱居之念參雜的已不是平靜，而是老人喪志的無力，情緒跨越的幅度甚大。

整體而言，兩個時期雖然有許多差異，可杜甫在儒者情懷的信仰上仍表現出一致方向，可見詩人不因環境改變思想的初衷，甚至在艱困的生活裡，更加深化自己的思考，成就出儒者天命哲學的高度。同時，杜甫亦因為生活體驗的不斷變化，開拓自己的視野，不論是創作內容或佛道思維的影響，都見證視角的拓展。總此，杜甫夔州與兩湖的創作視角便是在拓展與深化中同步成長，如同採挖礦物，越深者，開鑿的內容越特殊；又如金字塔的構築，建至頂峰時，基底更是寬敞。杜甫深化自己的信仰，也開展生活所見所知；超越自己的人生高度，亦消化了各家思想。

六、議題的延伸與發展

一、杜甫在時間線性上的儒者信仰有著一定的發展脈絡，惟夔州與兩湖地理的不同確實導致出生活型態的不同和思考差異，雖當地人文氛圍亦是關鍵，但地理對生活與思考的參與實不可忽視。我們向來重視時間歷程的發展，卻忽略地理、空間的影響，筆者希望未來能夠拓展這方面議題，除以自然地

理的觀念補足更多線性思考，更以人文地理的思維分析杜甫詩作。以現地研究的方法簡錦松已有許多論著，本文即參閱不少簡錦松的研究結果，而以人文地理的觀念切入，本文亦有些許應用，惟仍不成系統。未來筆者將以人文地理的觀念對杜甫此時與其他時期作品作更深入探討，期能提出歷史脈絡外的新發現。

　　二、討論人文議題的作品頗多，舟船等代表水文方面的論述卻少，故除了本文所寫杜甫與舟船間的發展，唐代水文裡的書寫裡蘊含怎樣的思維、藝術與人生，也是筆者未來關注之點。

　　三、本文因嚴武之死，考察杜甫夔州與兩湖時期歸路中的駐足與漂蕩，並分析其中創作視角的發展與轉變。以上雖可提出一定成果，但若能就杜甫整體人生視角來討論，將能更深入了解詩人的思維與人格發展，甚至構築出杜甫創作的整體歷程，在傳記外，以視角作為另一種切入，此為筆者非常有興趣的議題。

　　四、筆者發現居住空間的經營可以反映詩人深層的心靈狀態，例如白居易的空間經營就很特別。本文雖分析杜甫部分的居住思維與空間經營，卻仍未系統處理這部分，未來將填補這塊議題，與人文地理的分析並進。

　　五、前人關於杜甫晚年的評價討論不多，雖近人莫礪鋒、劉開揚、裴斐與洪素香皆有討論，但以作品而言仍是少數，何況兩湖時期的作品常以「夔州後」一詞概括而過，殊為可惜。筆者仔細翻閱古人記載，其中仍有許多討論值得我們注意，筆者希望未來可以藉由兩章討論孤舟時期的成果，一一安置這些評論的位置，除為兩湖時期的詩歌定下價值外，也使其抽離夔州附屬品的身分。

參考書目舉要

依作者姓氏筆劃爲序，同一作者再依書籍筆畫排序

一、古籍類

（一）杜甫詩集與相關注本

1. 王嗣奭著，曹樹銘增校：《杜臆增校》，臺北：藝文印書館，1971 年 10 月。
2. 仇兆鰲：《杜詩詳注》，臺北：漢京文化事業有限公司，1984 年 3 月。
3. 金聖嘆：《唱經堂杜詩解》，《金聖嘆全集》，臺北：長安出版社，1986 年 9 月。
4. 朱鶴齡：《杜工部詩集輯注》，保定：河北大學出版社，2009 年 3 月。
5. 施鴻保：《讀杜詩說》，臺北：臺灣中華書局，1986 年 11 月。
6. 浦起龍：《讀杜心解》，臺北：九思出版有限公司，1979 年 3 月。
7. 梁運昌：《杜園説杜》，北京：書目文獻出版社，1995 年 2 月。
8. 郭曾炘：《讀杜箚記》，上海：上海古籍出版社，1984 年 3 月。
9. 黃生：《杜工部詩說》，京都：中文出版社，1946 年 6 月。
10. 楊倫：《杜詩鏡詮》，臺北：華正書局有限公司，1981 年 6 月。
11. 錢謙益：《杜詩錢注》，臺北：世界書局，1998 年 8 月。
12. 邊連寶：《杜律啓蒙》，濟南：齊魯書社，2005 年 6 月。

（二）其他

1. 丁福保編：《清詩話》，臺北：木鐸出版社，1988 年 9 月。
2. 王粲：〈登樓賦〉，收入蕭統《文選》，臺北：藝文印書館，1991 年 12 月。

3. 王安石：《王安石詩集》，臺北：廣文書局有限公司，1974 年 3 月。

4. 王夫之：《莊子通・莊子解》，臺北：里仁書局，1984 年 9 月。

5. 王國維：《人間詞話》，引自唐圭璋：《詞話叢編》，臺北：新文豐出版股份有限公司，1988 年 2 月。

6. 王久烈等譯註：《文心雕龍》，臺北：天龍出版社，1983 年 1 月。

7. 鷗註譯：《禮記今註今譯》，臺北：臺灣商務印書館，1987 年 9 月。

8. 方東樹：《昭昧詹言》，臺北：漢京文化事業有限公司，1985 年 9 月。

9. 白居易：《白居易集》，北京：中華書局，1985 年 10 月。

10. 司馬遷著，瀧川龜太郎考證：《史記會注考證》，臺北：漢京文化事業有限公司，1983 年 9 月。

11. 朱熹：《四書章句集註》，臺北：鵝湖出版社，2000 年 9 月。

12. 李白著，安旗主編：《李白全集編年注釋》，成都：巴蜀書社，2004 年 4 月。

13. 李林甫等撰，陳仲夫點校：《唐六典》，北京：中華書局，2005 年 4 月。

14. 余培林：《詩經正詁》，臺北：三民書局股份有限公司，1993 年 10 月。

15. 吳文治主編：《宋詩話全編》，南京：鳳凰出版社，2006 年 10 月。

16. 吳文治主編：《明詩話全編》，南京：鳳凰出版社，1997 年 12 月。

17. 吳文治主編：《遼金元詩話全編》，南京：鳳凰出版社，2006 年 12 月。

18. 谷文娟、高銛、高鋅編：《高燮集》，北京：中國人民大學出版社，1999 年 8 月。

19. 金聖嘆：《貫華堂第五才子書水滸傳》，《金聖嘆全集》，臺北：長安出版社，1986 年 9 月。

20. 屈守元、常思春主編：《韓愈全集校注》，成都：四川大學出版社，1996 年 7 月。

21. 徐震堮：《世說新語校箋》，臺北：文史哲出版社，1989 年 9 月。

22. 陶淵明著，逯欽立校注：《陶淵明集》，臺北：里仁書局，1981 年 11 月。

23. 陳子昂：《新校陳子昂集》，臺北：世界書局，1964 年 2 月。

24. 陳鼓應：《老子今註今譯及評介》，臺北：臺灣商務印書館股份有限公司，1998 年 8 月。

25. 陸游：《陸放翁全集》，臺北：河洛圖書出版社，1975 年 5 月。

26. 郭紹虞編：《清詩話續編》，臺北：木鐸出版社，1983 年 12 月。

27. 逯欽立輯校：《先秦漢魏晉南北朝詩》，臺北：木鐸出版社，1988 年 7 月。

28. 崔富章、李大明主編：《楚辭集校集釋》，湖北：湖北教育出版社，2002 年 10 月。

29. 曹操：《曹操集》，臺北：河洛圖書出版社，1975 年 10 月。

30. 黃宗羲：《宋元學案》，臺北：河洛圖書出版社，1975 年 3 月。

31. 劉熙載：《藝概》，臺北：金楓出版有限公司，1986 年 12 月。

32. 劉安著，張雙棣撰：《淮南子校釋》，北京：北京大學出版社，1997 年 8 月。

33. 歐陽脩：《歐陽脩全集》，臺北：河洛圖書出版社，1975 年 3 月。

34. 憨山大師：《老子道德經憨山註、莊子內篇憨山註》，臺北：新文豐出版股份有限公司，1996 年 4 月。

35. 鍾惺、譚元春：《唐詩歸》，《續修四庫全書》第 1590 冊，上海：上海古籍出版社，1995 年。

36. 謝榛：《四溟詩話》，北京：人民文學出版社，2006 年 8 月。

37. 蘇軾：《蘇東坡全集上冊》，臺北：河洛圖書出版社，1975 年 9 月。

38. 嚴可均校輯：《全上古三代秦漢三國六朝文》，北京：中華書局，1991 年 10 月。

39. 顧炎武：《亭林詩文集》，《聚珍仿宋四庫備要》，臺北：臺灣中華書局，1981 年 6 月。

40. 龔自珍：《定盦詩集》，出自《龔定盦全集》，臺北：新文豐出版股份有限公司，1975 年 3 月。

二、近人相關研究論著

(一) 杜甫相關研究

1. 方瑜：《杜甫夔州詩析論》，臺北：幼獅文化事業公司，1985 年 5 月。

2. 王實甫：《杜甫年譜》，臺北：西南書局有限公司，1978 年 9 月。

3. 李辰冬：《杜甫作品繫年》，臺北：東大圖書股份有限公司，1990 年 4 月。

4. 呂正惠：《杜甫與六朝詩人》，臺北：大安出版社，1989 年 5 月。

5. 宋開玉：《杜詩釋地》，上海：上海古籍出版社，2004 年 12 月。

6. 周錫〔韋复〕：《中學生文學精讀——杜甫》，香港：三聯書店有限公司，2005 年 8 月。

7. 信應舉：《杜詩新補注》，鄭州：中州古籍出版社，2002 年 1 月。

8. 范震威：《一個人的史詩——漂泊與聖化的歌者杜甫大傳》，保定：河北大學出版社，2009 年 7 月。

9. 康震：《康震評說詩聖杜甫》，北京：中華書局，2010 年 1 月。

10. 殷孟倫：《杜甫詩選》，臺北：嵩高書社股份有限公司，1985 年 10 月。

11. 孫微、王新芳：《杜詩學研究論搞》，濟南：齊魯書社，2008 年 6 月。

12. 莫礪鋒：《杜甫評傳》，南京：南京大學出版社，1993 年 10 月。

13. 張夢機：《讀杜新箋》，臺北：漢光文化事業股份有限公司，1986 年 2 月。

14. 張忠綱編注：《杜甫詩話六種校注》，濟南：齊魯書社，2002 年 4 月。

15. 張忠綱、孫微：《杜甫集》，南京：鳳凰出版社，2006 年 11 月。

16. 張忠綱等編：《杜甫敘錄》，濟南：齊魯書社，2008 年 10 月。

17. 張忠綱主編：《杜甫大辭典》，濟南：山東教育出版社，2009 年 3 月。

18. 陳貽焮：《杜甫評傳》，北京：北京大學出版社，2003 年 7 月。

19. 陳文華：《杜甫傳記唐宋資料考辨》，臺北：文史哲出版社，1987 年 11 月。

20. 陳冠明、孫愫婷：《杜甫親眷交遊行年考》，上海：上海古籍出版社，2006 年 12 月。

21. 陳淑彬：《重讀杜甫》，臺北：文津出版社有限公司，2001 年 5 月。

22. 陳香：《杜甫評傳》，臺灣：國家出版社，1993 年 6 月。

23. 陳耀南：《陳耀南讀杜詩》，香港：天地圖書有限公司，2008 年 7 月。

24. 梁鑒江：《杜甫詩選》，臺北：遠流出版事業股份有限公司，2000 年 6 月。

25. 許總：《杜詩學發微》，南京：南京出版社，1989 年 5 月。

26. 許德楠：《論詩史的定位及其他》，北京：學苑出版社，2004 年 4 月。

27. 許永璋：《杜甫名篇新析》，臺北：天工書局，1991 年 8 月。

28. 曹慕樊：《杜詩雜說全編》，北京：三聯書店，2009 年 1 月。

29. 程千帆、張宏生：《被開拓的詩世界》，上海：上海古籍出版社，1990 年 10 月。

30. 黃珅：《杜甫心影錄》，臺北：漢欣文化事業限公司，1990 年 11 月。

31. 黃奕珍：《象徵與家國——杜甫論文新集》，臺北：唐山出版社，2010 年 2 月。

32. 黃玉峰：《說杜甫》，上海：上海辭書出版社，2008 年 8 月。

33. 楊義：《李杜詩學》，北京：北京出版社，2001 年 3 月。

34. 葉嘉瑩：《杜甫〈秋興〉八首集說》，臺北：桂冠圖書股份有限公司，1994 年 6 月。

35. 葉嘉瑩：《葉嘉瑩說杜甫詩》，北京：中華書局，2008 年 9 月。

36. 葛曉音：《杜甫詩選評》，上海：上海古籍出版社，2008 年 4 月。

37. 廖美玉：《杜甫「沉鬱頓挫」說及其他》，臺南：宏大出版社，1993 年 7 月。

38. 劉健輝、劉新宇、劉紅雨、張素華編著：《杜甫在夔州》，重慶：重慶出版社，1992 年 11 月。

39. 劉開揚：《杜甫詩集導讀》，北京：中國國際廣播出版社，2009 年 1 月。

40. 趙海菱：《杜甫與儒家文化傳統研究》，濟南：齊魯書社，2007 年 8 月。

41. 蔣先偉：《杜甫夔州詩論稿》，成都：巴蜀書社，2002 年 11 月。

42. 蔡錦芳：《杜甫版本及作品研究》，上海：上海大學出版社，2007 年 12 月。

43. 歐麗娟：《杜詩意象論》，臺北：里仁書局，1997 年 12 月。

44. 歐麗娟：《唐代詩歌與性別研究——以杜甫為中心》，臺北：里仁書局，2008 年 9 月。

45. 盧國琛：《杜甫詩醇》，杭州：浙江大學出版社，2006 年 11 月。

46. 韓成武：《詩聖——憂患世界中的杜甫》，河北：河北大學出版社，2004 年 5 月。

47. 韓成武、張志民：《杜甫詩全譯》，石家莊：河北人民出版社，1997 年 10 月。

48. 簡錦松：《杜甫夔州詩現地研究》，臺北：臺灣學生書局，1999 年 12 月。

49. 龔嘉英：《詩聖杜甫——以詩作傳以史證詩》，臺北：杜詩研究山房，1993 年 5 月。

（二）其他中文書籍

1. 王邦雄：《中國哲學論集》，臺北：臺灣學生書局，1990 年 2 月。

2. 王邦雄等編著：《中國哲學史》，臺北：國立空中大學，2001 年 2 月。

3. 王邦雄：《走在莊子逍遙的路上》，臺北：臺灣商務印書館股份有限公司，2004 年 12 月。

4. 王子今：《中國古代行旅生活》，臺北：臺灣商務印書館股份有限公司，1998 年 11 月。

5. 王志清：《盛唐生態詩學》，北京：北京大學出版社，2007 年 4 月。

6. 牟宗三：《才性與玄理》，臺北：臺灣學生書局，1997 年 8 月。

7. 牟宗三講述，陶國璋整構：《莊子齊物論義理演析》，香港：中華書局（香港）有限公司，1998 年 10 月。

8. 余秋雨：《藝術創造論》，臺北：天下遠見出版股份有限公司，2006 年 1 月。

9. 余光中：《隔水呼渡》，臺北：九歌出版社有限公司，1990 年 1 月。

10. 沈清松：《對比、外推與交談》，臺北：五南圖書出版股份有限公司，2002 年 11 月。

11. 杜曉勤：《初盛唐詩歌的文化闡釋》，北京：東方出版社，1997 年 7 月。

12. 杜保瑞：《莊周夢蝶──莊子哲學》，臺北：五南圖書出版股份有限公司，2007 年 1 月。

13. 吳旻旻：《香草人文學傳統》，臺北：里仁書局，2006 年 12 月。

14. 吳懷東：《杜甫與六朝詩歌關係研究》，合肥：安徽教育出版社，2002 年 5 月。

15. 周采泉：《杜集書錄》，上海：上海古籍出版社，1986 年 12 月。

16. 竺家寧：《語言風格與文學韻律》，臺中：五南圖書出版公司，2001 年 3 月。

17. 尚永亮：〈盛唐貶官特點與荊湘地域的文化特性〉，《唐五代逐臣與貶謫文學研究》，武漢：武漢大學出版社，2007 年 9 月。

18. 林淑貞：《中國詠物詩「託物言志」析論》，臺北：萬卷樓圖書有限公司，2002 年 4 月。

19. 林淑貞：《表意‧示意‧釋義──中國寓言詩析論》，臺北：里仁書局，2007 年 10 月。

20. 孟樊主編：《旅行文學讀本》，臺北：揚智文化事業股份有限公司，2004 年 3 月。

21. 周曉琳、劉玉平：《空間與審美──文化地理視域中的中國古代文學》，北京：人民出版社，2009 年 9 月。

22. 洪素香：《杜甫出夔後行旅與詩歌研究》，臺南：台灣復文興業股份有限公司，2003 年 8 月。

23. 封野：《杜甫夔州詩疏論》，南京：東南大學出版社，2007 年 12 月。

24. 唐君毅：《中國人文精神之發展》，臺北：臺灣學生書局，1988 年 5 月。

25. 唐君毅：《中國哲學原論導論篇》，臺北：臺灣學生書局，1993 年 2 月。

26. 唐君毅：《文化意識與道德理性》，臺北：臺灣學生書局，1993 年 5 月。

27. 唐君毅：《人生之體驗續編》，臺北：臺灣學生書局，1993 年 9 月。

28. 唐君毅：《生命存在與心靈境界──生命存在之三向與心靈九境》，臺北：臺灣學生書局，2006 年 9 月。

29. 孫中峰：《莊子之美學義蘊新詮》，臺北：文津出版社有限公司，2005 年 12 月。

30. 徐復觀：《中國文學論集》，臺北：臺灣學生書局，1990 年 3 月。

31. 徐復觀：《中國文學論集續編》，臺灣：臺灣學生書局，1984 年 9 月。

32. 徐國能：《清代詩論與杜詩批評》，臺北：里仁書局，2009 年 9 月。

33. 栗斯：《唐世風光和詩人》，臺北：木鐸出版社，1985 年 7 月。

34. 張高評：《宋詩之新變與代雄》，臺北：洪葉文化事業有限公司，1995 年 9 月。

35. 張高評：《會通化成與宋代詩學》，臺南：國立成功大學出版組，2000 年 8 月。

36. 張潤靜：《唐代詠史懷古詩研究》，上海：上海三聯書店，2009 年 1 月。

37. 陳建軍、馮思純編訂：《廢名講詩》，武漢：華中師範大學出版社，2007 年 10 月。

38. 陳贇：《天下或天地之間：中國思想的古典視域》，上海：上海世紀出版股份有限公司上海書店出版社，2007 年 4 月。

39. 梁啟超著，張品興主編：《梁啟超全集》，北京：北京出版社，1999 年 7 月。

40. 陶國璋：《生命坎陷與現象世界》，臺北：書林出版有限公司，1995 年 4 月。

41. 曾昭旭：《存在感與歷史感——論儒學的實踐面向》，臺北：臺灣商務印書館股份有限公司，2003 年 8 月。

42. 曾昭旭：《我的美感體驗》，臺北：臺灣商務印書館股份有限公司，2005 年 9 月。

43. 舒國治：《流浪集》，臺北：大塊文化出版股份有限公司，2006 年 10 月。

44. 傅紹良：《盛唐文化精神與詩人人格》，臺北：文津出版社有限公司，1999 年 6 月。

45. 傅璇琮：《唐代科舉與文學》，臺北：文史哲出版社，1994 年 8 月。

46. 聞一多：《唐詩雜論》，北京：中華書局，2004 年 4 月。

47. 葉嘉瑩：《迦陵說詩講稿》，臺灣：桂冠圖書股份有限公司，2000 年 6 月。

48. 廖美玉：《中古詩人夜未眠》，臺南：宏大出版社，2002 年 1 月。

49. 廖美玉：《中古詩人的生命印記》，臺北：里仁書局，2007 年 2 月。

50. 廖炳惠：《關鍵詞 200》，臺北：麥田出版，2006 年 4 月。

51. 劉章璋：《唐代長安的居民生計與城市政策》，臺北：文津出版社有限公司，2006 年 11 月。

52. 劉昌元：《西方美學導論》，臺北：聯經出版事業公司，2000 年 7 月。

53. 趙謙：《唐七律藝術史》，臺北：文津出版社，1992 年 9 月。

54. 趙睿才：《唐詩與民俗關係研究》，上海：上海古籍出版社，2008 年 11 月。

55. 潘朝陽：《心靈・空間・環境——人文主義的地理思想》，臺北：五南圖書出版股份有限公司，2005 年 6 月。

56. 歐麗娟：《唐詩的樂園意識》，臺北：里仁書局，2000 年 2 月。

57. 潘德榮:《詮釋學導論》,臺北:五南圖書出版股份有限公司,1999 年 91 月。

58. 鄧小軍:《唐代文學的文化精神》,臺北:文津出版社有限公司,1993 年 9 月。

59. 賴瑞和:《唐代中層文官》,臺北:聯經出版事業股份有限公司,2008 年 12 月。

60. 蕭華榮:《中國古典詩學理論史》,上海:華東師範大學出版部,2005 年 12 月。

61. 蕭麗華:《杜甫——古今詩史第一人》,臺灣:幼獅文化事業公司,1994 年 8 月。

62. 龔鵬程:《中國文學史》上冊,臺北:里仁書局,2009 年 1 月。

63. 龔鵬程:《唐代思潮》下冊,宜蘭:佛光人文社會學院,2001 年 6 月。

64. 龔鵬程:《詩史本色與妙悟》,臺北:臺灣學生書局,1993 年 2 月。

65. 顧隨、葉嘉瑩筆記,顧之京整理:《顧羨季先生詩詞講記》,臺北:桂冠圖書股份有限公司,1992 年 12 月。

(三)外國與翻譯書籍

1. Tim Cresswell,徐苔玲、王志弘譯:《地方:記憶、想像與認同》,臺北:群學出版有限公司,2006 年 12 月。

2. Rollo May,龔卓軍、石世明譯:《自由與命運》,臺北:立緒文化事業有限公司,2001 年 3 月。

3. Paul Ricoeur, "*Hermeneutics and the human sciences : essays on language, action, and interpretation*" (New York: Cambridge University Press, 1981).

4. 加斯東・巴舍拉著,龔卓軍、王靜慧譯:《空間詩學》,臺北:張老師文化事業股份有限公司,2008 年 5 月。

5. 伊塔羅・卡爾維諾著,王志弘譯:《看不見的城市》,臺北:聯經出版事業公司,2008 年 9 月。

6. 米歇爾著,陳永國、胡文徵譯:《圖像理論》,北京:北京大學出版社,2007 年 3 月。

7. 宇文所安著,鄭學勤譯:《追憶:中國古典文學中的往事再現》,臺北:聯經出版事業股份有限公司,2006 年 11 月。

8. 宇文所安著,賈晉華譯:《盛唐詩》,臺北:聯經出版事業公司,2007 年 1 月。

9. 宇文所安著,陳引馳、陳磊譯:《中國「中世紀」的終結——中唐文學文化論集》,臺北:聯經出版事業股份有限公司,2007 年 5 月。

10. 艾德華・薩伊德著，單德興譯：《知識分子論》，臺北：麥田出版股份有限公司，1998 年 2 月。

11. 漢斯－格奧爾格・伽達默著，洪漢鼎譯：《真理與方法》，北京：商務印書館，2007 年 4 月。

12. 韋伯：《宗教社會學》，臺北：遠流出版事業股份有限公司，2006 年 10 月。

13. 洪漢鼎譯：〈存在與詮釋學〉，《詮釋學經典文選》（上），臺灣：桂冠圖書股份有限公司，2005 年 5 月。

14. 萵魯嘉・陳若莉，吳英璋導讀：《文化困境與內心掙扎》，臺北：貓頭鷹出版社，2000 年 11 月。

三、單篇論文（期刊、論文集）

1. 川合康三：〈杜甫詩中的自我認識與自我表述〉，《杜甫與唐宋詩學》，臺北：里仁書局，2003 年 6 月。

2. 方瑜：〈浣花溪畔草堂閒——論杜甫草堂時期的詩〉，《古典文學・第二集》，臺北：臺灣學生書局，1980 年 12 月。

3. 方瑜：〈困境與突圍——以杜甫〈同谷七歌〉與〈秋興八首〉中的春意象為例〉，《臺大文史哲學報》，臺北：臺灣大學文學院，2008 年 11 月，第六十九期。

4. 王飛：〈天狗與鳳凰〉，《杜甫研究學刊》，成都：杜甫研究學刊編輯部，1998 年，第 3 期。

5. 王勛成：〈杜甫授檢校部員外郎之始末〉，《中國唐代文學會第 14 屆年會暨國際學術研討會論文匯編》，蕪湖：安徽師範大學，2008 年 10 月。

6. 王增文、殷傳寶：〈杜甫的親情、愛情和友情〉，《商丘師範學院學報》，商丘：商丘師範學院，2000 年 10 月第 16 卷第 5 期。

7. 丘良任：〈杜甫湘江詩月譜（上）〉，《長沙水電師院學報》（筆者案：現已改為長沙理工大學學報），長沙：長沙理工大學，1987 年第 2 期。

8. 丘良任：〈杜甫湘江詩月譜（下）〉，《長沙水電師院學報》（筆者案：現已改為長沙理工大學學報），長沙：長沙理工大學，1987 年第 3 期。

9. 吉川幸次郎著，孫昌武譯：〈杜甫的詩論與詩——在京都大學文學部的最後一課〉，《唐代文學論叢》，西安：陝西人民出版社，1986 年 1 月，總第七輯。

10. 安東俊六著，李演生譯：〈論杜甫的夔州詩〉，《杜甫研究學刊》，成都：杜甫研究學刊編輯部，2001 年，第 4 期。

11. 沈清松：〈復全之道——意義建構、社會互動與生命實踐〉，收於李紹崑編：《精神學研究》，臺北：臺灣商務印書館股份有限公司，1998 年 11 月。

12. 沙先一：〈試論杜甫的夔州回憶詩〉，《杜甫研究學刊》，成都：杜甫研究學刊編輯部，2001 年，第 1 期。

13. 李桂奎：〈論杜詩中蘊含的懷親心態〉，《武當學刊》（筆者按：現已改爲鄖陽師範高等專科學校學報），丹江口：鄖陽師範高等專科學校，1998 年 3 月第 18 卷第 1 期。

14. 孟修祥：〈論屈原、杜甫文化精神之承變〉，《荊州師範學院學報》，荊州市：荊州師範學院學報編輯部，2001 年，第 3 期。

15. 韋愛萍、王鳳英：〈論杜甫詩的兄弟情〉，《陝西廣播電視大學學報》，西安：陝西廣播電視大學，2007 年 3 月，第 9 卷第 1 期。

16. 柯慶明：〈從「亭」，「臺」，「樓」，「閣」說起——論一種另類的遊觀美學與生命省察〉，《中國文學的美感》，臺北：麥田出版，2006 年 1 月。

17. 封野：〈論杜甫荊湘時期的生存危機與自我衝突〉，《中國文學研究》，長沙：湖南師範大學中國文學研究編輯部，2002 年第 2 期。

18. 封野：〈論杜甫的邊緣焦慮及其影響〉，《江蘇教育學院學報（社會科學版）》，南京：江蘇教育學院學報編輯部，2004 年 11 月，第 6 期。

19. 胡若詩、王晶譯：〈色彩的詞，詞的色彩〉，《法國漢學家論中國文學——古典詩詞》，北京：外語教學與研究出版社，2008 年 9 月。

20. 高友工：〈律詩的美學〉，《中國美典與文學研究論文集》，臺北：國立台灣大學出版中心，2004 年 3 月。

21. 殷三：〈無情未必眞英雄——淺析杜甫的家庭親情詩〉，《桂林師範高等專科學校學報》，桂林：桂林師範高等專科學校，2005 年 9 月，第 19 卷第 3 期。

22. 連清吉：〈吉川幸次郎及其杜甫研究〉，《杜甫與唐宋詩學》，臺北：里仁書局，2003 年 6 月。

23. 莫礪鋒：〈重論杜甫卒於大曆五年冬——與傅光先生商榷〉，《唐宋詩歌論集》，南京：鳳凰出版社，2007 年 4 月。

24. 莫礪鋒：〈穿透夜幕的詩思——論杜詩中的暮夜主題〉，《中國唐代文學會第 14 屆年會暨國際學術研討會論文匯編》，蕪湖：安徽師範大學，2008 年 10 月。

25. 陳弱水：〈思想史中的杜甫〉，《中央研究院歷史語言研究所集刊》，臺北：中央研究院歷史語言研究所，1998 年 3 月。

26. 陳文華：〈杜甫入蜀紀行詩之道路意象〉，《杜甫與唐宋詩學》，臺北：里仁書局，2003 年 6 月。

27. 許德楠：〈論杜詩「以我爲詩」〉，《文學研究》，南京：南京社會科學研究，2003 年，第 8 期。

28. 曹淑娟：〈論杜甫鷗鳥詩之主題模式與變奏〉，《淡江大學中文學報》，臺北：淡江大學中國文學系，1995 年 9 月，3 期。

29. 梁敏兒:〈杜甫夔州詩的深度感覺初探〉,《中國文學的開端結尾研究》,
臺北:臺灣學生書局承印,2002 年 6 月。

30. 梁敏兒:〈杜甫夔州詩的開端與結尾:墜落的恐怖〉,《李白杜甫詩的開端
結尾研究》,臺北:臺灣學生書局,2002 年 6 月。

31. 梁敏兒:〈杜甫夔州詩的深度想像——大地母神的幽暗世界〉,《漢唐文學
與文化研究》,臺北:臺灣學生書局承印,2004 年 2 月。

32. 陶先淮、陶劍:〈大名詩獨步　勝跡遍長沙——杜甫三寓長沙行蹤及卒年
考略〉,《中國韻文學刊》,湘潭:湘潭大學出版社,2002 年第二期。

33. 黃去非:〈杜甫入湘早期行蹤及詩作編年〉,《雲夢學刊》,岳陽:湖南理
工學院學報編輯部,2000 年,第 4 期。

34. 黃去非:〈杜甫入湘中期行蹤及詩作編年〉,《雲夢學刊》,岳陽:湖南理
工學院學報編輯部,2001 年 11 月第 22 卷,第 6 期。

35. 黃去非:〈杜甫入湘晚期行蹤及詩作編年〉,《雲夢學刊》,岳陽:湖南理
工學院學報編輯部,2002 年 4 月第 23 卷,第 2 期。

36. 黃去非:〈杜詩湖湘地名考〉,《雲夢學刊》,岳陽:湖南理工學院學報編
輯部,2004 年 11 月第 25 卷第 6 期。

37. 黃去非:〈杜甫岳州詩論略〉,《中國韻文學刊》,岳陽:湖南理工學院學
報編輯部,2003 年 3 月第 1 期。

38. 葉文舉:〈「物理固自然」——杜甫詩歌中的「物理觀」〉,《中國韻文學刊》,
南京:南京大學中文系,2006 年 3 月。

39. 鄒國平、葉佳聲:〈王夫之評杜甫論〉,《杜甫研究學刊》,成都:杜甫研
究學刊編輯部,2001 年,第 1 期。

40. 廖美玉:〈東京與兩川——王安石、黃庭堅學杜的兩種視角〉,《傳統中國
研究集刊（第六輯）》,上海:上海人民出版社,2009 年 6 月。

41. 廖美玉:〈「歸田」意識的形成與虛擬書寫的至樂取向〉,《成大中文學報》,
臺南:國立成功大學中文系,2003 年 11 月。

42. 廖美玉:〈杜甫在唐代詩學論爭中的意義與效應〉,《中華文史論叢》,上
海:上海古籍出版社,2009 年 6 月。

43. 廖美玉:〈錢牧齋論學杜在建構詩學譜系上的意義〉,《文與哲》,高雄:
國立中山大學中國文學系,2009 年 12 月。

44. 廖美玉:〈記夢、謁墓與前身——唐宋人學杜的情感徑路〉,《國際東方詩
話學會第六次學術大會論文集》（延吉:延邊大學國際東方詩話學會,2009
年 8 月）,頁 385～405。

45. 廖蔚卿:〈論中國古典文學中的兩大主題——從登樓賦與蕪城賦探討遠望
當歸與登臨懷古〉,《漢魏六朝文學論集》,臺北:大安出版社,1997 年

12 月。

46. 劉開揚：〈杜甫兩湖晚期詩作述評〉，《唐詩論文集》，上海：上海古籍出版社，1979 年 9 月。

47. 劉開揚：〈關於杜甫湖南紀行詩的編次考證〉，《唐詩論文集續集》，上海：上海古籍出版社，1987 年 5 月。

48. 劉朝謙：〈杜甫賦文心跡與賦論、賦評〉，《杜甫研究學刊》，成都：杜甫研究學刊編輯部，2002 年，第 2 期。

49. 熊治祁：〈杜甫湖南詩作五首編年考辨〉，《船山學報》，長沙：湖南省社會科學界聯合會，1988：1（總 10 期）。

50. 裴斐：〈杜甫八期論〉，《文學遺產》，南京：江蘇古籍出版社，1992 年），第四期。

51. 鄒樂群：〈杜甫與潭州臧玠之亂〉，《船山學刊》，長沙：船山學刊雜誌社，2002 年第 4 期。

52. 樊維綱：〈南客瀟湘外　江湖行路難——杜甫在湖南的行踪、境遇〉，《湖南師院學報》（筆者案：現改名為《湖南師範大學教育科學學報》），長沙：湖南師範大學教育科學學報編輯部，1981 年第 1 期。

53. 簡錦松：〈杜詩白帝城之現地研究〉，《杜甫與唐宋詩學》，臺北：里仁書局，2003 年 6 月。

54. 簡錦松：〈現地研究對詩篇詮釋的積極作用〉，《唐代現地研究》，高雄：中山大學出版社，2006 年。

55. 簡錦松：〈我怎樣為杜甫夔州詩重定編年〉，《臺灣學術新視野——中國文學之部（一）》，臺北：五南圖書出版股份有限公司，2007 年 6 月。

56. 簡錦松：〈杜甫夔州生活新證〉，《唐代學術研討會論文集》，臺北：里仁書局，2008 年 11 月。

57. 簡恩定：〈船山論杜雜義〉，《古典文學第六集》，臺北：臺灣學生書局，1984 年 12 月。

58. 薛世昌：〈鳳凰意象：杜甫的精神圖騰〉，《天水師範學院學報》，天水：天水師範學院學報編輯部，2008 年 1 月，第 28 卷，第 1 期。

59. 鍾怡雯：〈旅行中的書寫——一個次文類的成立〉，《經典的誤讀與定位——華文文學專題研究》，臺北：萬卷樓圖書股份有限公司，2009 年 7 月。

60. 韓成武：〈解說「罷官亦由人」之「罷官」——杜甫離開華州任原因之辯論〉，《杜甫新論》，保定：河北大學出版社，2007 年 6 月。

61. 龔鵬程：〈論杜甫夔州詩〉，《讀詩偶記》，臺北：華正書局有限公司，1987 年 8 月。

62. 龔鵬程：〈四季、物色、感情〉，《讀詩偶記》，臺北：華正書局有限公司，1987 年 8 月。

四、學位論文

1. 王正利：《杜甫詩中之意志與命運衝突研究——以意象為核心之探討》，臺北：國立台灣大學中國文學研究所碩士論文，2005 年 6 月。

2. 朱伊雯：《杜甫晚期詩作之精神動向——以夔州詩為歸趨之探究》，臺中：東海大學國語文學系研究所碩士論文，1996 年。

3. 李欣錫：《杜甫巴蜀詩「生活」題材研究》，臺北：國立臺灣師範大學國文研究所碩士論文，1998 年。

4. 許應華：《杜甫夔州詩研究》，臺北：國立臺灣師範大學國文研究所碩士論文，1996 年。

5. 梁桂芳：《杜甫與宋代文化》，濟南：山東大學博士學位論文，2005 年 4 月。

6. 廖美玉：《杜甫連章詩研究》，臺中：東海大學中文研究所碩士論文，1979 年。

五、網路資料

1. 中國知識資源總庫——CNKI 系列數據庫：http://cnki50.csis.com.tw/kns50/。

2. 國家圖書館——全國博碩士論文資訊網：http://etds.ncl.edu.tw/theabs/index.jsp。

3. 故宮【寒泉】古典文獻全文檢索資料庫：http://210.69.170.100/s25/。

4. 龔鵬程部落格：http://blog.sina.com.cn/s/blog_492808ed0100hut2.html。

5. Google 地圖網頁：http://ditu.google.cn/maps?f=q&source=embed&hl=zh-CN&geocode=&q=%E6%B9%96%E5%8C%97%E7%9C%81%E5%AE%9C%E6%98%8C%E5%B8%82%E5%BD%93%E9%98%B3%E5%B8%82&sll=36.173357,104.238281&sspn=31.588797,56.162109&ie=UTF8&brcurrent=3,0x3683caf3c03addbf:0x4c74b710a124c6d0%3B5,0&ll=30.817051,111.811981&spn=0.141527,0.219727&z=12。

附錄一：兩湖編年差異（以仇兆鰲、楊倫、浦起龍、黃去非、丘良任、杜甫年譜爲例）〔註1〕

仇兆鰲	楊　倫	浦起龍	黃去非〔註2〕	丘良任〔註3〕	杜甫年譜〔註4〕
公元 768 年春（大曆三年）57 歲					
〈行次古城店泛江作不揆鄙拙奉呈江陵幕府諸公〉（卷21頁1874～1875）	〈泊松滋江亭〉	○			〈泊松滋江亭〉
〈泊松滋江亭〉（卷21頁1875）	〈行次古城店泛江作不揆鄙拙奉呈江陵幕府諸公〉	○			〈行次古城店泛江作不揆鄙拙奉呈江陵幕府諸公〉

〔註1〕符號○表示與仇注之詩名、編年同。

〔註2〕見黃去非：〈杜甫入湘早期行蹤及詩作編年〉，頁 52～55。黃去非：〈杜甫入湘中期行蹤及詩作編年〉，頁 81～83。黃去非：〈杜甫入湘晚期行蹤及詩作編年〉，頁 87～90。

〔註3〕見丘良任：〈杜甫湘江詩月譜（上）〉，頁 93～98。

〔註4〕見王實甫：《杜甫年譜》（臺北：西南書局有限公司，1978 年 9 月），頁 254～290。

仇兆鰲	楊 倫	浦起龍	黃去非〔註2〕	丘良任〔註3〕	杜甫年譜〔註4〕
		〈漫成一首〉			
		〈大曆三年春出峽將適江陵漂泊有詩〉			
〈乘雨入行軍六弟宅〉（卷21頁1876）	○	○			○
〈上巳日徐司錄林園宴集〉（卷21頁1876～1877）	○	○			○
〈宴胡侍御書堂〉（卷21頁1878）	○	○			○
〈書堂飲既夜復邀李尚書下馬月下賦絕句〉（卷21頁1878）	○	○			○
〈奉送蘇州李二十五長史丈之任〉（卷21頁1879～1880）	○	○			○
〈暮春江陵送馬大卿公恩命追赴闕下〉（卷21頁1880～1882）	○	○			○
〈和江陵宋大少府暮春雨後同諸公及舍弟宴書齋〉（卷21頁1882）	○	○			○

仇兆鰲	楊　倫	浦起龍	黃去非〔註2〕	丘良任〔註3〕	杜甫年譜〔註4〕
〈暮春陪李尚書李中丞過鄭監湖亭泛舟〉（卷21頁1883）	○	○			○
〈宇文晁崔彧重泛鄭監前湖〉（卷21頁1883）	○	○			○
〈歸雁〉（卷21頁1884）	○				○
〈短歌行贈王郎司直〉（卷21頁1885～1886）	○	○			○
〈憶昔行〉（卷21頁1888～1889）	○	○			○
〈惜別行送向卿進奉端午御衣之上都〉（卷21頁1890～1891）	○	○			○
		〈寄李員外布十二韻〉			
〈夏日楊長寧宅送崔侍御常正字入京〉（卷21頁1892）	○	○			○
〈多病執熱奉懷李尚書〉（卷21頁1893～1894）	○	〈水宿遣興奉呈群公〉			○
〈水宿遣興奉呈群公〉（卷21頁1894～1897）	○	〈多病執熱奉懷李尚書〉			○

仇兆鰲	楊　倫	浦起龍	黃去非〔註2〕	丘良任〔註3〕	杜甫年譜〔註4〕
〈遣悶〉（卷21 頁 1897～1898）	○	○			○
〈江邊星月二首〉（卷21 頁 1899）	○	○			○
〈舟月對驛近寺〉（卷21 頁 1900）	○	○			○
〈舟中〉（卷21 頁 1901）	○	○			○
〈江陵節度陽城郡王新樓成王請嚴侍御判官賦七字句同作〉（卷 21 頁 1901～1902）	○	○			○
〈又作此奉衛王〉（卷21 頁 1902）	○	○			○
〈秋日荊南述懷三十韻〉（卷 21 頁 1904～1909）	○	○			○
〈秋日荊南送石首薛明府辭滿告別奉寄薛尚書頌德敘懷斐然之作三十韻〉（卷21 頁 1909～1913）	○	○			○
	〈獨坐〉				〈獨坐〉
〈暮歸〉（卷22 頁 1915）	○				○
	〈江漢〉	〈江漢〉			〈江漢〉

仇兆鰲	楊　倫	浦起龍	黃去非〔註2〕	丘良任〔註3〕	杜甫年譜〔註4〕
	〈地隅〉	〈地隅〉			〈地隅〉
		〈暮歸〉			
〈哭李尚書〉（卷 22 頁 1916～1918）	○				○
〈重題〉（卷 22 頁 1918）	○				○
〈哭李常侍嶧二首〉（卷 22 頁 1919～1920）	○				○
〈舟出江陵南浦奉寄鄭少尹審〉（卷 22 頁 1920～1921）	○	○			○
公元 768 年冬（大曆三年）57 歲					
〈移居公安山館〉（卷 22 頁 1922）	○	○			○
〈醉歌行贈公安顏十少府請顧八題壁〉（卷 22 頁 1923）	○				○
〈送顧八分文學適洪吉州〉（卷 22 頁 1924～1927）	○				○
〈官亭夕坐戲簡顏十少府〉（卷 22 頁 1927）	○				〈移居公安敬贈衛大郎〉
〈移居公安敬贈衛大郎〉（卷 22 頁 1928～1929）	○	○			〈官亭夕坐戲簡顏十少府〉

仇兆鰲	楊　倫	浦起龍	黃去非〔註2〕	丘良任〔註3〕	杜甫年譜〔註4〕
		〈哭李尚書〉			
		〈重題〉			
		〈哭李常侍嶧二首〉			
		〈官亭夕坐戲簡顏十少府〉			
		〈醉歌行贈公安顏十少府請顧八題壁〉			
		〈送顧八分文學適洪吉州〉			
〈公安送韋二少府匡贊〉（卷22頁1929）	○	○			○
〈公安縣懷古〉（卷22頁1930）	○	○			○
〈呀鶻行〉（卷22頁1931）	〈宴王使君宅題二首〉	○			〈宴王使君宅題二首〉
〈宴王使君宅題二首〉（卷22頁1932）	〈呀鶻行〉	○			〈呀鶻行〉
〈送覃二判官〉（卷22頁1933）	○	○			○
〈公安送李二十九弟晉肅入蜀余下沔鄂〉（卷22頁1934）	○	○			○

仇兆鰲	楊　倫	浦起龍	黃去非〔註2〕	丘良任〔註3〕	杜甫年譜〔註4〕
〈留別公安太易沙門〉（卷22頁1934～1935）	◯	◯			◯
		〈別董頲〉			
		〈別張十三建封〉			
〈久客〉（卷22頁1936）	◯				◯
〈冬深〉（卷22頁1936～1937）	◯				〈曉發公安〉
〈曉發公安〉（卷22頁1937～1938）	◯	◯		◯〔註5〕	〈冬深〉
〈發劉郎浦〉（卷22頁1939）	◯	◯		◯	◯
		〈久客〉			
		〈冬深〉			
〈別董頲〉（卷22頁1939～1940）	◯				◯
〈夜聞觱篥〉（卷22頁1941）	◯	◯			◯
				〈泊岳陽城下〉〔註6〕	
〈衡州送李大夫七丈勉赴廣州〉（卷22頁1941～1942）				◯	

〔註5〕 「大曆三年十二月下旬某日凌晨。」見丘良任：〈杜甫湘江詩月譜（上）〉，頁93。

〔註6〕 「公抵岳陽，已值歲暮。」見丘良任：〈杜甫湘江詩月譜（上）〉，頁93。

仇兆鰲	楊　倫	浦起龍	黃去非〔註2〕	丘良任〔註3〕	杜甫年譜〔註4〕
〈歲晏行〉（卷22頁1943～1944）	○	○	○	○	○
〈泊岳陽城下〉（卷22頁1945）	○	○	○	〈纜船苦風戲題四韻奉簡鄭十三判官〉	○
〈纜船苦風戲題四韻奉簡鄭十三判官〉（卷22頁1946）	○	○	○	〈登岳陽樓〉	○
〈登岳陽樓〉（卷22頁1946～1947）	○	○	○	〈陪裴使君登岳陽樓〉	○
公元769年春（大曆四年）58歲					
〈陪裴使君登岳陽樓〉（卷22頁1949）	○	○	○	〈衡州送李大夫七丈勉赴廣州〉〔註7〕	○
	〈發白馬潭〉	〈發白馬潭〉		〈發白馬潭〉	〈發白馬潭〉
〈南征〉（卷22頁1950）	○	○	○		○
〈歸夢〉（卷22頁1950～1951）	○	○	○		○
〈過南嶽入洞庭湖〉（卷22頁1951～1952）	〈過南岳入洞庭湖〉	○	○	○	〈過南岳入洞庭湖〉

〔註7〕　「『樓船過洞庭』，當是李過岳州時，杜甫迎送之作。詩云：『北風隨爽氣』，暮冬不能稱爽氣，當是正月所作。詩題『衡』字疑爲『岳』字之誤。……李勉自江西觀察使入爲京兆尹，大曆三年十月，拜廣州刺史，故冬春之際，舟過洞庭。」見丘良任：〈杜甫湘江詩月譜（上）〉，頁94。

仇兆鰲	楊　倫	浦起龍	黃去非〔註2〕	丘良任〔註3〕	杜甫年譜〔註4〕
			〈過洞庭湖〉		
〈宿青草湖〉（卷22頁1953）	○	○	○	○	○
〈宿白沙驛〉（卷22頁1954）	○	○	○	○	○
〈湘夫人祠〉（卷22頁1955）	○	○	○	○	○
〈祠南夕望〉（卷22頁1956）	○	○	○	○	○
〈上水遣懷〉（卷22頁1957～1959）	○		○		○
〈遣遇〉（卷22頁1959～1960）	○		○		○
〈解憂〉（卷22頁1960）	○		○		○
〈野望〉（卷22頁1973）		○	○		
〈發白馬潭〉（卷22頁1972～1973）			○		
〈入喬口〉（卷22頁1974）			○	○	
〈銅官渚守風〉（卷22頁1975）			○	○	
〈北風〉（卷22頁1976）			○	○	

仇兆鰲	楊　倫	浦起龍	黃去非〔註2〕	丘良任〔註3〕	杜甫年譜〔註4〕
〈雙楓浦〉（卷 22 頁 1977）			○〔註8〕		
〈岳麓山道林二寺行〉（卷 22 頁 1986～1988）		〈清明二首〉	○		
〈清明二首〉（卷 22 頁 1968～1970）		〈岳麓山道林二寺行〉	○	○〔註9〕	
		〈酬郭十五受判官〉			
〈發潭州〉（卷 22 頁 1971～1972）	○		○	○	
		〈雙楓浦〉			
				〈上水遣懷〉〔註10〕	
〈宿鑿石浦〉（卷 22 頁 1961～1962）	○		○	○〔註11〕	○
〈早行〉（卷 22 頁 1962）	○		○		○

〔註8〕　「『輟棹青楓浦』起，正式進入潭州州治，至〈發潭州〉離潭赴衡止，爲初寓長沙之時。」見陶先淮、陶劍：〈大名詩獨步　勝跡遍長沙——杜甫三寓長沙行蹤及卒年考略〉，頁 34。

〔註9〕　「紀長沙所見。是歲二月二十四日清明，到長沙一定是二十四日以前了。」見丘良任：〈杜甫湘江詩月譜（上）〉，頁 94。

〔註10〕　「是由潭州出發後舟中所作。『孤舟亂春華』，是春深景象。」見丘良任：〈杜甫湘江詩月譜（上）〉，頁 95。

〔註11〕　「公於二月上旬由岳州啓程，下旬抵長沙，作〈清明二首〉，發潭州必在清明以後，抵鑿石當爲三月初二。」見丘良任：〈杜甫湘江詩月譜（上）〉，頁 95。

仇兆鰲	楊 倫	浦起龍	黃去非〔註2〕	丘良任〔註3〕	杜甫年譜〔註4〕
〈過津口〉（卷22頁1963～1964）	○		○	○〔註12〕	○
				〈南征〉	
				〈歸夢〉	
				〈雙楓浦〉	
〈次空靈岸〉（卷22頁1964～1965）	○		○	○	○
〈宿花石戍〉（卷22頁1965～1966）	○		○	○	○
〈早發〉（卷22頁1967）	○		○		○
〈次晚洲〉（卷22頁1968）	○		○	○	○
	〈野望〉				〈野望〉
	〈入喬口〉	〈入喬口〉			〈入喬口〉
	〈銅官渚守風〉	〈銅官渚守風〉			〈銅官渚守風〉
	〈岳麓山道林二寺行〉				〈岳麓山道林二寺行〉
	〈清明二首〉				〈清明二首〉
	〈發潭州〉				〈發潭州〉
	〈北風〉	〈北風〉			〈北風〉
					〈雙楓浦〉

〔註12〕 「〈南征〉、〈歸夢〉二首舊編在岳州詩，但〈南征〉云：『春岸桃花水，雲帆楓樹林』，正值桃花汛，當是潭衡間詩。〈歸夢〉云：『雨急青楓暮』，而〈雙楓浦〉云：『輟棹青楓浦』，或因雨急而輟棹，情景均符。諸詩應編列同時。」見丘良任：〈杜甫湘江詩月譜（上）〉，頁95。

仇兆鰲	楊　倫	浦起龍	黃去非〔註2〕	丘良任〔註3〕	杜甫年譜〔註4〕
		〈上水遣懷〉			
		〈遣遇〉		〈遣遇〉	
		〈早行〉		〈早行〉	
		〈解憂〉			
		〈宿鑿石浦〉			
		〈過津口〉			
		〈次空靈岸〉			
		〈宿花石戍〉			
		〈次晚洲〉			
		〈早發〉			
〈詠懷二首〉（卷22頁1978～1981）	○	○	○	○	○
					〈酬郭十五受判官〉
	〈望岳〉	〈望嶽〉	〈望嶽〉		〈望岳〉
	〈衡州送李大夫七丈勉赴廣州〉	〈衡州送李大夫七丈勉赴廣州〉	〈衡州送李大夫七丈勉赴廣州〉		〈衡州送李大夫七丈勉赴廣州〉
〈酬郭十五受判官〉（卷22頁1982）	○		○〔註13〕		
	〈回棹〉		〈回棹〉		〈回棹〉
〈望嶽〉（卷22頁1983～1985）				○	

〔註13〕 「詩中回顧了他從喬口直奔南湖的經歷：『喬口橘洲風浪促，繫帆何惜片時程。』」陶先淮、陶劍：〈大名詩獨步　勝跡遍長沙——杜甫三寓長沙行蹤及卒年考略〉，頁35。

仇兆鰲	楊　倫	浦起龍	黃去非〔註2〕	丘良任〔註3〕	杜甫年譜〔註4〕
				〈酬郭十五受判官〉	
				〈岳麓山道林二寺行〉	
〈奉送韋中丞之晉赴湖南〉（卷22頁1989）					
〈湘江宴餞裴二端公赴道州〉（卷22頁1990～1991）	○	○			
		〈江閣對雨有懷行營裴二端公〉			
		〈江閣臥病走筆寄呈崔盧兩侍御〉			
			〈別張十三建封〉		
〈哭韋大夫之晉〉（卷22頁1992～1994）	○	○	○	○〔註14〕	○
		〈迴棹〉			

〔註14〕 「杜甫五月作〈岳麓山道林二寺行〉，還對韋頌揚，且自己也有定居之意。〈哭韋大夫之晉〉詩也有『城府深朱夏』、『笳簫急暮蟬』句，則韋之逝世，當在六月，故七月巳巳（初四日），即以崔瓘按替。」見丘良任：〈杜甫湘江詩月譜（上）〉，頁96。

仇兆鰲	楊　倫	浦起龍	黃去非〔註2〕	丘良任〔註3〕	杜甫年譜〔註4〕
			〈湘江宴餞裴二端公赴道州〉	〈湘江宴餞裴二端公赴道州〉〔註15〕	〈湘江宴餞裴二端公赴道州〉
〈江閣臥病走筆寄呈崔盧兩侍御〉（卷22頁1994〜1995）	○		○		○
〈潭州送韋員外迢牧韶州〉（卷22頁1996）	○	○	○		○
〈酬韋韶州見寄〉（卷22頁1997）	○	○	○		○
〈樓上〉（卷22頁1997〜1998）	○	○	○		○
〈遠遊〉（卷22頁1998）				丘氏以為〈遠遊〉一詩是夔州作。	
〈千秋節有感二首〉（卷22頁1999〜2000）	○	○	○	○	○
〈奉贈盧五丈參謀琚〉（卷22頁2001〜2003）	○	○			○
					〈登舟將適漢陽〉

〔註15〕 「『熱雲初集黑，缺月未生天』，天時還很炎熱，缺月未生，宴筵當再七月二日晚。」見丘良任：〈杜甫湘江詩月譜（上）〉，頁97。

仇兆鰲	楊　倫	浦起龍	黃去非〔註2〕	丘良任〔註3〕	杜甫年譜〔註4〕
〈惜別行送劉僕射判官〉（卷22頁2004～2005）	○	○	○	○	○
〈重送劉十弟判官〉（卷22頁2005～2006）	○	○	○	○	○
			〈奉贈盧五丈參謀琚〉		
	〈登舟將適漢陽〉	〈登舟將適漢陽〉			
〈湖中送敬十使君適廣陵〉（卷23頁2007）	○	○	○	○	○
〈晚秋長沙蔡五侍御飲筵送殷六參軍歸澧覲省〉（卷23頁2008）	○	○	○	○	○
		〈蘇大侍御渙靜者也〉			
〈別張十三建封〉（卷23頁2009～2011）					
〈送盧十四弟侍御護韋尚書靈櫬歸上都二十四韻〉（卷23頁2012～2014）	○		○		○

仇兆鰲	楊 倫	浦起龍	黃去非〔註2〕	丘良任〔註3〕	杜甫年譜〔註4〕
〈蘇大侍御訪江浦賦八韻記異〉（卷22頁2014～2015）	○		○	○	○
〈暮秋枉裴道州手札率爾遣興寄遞呈蘇渙侍御〉（卷22頁2016～2019）	○	○	○	○	○
〈奉贈李八丈曛判官〉（卷22頁2020～2021）	○	○	○	○	○
		〈送盧侍御護韋尚書靈櫬歸〉			
	〈別張十三建封〉			〈別張十三建封〉	〈別張十三建封〉
				〈奉贈盧五丈參謀琚〉	
				〈冬晚送長孫漸舍人歸州〉	
				〈暮冬送蘇四郎徯兵曹適桂州〉	
				〈幽人〉	
〈奉送魏六丈佑少府之交廣〉（卷22頁2022～2025）	○	○	〈北風〉〔註16〕	○	○

〔註16〕「詩中說：『洞庭秋欲雪，鴻雁將安歸』，明顯是作於秋天。」見黃去非：〈杜甫入湘中期行蹤及詩作編年〉，頁81。

仇兆鰲	楊　倫	浦起龍	黃去非〔註2〕	丘良任〔註3〕	杜甫年譜〔註4〕
〈北風〉（卷23頁2025）	○	○	〈奉送魏六丈佑少府之交廣〉		○
〈幽人〉（卷23頁2026～2028）	○	○	○		○
		〈送覃二判官〉			
〈江漢〉（卷23頁2029）					
〈地隅〉（卷23頁2030）					
〈舟中夜雪有懷盧十四侍御弟〉（卷23頁2031）	○	○	○		○
〈對雪〉（卷23頁2032～2033）	○	○	○		○
〈冬晚送長孫漸舍人歸州〉（卷23頁2033～2034）	○	○	○		○
〈暮冬送蘇四郎徯兵曹適桂州〉（卷23頁2034～2035）	○	○	○		○
〈客從〉（卷23頁2035～2036）	○	○	○	○	○
〈蠶穀行〉（卷23頁2036）	○	○	※	○	○
〈白鳧行〉（卷23頁2037）	○	○	○	○	○

仇兆鰲	楊　倫	浦起龍	黃去非〔註2〕	丘良任〔註3〕	杜甫年譜〔註4〕
〈朱鳳行〉（卷23頁2038）	○	○	○	○	○
公元770年春（大曆五年）59歲					
〈追酬故高蜀州人日見寄并序〉（卷23頁2038～2040）	○	○	○	○	○
〈送重表姪王砅評事使南海〉（卷23頁2042～2047）	○	○	○		○
					〈小寒食舟中作〉
		〈贈韋七贊善〉			
〈清明〉（卷23頁2048～2049）	○				○
〈風雨看舟前落花戲為新句〉（卷23頁2050～2051）	○				○
〈奉贈蕭十二使君〉（卷23頁2052～2054）	○				○
〈奉送二十三舅錄事之攝郴州〉（卷23頁2054～2055）	○				○

仇兆鰲	楊　倫	浦起龍	黃去非〔註2〕	丘良任〔註3〕	杜甫年譜〔註4〕
〈送魏二十四司直充嶺南掌選崔郎中判官兼寄韋韶州〉（卷23頁2056～2057）	○				○
〈送趙十七明府之縣〉（卷23頁2057）	○				○
〈同盧豆峰貽主客李員外子棐知字韻〉（卷23頁2058～2059）	○				○
〈歸雁二首〉（卷23頁2059～2060）	○			○	○
				〈奉送二十三舅錄事之攝郴州〉	
				〈送重表姪王砯評事使南海〉	
				〈送魏二十四司直充嶺南掌選崔郎中判官兼寄韋韶州〉	
				〈送趙十七明府之縣〉	
				〈同盧豆峰貽主客李員外子棐知字韻〉	

仇兆鰲	楊倫	浦起龍	黃去非〔註2〕	丘良任〔註3〕	杜甫年譜〔註4〕
				〈奉贈蕭十二使君〉	
				〈贈韋七贊善〉	
〈江南逢李龜年〉（卷23頁2060）	○	〈燕子來舟中作〉	〈燕子來舟中作〉		○
〈小寒食舟中作〉（卷23頁2061～2062）	○	○	○		
〈燕子來舟中作〉（卷23頁2063）	○	〈江南逢李龜年〉		○	○
				〈小寒食舟中作〉	
		〈清明〉	〈清明〉	〈清明〉	
		〈風雨看舟前落花戲爲新句〉	〈風雨看舟前落花戲爲新句〉	〈風雨看舟前落花戲爲新句〉	
			〈江南逢李龜年〉		
		〈奉贈蕭十二使君〉	〈奉贈蕭十二使君〉		
		〈奉送二十三舅之攝郴州〉	〈奉送二十三舅錄事之攝郴州〉		
		〈送魏司直充嶺南掌選兼寄韋韶州〉	〈送魏二十四司直充嶺南掌選崔郎中判官兼寄韋韶州〉		
			〈送趙十七明府之縣〉		

仇兆鰲	楊　倫	浦起龍	黃去非〔註2〕	丘良任〔註3〕	杜甫年譜〔註4〕
		〈同豆盧峰知字韻〉	〈同盧豆峰貽主客李員外子棐知字韻〉		
		〈歸雁二首〉	〈歸雁二首〉		
〈贈韋七贊善〉（卷23頁2064～2065）	○		○		○
〈奉酬寇十侍御錫見寄四韻復寄寇〉（卷23頁2066）	○	○	○	○	○
				〈江南逢李龜年〉	
〈入衡州〉（卷23頁2067～2072）	○	○	〈逃難〉	○	○
〈逃難〉（卷23頁2073）	楊倫以爲此首爲僞詩	○	〈白馬〉	○	
〈白馬〉（卷23頁2073～2074）	○	○	〈入衡州〉	○	○
				〈解憂〉	
				〈早發〉	
〈舟中苦熱遣懷奉呈陽中丞通簡臺省諸公〉（卷23頁2074～2077）	○		○	○	○
				〈聶耒陽以僕阻水書致酒肉療饑荒江〉	

仇兆鰲	楊　倫	浦起龍	黃去非〔註2〕	丘良任〔註3〕	杜甫年譜〔註4〕
				〈詩得代懷興盡本韻至縣呈聶令陸路去方田驛四十里舟行一日時屬江漲泊於方田〉	
				〈迴棹〉	
				〈題衡山縣文宣王廟新學堂呈陸宰〉	
〈江閣對雨有懷行營裴二端公〉（卷23頁2077～2078）	○			○	○
				〈江閣臥病走筆寄呈崔盧兩侍御〉	
				〈樓上〉	
				〈雨〉	
				〈長沙送李十一〉	
				〈暮秋將歸秦留別湖南幕府親友〉	
				〈登舟將適漢陽〉	
				〈別董頲〉	

仇兆鰲	楊　倫	浦起龍	黃去非〔註2〕	丘良任〔註3〕	杜甫年譜〔註4〕
〈題衡山縣文宣王廟新學堂呈陸宰〉（卷 23 頁 2079～2081）	◯	◯	◯		◯
〈聶耒陽以僕阻水書致酒肉療饑荒江詩得代懷興盡本韻至縣呈聶令陸路去方田驛四十里舟行一日時屬江漲泊於方田〉（卷 23 頁 2081～2083）	◯	◯	◯		◯
			〈江閣對雨有懷行營裴二端公〉		
		〈舟中苦熱呈陽中丞通簡臺省諸公〉			
〈迴棹〉（卷 23 頁 2085～2086）					
〈過洞庭湖〉（卷 23 頁 2087）	◯	◯			◯
〈登舟將適漢陽〉（卷 23 頁 2088）					
〈暮秋將歸秦留別湖南幕府親友〉（卷 23 頁 2089）	◯	〈長沙送李十一〉	〈長沙送李十一〉		〈長沙送李十一〉

仇兆鰲	楊　倫	浦起龍	黃去非〔註2〕	丘良任〔註3〕	杜甫年譜〔註4〕
〈長沙送李十一〉（卷23頁2090）	○	〈暮秋將歸秦留別湖南親友〉	〈暮秋將歸秦留別湖南幕府親友〉		〈暮秋將歸秦留別湖南幕府親友〉
〈風疾舟中伏枕書懷三十六韻奉呈湖南親友〉（卷23頁2091～2096）	○	○	○	○	○

附錄二：杜甫詩中交通工具用的「舟船」

詩　　　　　　句	詩篇名與頁數
白屋留孤樹，青天失萬艘。 吾衰同泛梗，利涉想蟠桃。 卻賴天涯釣，猶能掣巨鼇。	（〈臨邑舍弟書至苦雨黃河泛溢隄防之患簿領所憂因寄此詩用寬其意〉·節·卷1頁23～26）
孤嶼亭何處，天涯水氣中。故人官就此，絕境興誰同。 隱吏逢梅福，遊山憶謝公。扁舟吾已僦，把釣待秋風。	（〈送裴二虬作尉永嘉〉·卷3頁201）
畏途隨長江，渡口下絕岸。差池上舟楫，杳窕入雲漢。	（〈白沙渡〉·節·卷9頁708）
霜濃木石滑，風急手足寒。入舟已千憂，陟巇仍萬盤。 （筆者按：此詩描寫了夜間渡江的感受，其中之憂是憂夜間度水，舟本身亦無情感的表示。）	（〈水會渡〉·節·卷9頁710）
江漲柴門外，兒童報急流。下牀高數尺，倚杖沒中洲。 細動迎風燕，輕搖逐浪鷗。漁人縈小楫，容易拔船頭。	（〈江漲〉·卷9頁747）
野老籬邊江岸迴，柴門不正逐江開。 漁人網集澄潭下，估客船隨返照來。 長路關心悲劍閣，片雲何事傍琴臺。 王師未報收東郡，城闕秋生畫角哀。	（〈野老〉·卷9頁748）
簷影微微落，津流脈脈斜。野船明細火，宿鷺聚圓沙。 雲掩初弦月，香傳小樹花。鄰人有美酒，稚子夜能賒。	（〈遣意二首·其二〉·卷9頁794）
好雨知時節，當春乃發生。隨風潛入夜，潤物細無聲。 野徑雲俱黑，江船火獨明。曉看紅溼處，花重錦官城。	（〈春夜喜雨〉·卷10頁799）
一夜水高二尺強，數日不可更禁當。 南市津頭有船賣，無錢即買繫籬旁。	（〈春水生二絕·其二〉·卷10頁809～810）

詩　　　　　句	詩篇名與頁數
一室他鄉遠，空林暮景懸。正愁聞塞笛，獨立見江船。巴蜀來多病，荊蠻去幾年。應同王粲宅，留井峴山前。	（〈一室〉・卷 10 頁 820～821）
分手開元末，連年絕尺書。江山且相見，戎馬未安居。劍外官人冷，關中驛騎疏。輕舟下吳會，主簿意何如。	（〈逢唐興劉主簿弟〉・卷 10 頁 839）
荒村建子月，獨樹老夫家。雪裏江船渡，風前竹徑斜。寒魚依密藻，宿雁聚圓沙。蜀酒禁愁得，無錢何處賒。	（〈草堂即事〉・卷 10 頁 860）
野興每難盡，江樓延賞心。歸朝送使節，落景惜登臨。稍稍烟集渚，微微風動襟。重船依淺瀨，輕鳥度層陰。	（〈送嚴侍郎到綿州同登杜使君江樓宴〉・節・卷 11 頁 914～915）
夜深露氣清，江月滿江城。浮客轉危坐，歸舟應獨行。關山同一照，烏鵲自多驚。欲得淮王術，風吹暈已生。	（〈玩月呈漢中王〉・卷 11 頁 940）
繫舟接絕壑，杖策窮縈回。四顧俯層巔，澹然川谷開。	（〈冬到金華山觀因得故拾遺陳公學堂遺跡〉・節・卷 11 頁 947）
天畔登樓眼，隨春入故園。戰場今始定，移柳更能存。厭蜀交遊冷，思吳勝事繁。應須理舟楫，長嘯下荊門。	（〈春日梓州登樓二首・其二〉・卷 11 頁 970）
洛下舟車入，天中貢賦均。日聞紅粟腐，寒待翠華春。（筆者按：此詩諷刺進言者之侈談。）	（〈有感五首・其三〉・節・卷 11 頁 973）
江頭且繫船，為爾獨相憐。雲散灌壇雨，春青彭澤田。頻驚適小國，一擬問高天。別後巴東路，逢人問幾賢。	（〈題郪原郭三十二明府茅屋壁〉・卷 12 頁 981）
追餞同舟日，傷春一水間。飄零為客久，衰老羨君還。花雜重重樹，雲輕處處山。天涯故人少，更益鬢毛斑。	（〈涪江泛舟送韋班歸京〉・卷 12 頁 983～984）
二月頻送客，東津江欲平。烟花山際重，舟楫浪前輕。淚逐勸杯下，愁連吹笛生。離筵不隔日，那得易為情。	（〈泛江送客〉・卷 12 頁 986）
看花雖郭內，倚杖即溪邊。山縣早休市，江橋春聚船。狎鷗輕白浪，歸雁喜青天。物色兼生意，淒涼憶去年。	（〈倚杖〉・卷 12 頁 1001）
君今起柂春江流，余亦沙邊具小舟。幸為達書賢府主，江花未盡會江樓。	（〈短歌行送祁錄事歸合州因寄蘇使君〉・節・卷 12 頁 1012）
大家東征逐子迴，風生洲渚錦帆開。青青竹笋迎船出，日日江魚入饌來。……	（〈送王十五判官扶侍還黔中〉・卷 12 頁 1018）
平生江海心，宿昔具扁舟。豈惟青溪上，日傍柴門遊。……船舷不重扣，埋沒已經秋。仰看西飛翼，下愧東逝流。	（〈破船〉・節・卷 13 頁 1021）

詩　　　　　句	詩篇名與頁數
萬壑樹聲滿，千崖秋氣高。浮舟出郡郭，別酒寄江濤。	（〈王閬州筵奉酬十一舅惜別之作〉・節・卷 12 頁 1037）
送客蒼溪縣，山寒雨不開。直愁騎馬滑，故作泛舟迴。	（〈放船〉・節・卷 12 頁 1040）
兩箇黃鸝鳴翠柳，一行白鷺上青天。 窗含西嶺千秋雪，門泊東吳萬里船。	（〈絕句四首・其三〉・卷 13 頁 1143）
子弟猶深入，關城未解圍。蠶崖鐵馬瘦，灌口米船稀。辯士安邊策，元戎決勝威。今朝烏鵲喜，欲報凱歌歸。	（〈西山三首・其三〉・卷 12 頁 1045）
雄都元壯麗，望幸欻威神。地利西通蜀，天文北照秦。風烟含越鳥，舟楫控吳人。未枉周王駕，終朝漢武巡。甲兵分聖旨，居守付宗臣。早發雲臺仗，恩波起涸鱗。	（〈江陵望幸〉・卷 12 頁 1052）
昔如縱壑魚，今如喪家狗。既無遊方戀，行止復何有。相逢半新故，取別隨薄厚。不意青草湖，扁舟落吾手。	（〈將適吳楚留別章使君留後兼幕府諸公〉・卷 12 頁 1065）
春江不可渡，二月已風濤。舟楫敧斜疾，魚龍偃臥高。	（〈渡江〉・卷 13 頁 1101）
鑿井交櫺葉，開渠斷竹根。扁舟輕褭纜，小徑曲通村。	（〈絕句六首・其三〉・卷 13 頁 1141）
江動月移石，溪虛雲傍花。鳥棲知故道，帆過宿誰家。	（〈絕句六首・其六〉・卷 13 頁 1142）
垂老戎衣窄，歸休寒色深。漁舟上急水，獵火著高林。日有習池醉，愁來梁甫吟。干戈未偃息，出處遂何心。	（〈初冬〉・卷 14 頁 1196）
霜露一霑凝，蕙葉亦難留。荷鋤先童稚，日入仍討求。轉致水中央，豈無雙釣舟。頑根易滋蔓，敢使依舊丘。	（〈除草〉・節・卷 14 頁 1204）
聞道巴山裏，春船正好行。都將百年興。一望九江城。水檻溫江口。茅堂石筍西，移船先主廟。洗藥浣花溪。謾道春來好，狂風大放顛。吹花隨水去，翻卻釣魚船。	（〈絕句三首〉・卷 14 頁 1210～1211）
漾舟千山內，日入泊枉渚。我生本飄飄，今復在何許。石根青楓林，猿鳥聚儔侶。月明游子靜，畏虎不得語。中夜懷友朋，乾坤此深阻。浩蕩前後間，佳期赴荊楚。	（〈宿青溪驛奉懷張員外十五兄之緒〉・卷 14 頁 1218～1219）
聞道乘驄發，沙邊待至今。不知雲雨散，虛費短長吟。山帶烏蠻闊，江連白帝深。船經一柱觀，留眼共登臨。	（〈渝州候嚴六侍御不到先下峽〉・卷 14 頁 1222）
聞道雲安麴米春，纔傾一醆即醺人。 乘舟取醉非難事，下峽消愁定幾巡。	（〈撥悶〉・節・卷 14 頁 1223）
素慢隨流水，歸舟返舊京。	（〈哭嚴僕射歸櫬〉・節・卷 14 頁 1227）

詩　　　　　句	詩篇名與頁數
細草微風岸，危檣獨夜舟。星垂平野闊，月湧大江流。名豈文章著，官因老病休。飄飄何所似，天地一沙鷗。	（〈旅夜書懷〉・卷 14 頁 1228～1229）
軍吏迴官燭，舟人自楚歌。寒沙縈薄霧，落月去清波。壯惜身名晚，衰慚應接多。歸朝日簪笏，筋力定如何。	（〈將曉二首・其二〉・卷 14 頁 1237）
寒輕市上山烟碧，日滿樓前江霧黃。負鹽出井此谿女，打鼓發船何郡郎。新亭舉目風景切，茂陵著書消渴長。春花不愁不爛漫，楚客唯聽櫂相將。	（〈十二月一日三首・其二〉・卷 14 頁 1244）
不見故人十年餘，不道故人無素書。願逢顏色關塞遠，豈意出守江城居。外江三峽且相接，斗酒新詩終自疏。謝朓每篇堪諷誦，馮唐已老聽吹噓。泊船秋夜經春草，伏枕青楓限玉除。眼前所寄選何物，贈子雲安雙鯉魚。	（〈寄岑嘉州〉・卷 14 頁 1262～1263）
依沙宿舸船，石瀨月娟娟。風起春燈亂，江鳴夜雨懸。晨鐘雲岸溼，勝地石堂烟。柔櫓輕鷗外，含悽覺汝賢。	（〈船下夔州郭宿雨濕不得上岸別王十二判官〉・卷 15 頁 1266）
江月去人只數尺，風燈照夜欲三更。沙頭宿鷺聯拳靜，船尾跳魚撥刺鳴。	（〈漫成一首〉・卷 15 頁 1267）
憶昨離少城，而今異楚蜀。捨舟復深山，窅窕一林麓。	（〈客堂〉・節・卷 15 頁 1268）
峽內淹留客，溪邊四五家。古苔生迸地，秋竹隱疏花。塞俗人無井，山田飯有沙。西江使船至，時復問京華。	（〈溪上〉・卷 19 頁 1672～1673）
巨石水中央，江寒出水長。沈牛答雲雨，如馬戒舟航。天意存傾覆，神功接混茫。干戈連解纜，行止憶垂堂。	（〈灩澦堆〉・卷 15 頁 1281）
徐步移班杖，看山仰白頭。翠深開斷壁，紅遠結飛樓。日出清江望，暄和散旅愁。春城見松雪，始擬進歸舟。	（〈曉望白帝城鹽山〉・卷 15 頁 1280）
峽中丈夫絕輕死，少在公門多在水。富豪有錢駕大舸，貧窮取給行艓子。	（〈最能行〉・節・卷 15 頁 1286）
曾為掾吏趨三輔，憶在潼關詩興多。巫峽忽如瞻華岳，蜀江猶似見黃河。舟中得病移衾枕，洞口經春長薜蘿。形勝有餘風土惡，幾時回首一高歌。	（〈峽中覽物〉・卷 15 頁 1288～1289）
蜀麻吳鹽自古通，萬斛之舟行若風。長年三老長歌裏，白晝攤錢高浪中。	（〈夔州十絕句・其九〉・卷 15 頁 1306）
大火運金氣，荊揚不知秋。林下有塌翼，水中無行舟。	（〈毒熱寄簡崔評事十六弟〉・節・卷 15 頁 1307）

詩　　　　　　句	詩篇名與頁數
萬木雲深隱，連山雨未開。風扉掩不定，水鳥過仍迴。鮫館如鳴杼，樵舟豈伐枚。清涼破炎毒，衰意欲登臺。	（〈雨〉‧卷 19 頁 1332～1333）
國有乾坤大，王今叔父尊。剖符來蜀道，歸蓋取荊門。峽險通舟峻，水長注海奔。主人留上客，避暑得名園。	（〈奉漢中王手札〉‧節‧卷 15 頁 1333）
汎舟巨石橫，登陸草露滋。山門日易夕，當念居者思。	（〈送殿中楊監赴蜀見相公〉‧節‧卷 15 頁 1342）
卓立羣峰外，蟠根積水邊。他皆任厚地，爾獨近高天。白牓千家邑，清秋萬估船。詞人取佳句，刻畫竟誰傳。	（〈白鹽山〉‧卷 15 頁 1352）
川廣不可泝，墓久狐兔鄰。宛彼漢中郡，文雅見天倫。何以慰我悲，泛舟俱遠津。	（〈八哀詩‧贈太子太師汝陽郡王璡〉‧節‧卷 16 頁 1393）
昔我游宋中，惟梁孝王都。名今陳留亞，劇則貝魏俱。邑中九萬家，高棟照通衢。舟車半天下，主客多歡娛。	（〈遣懷〉‧節‧卷 16 頁 1447）
喜弟文章進，添余別興牽。數杯巫峽酒，百丈內江船。未息豺狼鬥，空催犬馬年。歸朝多便道，搏擊望秋天。	（〈送十五弟侍御使蜀〉‧卷 17 頁 1464）
草閣臨無地，柴扉永不關。魚龍迴夜水，星月動秋山。久露晴初溼，高雲薄未還。汎舟慚小婦，飄泊損紅顏。	（〈草閣〉‧卷 17 頁 1468）
佳人拾翠春相問，仙侶同舟晚更移。	（〈秋興八首‧其八〉‧節‧卷 17 頁 1497）
最是楚宮俱泯滅，舟人指點到今疑。	（〈詠懷古跡五首‧其二〉‧節‧卷 17 頁 1501）
洞房環珮冷，玉殿起秋風。秦地應新月，龍池滿舊宮。繫舟今夜遠，清漏往時同。萬里黃山北，園陵白露中。	（〈洞房〉‧卷 17 頁 1519～1520）
京兆先時傑，琳琅照一門。朝廷偏注意，接近與名藩。祖帳排舟數，寒江觸石喧。看君妙爲政，他日有殊恩。	（〈送鮮于萬州遷巴州〉‧卷 18 頁 1580）
太常樓船聲嗷嘈，問兵刮寇趨下牢。牧出令奔飛百艘，猛蛟突獸紛騰逃。	（〈荊南兵馬使太常卿趙公大食刀歌〉‧節‧卷 18 頁 1581）
巫峽盤渦曉，黔陽貢物秋。丹砂同隕石，翠羽共沈舟。羈使空斜影，龍宮閟積流。篙工幸不溺，俄頃逐輕鷗。竹宮時望拜，桂館或求仙。姹女凌波日，神光照夜年。徒聞斬蛟劍，無復饟犀船。使者隨秋色，迢迢獨上天。	（〈覆舟二首〉‧卷 18 頁 1592～1593）
巫峽千山暗，終南萬里春。病中吾見弟，書到汝爲人。意答兒童問，來經戰伐新。泊船悲喜後，款款話歸秦。	（〈喜觀即到復題短篇二首‧其一〉‧卷 18 頁 1617）

詩　　句	詩篇名與頁數
青草洞庭湖，東浮滄海漘。君山可避暑，況足采白蘋。 子豈無扁舟，往復江漢津。我未下瞿塘，空念禹功勤。 聽說松門峽，吐藥攬衣巾。高秋卻束帶，鼓枻視青旻。	(〈寄薛三郎中璩〉・節・卷18 頁 1622)
窮老眞無事，江山已定居。地幽忘盥櫛，客至罷琴書。 掛壁移筐果，呼兒間煮魚。時聞繫舟楫，及此問吾廬。	(〈過客相尋〉・卷 19 頁 1633)
泊舟滄江岸，久客慎所觸。	(〈課伐木并序〉・節・卷19 頁 1642)
令弟尚爲蒼水使，名家莫出杜陵人。 比來相國兼安蜀，歸赴朝廷已入秦。 舍舟策馬論兵地，拖玉腰金報主身。 莫度清秋吟蟋蟀，早聞黃閣畫麒麟。	(〈季夏送鄉弟韶陪黃門從叔朝謁〉・卷 19 頁 1648～1649)
灩澦既沒孤根深，西來水多愁太陰。 江天漠漠鳥雙去，風雨時時龍一吟。 舟人漁子歌回首，估客胡商淚滿襟。 寄語舟航惡年少，休翻鹽井擲黃金。	(〈灩澦〉・卷 19 頁 1650)
三伏適已過，驕陽化爲霖。欲歸瀼西宅，阻此江浦深。 壞舟百板坼，峻岸復萬尋。篙工初一棄，恐泥勞寸心。	(〈阻雨不得歸瀼西甘林〉・節・卷 19 頁 1659)
舍舟越西岡，入林解我衣。青芻適馬性，好鳥知人歸。	(〈甘林〉・節・卷 19 頁 1667
宿留洞庭秋，天寒瀟湘素。杖策可入舟，送此齒髮暮。	(〈雨〉・節・卷 19 頁 1672)
白露團甘子，清晨散馬蹄。圃開連石樹，船渡入江溪。 憑几看魚樂，回鞭急鳥棲。漸知秋實美，幽徑恐多蹊。	(〈白露〉・卷 19 頁 1674)
小雨夜復密，迴風吹早秋。野涼侵閉戶，江滿帶維舟。 通籍恨多病，爲郎忝薄遊。天寒出巫峽，醉別仲宣樓。	(〈夜雨〉・卷 19 頁 1677)
楚塞難爲路，藍田莫滯留。衣裳判白露，鞍馬信清秋。 滿峽重江水，開帆八月舟。此時同一醉，應在仲宣樓。	(〈舍弟觀歸藍田迎新婦送示兩篇・其二〉・卷 19 頁 1678～1679)
絕塞烏蠻北，孤城白帝邊。飄零仍百里，消渴已三年。 雄劍鳴開匣，群書滿繫船。	(〈秋日夔府詠懷奉寄鄭監李賓客一百韻〉・節・卷 19 頁 1699)
高秋蘇肺氣，白髮自能梳。藥餌憎加減，門庭悶掃除。 杖藜還客拜，愛竹遣兒書。十月江平穩，輕舟進所如。	(〈秋清〉・卷 19 頁 1724～1725)
搖落巫山暮，寒江東北流。烟塵多戰鼓，風浪少行舟。 鵝費義之墨，貂餘季子裘。長懷報明主，臥病復高秋。	(〈搖落〉・卷 19 頁 1726)
新作湖邊宅，還聞賓客過。自須開竹逕，誰道避雲蘿。 官序潘生拙，才名賈傅多。舍舟應卜地，鄰接意如何。	(〈秋日寄題鄭監湖上亭三首・其二〉・卷 20 頁 1720)

詩　　　　　　　句	詩篇名與頁數
秋野日疏蕪，寒江動碧虛。繫舟蠻井絡，卜宅楚村墟。棗熟從人打，葵荒欲自鋤。盤餐老夫食，分減及溪魚。	（〈秋野五首・其一〉・卷 20 頁 1732）
人烟生處僻，虎跡過新蹄。野鶻翻窺草，村船逆上溪。	（〈復愁十二首〉・卷 20 頁 1741）
舊挹金波爽，皆傳玉露秋。關山隨地闊，河漢近人流。谷口樵歸唱，孤城笛起愁。巴童渾不寐，半夜有行舟。	（〈十六夜玩月〉・卷 20 頁 1752）
向夜月休弦，燈花半委眠。號山無定鹿，落樹有驚蟬。暫憶江東鱠，兼懷雪下船。蠻歌犯星起，空覺在天邊。	（〈夜二首・其一〉・卷 20 頁 1790）
江度寒山閣，城高絕塞樓。翠屏宜晚對，白谷會深遊。急急能鳴雁，輕輕不下鷗。夷陵春色起，漸擬放扁舟。	（〈白帝樓〉・卷 21 頁 1839）